ユーモア文学と日本映画

近代の愉快と諷刺

岩本憲児

森話社

装幀／カバー・表紙イラスト＝水口美香
扉＝『笑の王国』（部分、本書七〇頁）

ユーモア文学と日本映画——近代の愉快と諷刺　目次

＊本書では引用文の旧漢字と旧かなを原則的に現代表記に改めた。また、引用文中の〔 〕は筆者による注記である。

序幕　ユーモアと滑稽

〈ユーモア〉という外来語

〈ユーモア〉という外来語、いまでは日本語としても定着した感のある言葉だ。だが、意味を問われると、人は困るだろう。むろん筆者（岩本）も困ってしまう。「明解」を冠した手元の国語辞典を引くと、「社会生活（人間関係）における不要な緊迫を和らげるのに役立つ、婉曲表現によるおかしみ」（三省堂『新明解国語辞典』）と、明解とは言い難い説明の難しさが伝わってくる。しかも、わずかな文例二つは「巧まざるユーモア」と「ユーモアを解しない日本人」であり、この対照的な文例は「巧まざるユーモア」の苦手な、「ユーモアを解しない日本人」をきわだたせてもいる。それではと、英語の辞書を覗いてみる。〈ユーモア〉すなわちhumor（humour）、これはもっと遡るとラテン語の(h)ūmēreに語源があり、「湿ったもの」を意味し、人間の気質を左右するのは湿気であると考えられた、と説明されている。そうか、「湿気」と関係ある言葉なら、〈ユーモア〉は、湿度の高い国に住む私たち日本人へぐっと近づいてくる。湿気から〈ユーモア〉には体液、体質、気質、気性、気分などの意味が含まれていることがわかる。この言葉はドイツ語の「フモール（humor）」、フランス語の「ウムール（hemeur）」、イタリア語の「ウモーレ（umore）」等々、ヨーロッパの言語に共通している。

では、日常的に使う「おかしみ、滑稽、だじゃれ」とはどう関係してくるのだろうか。

英語の〈ユーモア〉には動詞もある。筆者のごくささやかな英会話体験では使ったこともないが、「赤ん坊や子供をあやす、看護師が患者の機嫌をとる、錠前を外すのに鍵をうまく合わせる」などの用例が出ている（研究社『英和大辞典』）。なるほど、自己中心の赤ん坊や子供をあやし、気難しい病人の機嫌をとり、文字通り〈堅物〉の錠前に合わせるためには、こちらが相手の調子に合わせなければならない。つまり、優しい心と、寛容な気持ちと、柔軟なコツを持って対処しなければならない。それも、直接表現のまっすぐな対処法ではなく、相手をなだめ、結果として自分の気分も害せずに収まるような、間接的で遠回しな、つまり婉曲的な表現でなければならない。それは相手を「笑わせる」表現に違いない。ここから現在の私たちが理解している〈ユーモア〉に「おかしみ、滑稽、だじゃれ」の意味が入ってくるのだろう。

湿気のある国、相手に合わせる間接的で遠回しの表現――なんだか日本人にはとてもよく理解できそうな言葉だ。「人の気持ちはさまざま」という意味の Every man has his humor、これは日本にも「蓼食う虫も好き好き」とか「十人十色」など、うまく対応する言い方がある。それなのに、「ユーモアを解しない日本人」だって？

この否定的見方はどうやら、中国の文人・林語堂《りんごどう》（リン・ユータン）の戦前の著作に源を発しているようだ。筆者はそのことを織田正吉の啓蒙書『日本人の笑い』から教わった。この著者には〈ユーモア〉や〈笑い〉に関して多数の著作があり、『日本人の笑い』には林語堂の『生活の発見』*The Importance of Living*（阪本勝訳）が紹介され、図表「林語堂による国民性を示す公式」が付されている。(1)そこには英・仏・米・独・露・日・中、七か国の国民性指数なるものが示されていて、その一つに〈ユーモア感覚〉がある。これを見ると、ユーモア感覚の高い順に、第一グループがフランス人と中国人、第二グループがイギリス人とアメリカ人、第三グループがドイツ人、ロシア人、日本人、となっている。「ユーモアを解しない」のは日本人だけではないのだが、どうも首をかしげてしまう。世界のジョーク集、滑稽小話集で、ロシアのジョークは傑作の部類に入るからである。ドイツ人について筆者は判断しかねるが、映画や軽演劇の世界に見る〈カバレット〉（キャバレー）には政治的諷刺と笑いが満ちている。もっとも、文学カフェやキャバレー文化の強い影響はフランスからやってきたようだ。

日本にも『万葉集』はじめ、滑稽文学、滑稽和歌、狂歌、俳諧、川柳等々の伝統があり、織田正吉の著作にいくらでも例証が挙がっている。舌耕芸の落語もそうである。外来語の〈ユーモア〉を広く解釈すれば、多くの国にその類の笑う小話や軽口、冗談、物語、文学があるのではないだろうか。国際的知識人であった林語堂が付き合った日本人たちは、お堅い人ばかりだったのだろうか。『生活の発見』にあたってみると、「日本人とドイツ人は、比較的ユーモアを欠いているという点で、非常によく似ている。両国民の全体的印象がそうである」（同書、一五頁）とある。原著の出版が一九三七年だから、日中戦争が始まった年で、その三年前の一九三四年にはヒトラー総統が誕生していたことなど、当時の国際情勢が林語堂の国民性分析に影響を及ぼしたのだろう。ドイツ、ロシア、日本がユーモア度の最低ランク国という判断は、それぞれの国で厳しい検閲が実施されていた時期とも合致する。

彼の著書よりずっと早く、一九〇〇年には、その〈お堅い国〉ドイツ人二人の収集画に解説を付けた『日本のユーモア』(2)なる本が刊行されている。これは絵画や戯れ絵、民俗の信仰や迷信、祭礼や風俗のなかに表れた〈目で見るユーモア〉とでも呼ぶべき本である。共著者は明治期のお雇い外国人技術者たち、クルト・ネットは鉱山学、ゴットフリート・ワグナーは化学が専門で、二人が解説を付している。一方、余技ではない美術史家の辻惟雄による『あそぶ神仏』も、本来は崇拝や畏敬の対象となる神仏のユーモラスな表象を数多く紹介している。これら〈目で見るユーモア感覚〉はまさに国境を越えていく。

そういえば、表象としての笑う神仏ではなく、神様のユーモアをオチにしたアメリカ映画があったことを思い出す。ジョン・ヒューストン監督の『黄金』（*The Treasure of the Sierra Madre*、一九四八年）である。一九二〇年代のメキシコに流れてきた三人のアメリカ人山師たち、それぞれが疑心暗鬼で協力しながら、ついに金脈を見つけるのだが、物語の終盤で、ひどい汚れ役のむさくるしい男を演じたハンフリー・ボガートはみじめに死に、砂金の入った袋は激しい季節風にさらわれて飛び散ってしまう。辛苦の果てに無一文となった男たち。ウォルター・ヒューストン演じる老山師は「これは神のユーモアだ」と叫んで呵々大笑する。日本語字幕「神のユーモア」、英語では“a good sense of humor by the Lord”と言う場面、これは正体不明の作家B・トラヴェンの原作（映画と同じ書名『シエラ・マドレの宝』）にもある言葉なので映画独自のオチとはいえまいが、その高笑い、周囲のメキシコ人たちまで巻き込む大笑いはやはり映画だからこその効果だろう。

ユーモアは笑いを喚起する。といえば、イギリス文学の研究家・富山太佳夫から「ちょっと待った！」の声が飛んできそうだ。同『笑う大英帝国』には、国王、女王、政治家、主人などを諷刺する笑いや、パロディまみれの小説や詩、聖書や戦争までも笑いの対象にする、その攻撃的な毒の強さが論じられているではないか。日本の国語辞典には、ユーモアを「上品なおかしみ」と定義しているものも多いから、〈紳士の国〉へ敬意を表するあまり、その裏の毒を見落としているのだろうか。いや、「上品なおかしみ」という定義にこそ、イギリス人に対する日本人のユーモアが示されていると理解したい。ユーモアを発するイギリス紳士の、ときに「上品ぶるおかしみ」である。

日本の川柳や洒落本にも、特権階級を愚弄する笑いがいくらもあることは麻生磯次の『笑いの文学』(3)に説かれている。その一つ、洒落本のはしり、『聖遊郭《ひじりのゆうかく》』（一七五七年）では、釈迦、老子、孔子が遊郭にあそび、釈迦は太夫と心中の道行まで試みる。

ユーモアと滑稽

ユーモアという外来語が定着する以前、日本では広く「滑稽」という言葉が使われてきた。もともと中国由来の言葉だから、この言葉も長年の間に定着したことになる。漢和辞典を繰ってみると、「滑」は「なめらか」、「稽」は「考察」の意だから、「なめらかな考え」の意味である。熟語の「滑稽」では『史記』からの引用例があり、「知恵が泉のように流れでること、豊かな知恵でおもしろく巧みに言い表すこと」と説明されている。「滑稽之雄」という言い方は『漢書』にあり、「泉のように智謀のわきおこる第一等の知者」と説明されている（『角川漢和中辞典』）。つまり中国古典における「滑稽」の意味は、「豊かな知恵、尽きせぬ智謀、弁舌巧みな知者」と解してよいだろう。

日本でもその影響下に古くから文献に使われており、知恵がよくまわり、機知に富んだ言動を行なう者の意味から、諧謔やおどけ（道化）へと転化、時代は下って「滑稽画」「滑稽本」などが登場した。後者の代表は十返舎一九の『東海道中膝栗毛』（一八〇二―二二年）や、式亭三馬の『浮世風呂』（一八〇九―一三年）であり、明治初頭には仮名垣魯文《かながきろぶん》が途中まで書いたシリーズ『西洋道中膝栗毛』（一八七〇―七六年）や、『安愚楽鍋《あぐらなべ》』（一八七一―七二年）などにまでたどり着く。諷刺画または「判じ絵」も天保年間の国芳の「源頼光公館土蜘蛛妖怪図」（一八四三年）に端を発して、幕末から明治にかけて大流行している。美術史研究者の大久保純一によれば、浮世絵で人気の三大ジャンル、役者絵、美人画、風景画のほかに諷刺画（狂画）があり、狂画はいったんその噂が広がると、「役者絵や美人画では見られなかった短期間で数千枚を売り切るほどの人気を呼んだ」という(4)。

ただ、天保年間の厳しい出版統制を受けて沈滞した戯作者たちは、統制の主役・水野忠邦の失脚後も上昇する気概を持てなかったようだ。日本文学研究者・興津要は『転換期の文学』の「近世末期の戯作界」の章で、人情本、滑稽本、合巻《ごうかん》（仇討ちや御家騒動もの）の末路を総括して、「幕末維新の変革を凝視することもなく、茶番や三題噺や興画合わせにあけくれ、仲間のゴシップを悪ずりにしてすっぱぬくなど、無自覚な遊戯生活に末期的惰眠をむさぼり、断末魔にあえぐ幕府の運命をよそにして、無気力と頽廃の淵に転落していった」と厳しい目で批判している(5)。

滑稽本は明治期にも流行しており、佐々木邦《くに》が嫌い、興津要が批判した傾向も残っていたとはいえ、時の政権、要人、官吏らを痛烈に諷刺した『團《まる》團珍聞《まるちんぶん》』（一八七七―一九〇七年）、その姉妹雑誌『驥尾《きび》団子《だんご》』なども発行された。小林清親ほか、これらに掲載された漫画、狂画、狂歌、狂文などは、多数の読者から喝采を持って迎えられ、ここの投稿欄から宮武外《みやたけがい》骨《こつ》が生まれ出た。外骨の『滑稽新聞』（一九〇一―〇八

図① 『諧謔文学』第2巻（文教書院、1927年）

年）もまた、明治期に人気を博した諷刺新聞であり、その諧謔、揶揄、批判、悪口に満ちた旺盛な滑稽＝反骨精神が世間を騒がせ、楽しませた。もっとも、当人はまったくの濡れ衣で獄中生活を送るはめになるが、なんと獄中でもひそかに回覧紙を発行した反骨力に驚かされる。

「滑稽小説」の系譜も途絶えることなくあって、夏目漱石《そうせき》の『吾輩は猫である』（一九〇五―〇六年）をここに入れると、そのあとにパロディや模倣作が続出、五峰仙史《ごほうせんし》の『滑稽小説――我ハ小僧デアル』、同じく『滑稽小説――小僧の旅行』（いずれも一九〇八年）から、佐々木邦、その後の尾崎士郎、太宰治、坂口安吾等々、近代から現代にかけていくらも探し出せる。ただし、「滑稽劇」という呼称はあまりみられない。日本演劇における喜劇や笑劇の領域は、古くは「をかし」や「狂言」、歌舞伎のなかでは「道化（道外）」と呼ばれ、演じ手を「道化（道外）方」と呼ぶようになる。「喜劇」は明治以降の外来語「コメディ（comedy）」の翻訳語である。

漫画家の田川水泡《すいほう》著『滑稽の研究』(6)は古今東西の資料を博捜して論じた本であるが、残念なことに、「理論編」で「滑稽」の概念を諸外国の喜劇論、哲学、美学（美醜や笑いの本質）にまで遡っていても、その外国語が本来どんな言葉で何を意味していたのか、吟味されていない。「史料編」には日本の芸能、文芸、絵画（戯画、漫画を含む）にまでおよぶ具体例が広範囲に列挙してある。「理論編」「史料編」ともに、著者の創作のための調査といった趣の本だろう。

日本映画とユーモア文学

ところで、〈ユーモア文学〉や〈ユーモア小説〉という言葉はあっても、〈ユーモア映画〉という言葉は聞かない。前者は後者に数多くの原作や原案、ネタやヒントを提供してきた。その逆の影響関係もまた大きいだろう。ただし、映画にはもっと広いジャンルを指す〈喜劇映画〉という呼称があるのに対して、文学には〈喜劇文学〉とか〈喜劇小説〉と呼ぶジャンルはない。そもそも「喜劇」は演劇の大きなジャンルである。しかも、外来語「コメディ」の訳語として明治期以降に使われてきた（「日本には喜劇がなかった」という伝説は本書の終幕で検討する）。

というわけで、一九世紀末から二〇世紀初頭、草創期の映画（活動写真）に入り込んだ笑いには、二種類があったことになる。映画以前の日本の滑稽表現と、西洋由来の滑稽表現と。後者にも、映画以前と映画以後の滑稽表現があったはずだ。外来語であるユーモアは後者に含まれるだろうが、ユーモアは厳密に西洋の滑稽表現とだけ重なるわけでもない。「狂言」などの実例をみていけばわかるように、日本の古い滑稽表現と重なるユーモアの表現もある。映画のなかのユーモアは喜劇映画全般に含まれることが多いにしても、悲劇や社会劇や重々しい雰囲気の劇のなかにさえ入り込むことがある。本書の目的は、映画のなかのユーモアをあれこれ断片的に論じることではなく、ましてや喜劇映画全般を主題に論じることでもない。どちらにしろ、あまりに範囲が広がりすぎて筆者の手に余る。

本書の主題は「ユーモア文学と日本映画」である。ただし、日本人がユーモアを解するのか解さないのか、また日本人にとって〈ユーモア〉という外来語はどんな意味で使われてきたのか、日本のユーモアにはどんな特徴があるのか――少なくとも文学や映画の領域では……などと大風呂敷を広げるよりも、本書では主に、夏目漱石、佐々木邦、獅子文六《ししぶんろく》、源氏鶏太《げんじけいた》、井伏鱒二《いぶせますじ》の五名を対象に、彼らの小説とその映画化作品をみていくことにしよう。

しかし、読者は問うかもしれない。なぜわずか五名の、故人となった作家ばかりを取り上げるのか、もっと大勢の作家がいるし、たくさんの映画があるではないかと。巻末の作家別「映画化作品」のリストを一瞥すればわかるように、これらの小説や映画が一般の読者や観客に大きな楽しみと影響を与えたことはたしかだろう。いまなお読み継がれている作家（夏目漱石や獅子文六）、リメイクの多い映画（テレビ化も含めて『坊っちゃん』『悦ちゃん』）、いまでは忘れられたとはいえ戦前の少年たちを惹きつけた作家（佐々木邦）、戦後の高度経済成長初期にサラリーマンを主役にした作家（源氏鶏太）、そしてスルメのように（失礼！）嚙むほどに味の出る作家（井伏鱒二）たち。彼らの小説の魅力とその映画化作品を通して、明治・大正・昭和の時代の笑い、ユーモア、諷刺、その背後の社会観をあぶりだすこと、それが本書のねらいである。

そして、最後の章（Ⅵ「日本映画のユーモアと諷刺」）では、喜劇映画史に駆け足でふれながら、日本映画独自のユーモア表現に焦点を当て、映画的に自立した作品と作家を検討してみよう。

I 猫は笑い、人は怒る

［夏目漱石］

『新潮日本文学アルバム　夏目漱石』
（新潮社、1983年）

漱石のユーモア解釈

佐々木邦は日本近代のユーモア作家として夏目漱石《そうせき》（一八六七―一九一六）の名を挙げ、『吾輩は猫である』と『坊っちゃん』を愛読した（この二作品の表記については本章末の付記参照）。この二作のみが佐々木邦の推奨するユーモア小説であり、その他の漱石作品には関心が向かなかった。以後の漱石がユーモアから離れてしまったと判断したからである。もっとも、周知のように『草枕』『三四郎』『それから』等々、漱石のほかの作品にも、会話の微妙なおかしさだけでなく、人物や状況のおかしさも含めて、ユーモアはかなりみられる。『坑夫』のような暗鬱で投げやりな独白調の小説にさえ、暗いユーモアが底流に一貫している。おそらく『坑夫』には、マーク・トウェインのユーモア小説に最も近い精神があるように思われる。

作家としては漱石が佐々木邦より先輩になるが、〈ユーモア〉という外来語を積極的に導入したのは佐々木邦である。佐々木は漱石の上記二作を日本のユーモア小説の先駆として評価していた。外来語〈ユーモア〉にこだわらなければ、〈漱石文学と笑い〉に注目する評論家・研究者は少なくない。とりわけ、漱石自身が通った寄席と落語は『吾輩は猫である』への影響が明白である。ユーモア小説とはみられない『二百十日』にすら、阿蘇の草原にさまよう二人の男の会話には「軽口」（のちの近代万才、漫才）に通じるとぼけた味がある。また、正岡子規や虚子との交友から生まれた俳諧にも、漱石はその本来のおかしみを生かした句が結構ある。このような漱石文学にみられる滑稽、おかしみ、だじゃれ、誇張、諷刺などについては、すでに刊行されている多数の書籍・論文に言及や分析があるから、本書では屋上屋を重ねないようにしたい。

まず漱石が外来語〈ユーモア〉をどのように認識していたのか、この言葉の周辺も含めて調べてみよう。漱石は、「ヒューモア」（ユーモア）の議論を始めると込み入ってくるので説明は難しいと弁解しながら、「ヒューモアとは人格の根底から生ずる可笑味である」「当人の天性、持って生れた木地〔生地〕から出る」と言う。取って付けたようなおかしみではなく、そのおかしみは「行雲流水の如く自然である」。一方、「ヰット」（ウィット、wit）はその逆で、おかしみを演ずるために故意に「外から引っ付けた」ものと解釈する。とはいえ、両者はおかしみの両端であり、多くがその中間にあると言い、「ヒューモアを有している人は、人間として何処か常識を欠いていなければならない」「常識に富んだ都会人種の趣味はヒューモアとなって現わる、よりも寧ろヰットとなって現われる」とも言う（「文学評論」）。この「文学評論」は東京帝大で英文学の講義を担当したときの準備稿が元になっており、『吾輩は猫である』を俳句雑誌『ホトトギス』に連載中だった時期と重なっている。ユーモアとウィッ

図①　『鶉籠』（1907年）表紙。「坊ちゃん」「二百十日」「草枕」を収録

トを比較する際、漱石はアジソン（ジョゼフ・アディソン、Joseph Addison）とスチール（リチャード・スティール、Richard Steele）の言説を参考に論じている。また諷刺文学、とりわけスイフトについても論じつつ、『膝栗毛』を諷刺と解釈する人がいるが、「当時の社会制度や、階級制度抔《など》の抑圧に対して、反抗の声を裏から仄めかしたものとは思われない」と言い、読者や評者によっては諷刺とも皮肉とも解釈できるにすぎないと述べている(7)。大著『笑いのユートピア――『吾輩は猫である』の世界』で、清水孝純は漱石のこのスイフト論を検討しつつ、漱石の考えた愉快文学、不愉快文学（諷刺文学）、厭世文学の違いを論じた。対象となるスイフトの小説は、むろん『ガリバー旅行記』だ。この小説においては愉快よりもはるかに不愉快が勝っており、清水はその原因をグロテスクの要素にみて、一方の『吾輩は猫である』にはグロテスク感覚の毒々しさはないと言う(8)。たしかにそうだろう。漱石にとって「ヒューモアとは人格の根底から生ずる可笑味である」と同時に、「人間として何処か常識を欠い」たおかしみ、巧まざるおかしみから生じることになる。

　漱石は『吾輩ハ猫デアル』の連載原稿を書くかたわら、あるいはその逆に、英国文学における〈ユーモア〉や〈ウィット〉を述べるかたわら、おかしみの様態、その特質を考えていたことになる。漱石最後の小説『明暗』（未完、一九一六年）では、「諧謔」のルビに「ヒューモア」が使われる個所が一つある。会社勤めの主人公・津田が手術のために入院中、ふと手にした本の頁をパラパラ繰る場面で、「不幸にして彼は諧謔を解する事を知らなかった。中に書いてある活字の意味は、頭に通じても胸にはそれ程応へなかった」と、やはり自然体のユーモアへの、つまり巧まざるおかしみへの感応力の欠如が暗示される。とはいえ、『吾輩は猫である』に充満するユーモアは、決して自然体とばかりともいえず、むしろ巧みなおかしさ、饒舌ともいえる誇張や奇矯な発想で読者を大笑いさせる。それは、まるで漱石の天性でもあるかのような闊達さ、いや〈屈折した闊達さ〉と一体化している。

漱石とマーク・トウェイン

佐々木邦が大きな影響を受けたアメリカ人作家のマーク・トウェイン。また佐々木がこれぞ日本のユーモア作家なりとみた夏目漱石。トウェインと漱石に接点はあるのだろうか。『漱石全集』第一七巻の「索引」(岩波書店、一九七六年)はたいへん便利だが、トウェインの名前は見当たらない。古今東西の知識が頭に詰まっていた漱石も、まだ新興国でしかなかったからか、当時のアメリカ文学に関心は向かなかったらしい。いまに残された手掛かりは、東北大学の漱石文庫目録から知る、*A descriptive guide to the best fiction, British and American*(『英国とアメリカにおける最良の小説案内』一九〇三年)くらいだろう[9]。幸いこの書は、早稲田大学の図書館にも所蔵されていたので覗いてみた。同書は英米文学の書誌情報を網羅的に記載しており、細かい文字で驚くほどの情報量がぎっしりと詰まっている。マーク・トウェインに関しても、*The Innocents Abroad*(『赤毛布外遊記』一八六九年）をはじめ、計八項目があり、それぞれに簡潔な内容紹介が記されている。同書の膨大ともいえる情報に漱石が実際にどこまで目を通したか、はたしてマーク・トウェインに目を止めたかどうか、それはわからないが、漱石の参考用に止まった可能性が高い。なお、同書は現在アメリカでペーパーバック版（六〇〇頁超）も出ており、いまなお利用価値が高いと思われる。

ここでマーク・トウェイン、夏目漱石、佐々木邦、三者の生没年を並べてみよう。著作も若干を掲げておく。

○マーク・トウェイン（一八三五―一九一〇）／『トム・ソーヤーの冒険』（一八七六年）、『ヨーロッパ放浪記』（一八七八年）、『王子と乞食』（一八八一年）、『ハックルベリー・フィンの冒険』（一八八五年）、『人間とは何か？』（一九〇六年）、『リンチ合衆国』（一九二三年、没後出版）。

○夏目漱石（一八六七―一九一六）／『吾輩は猫である』（連載一九〇五年一月～〇六年八月）、『坊っちゃん』（一九〇六年四月。当時二三歳の佐々木邦は漱石を愛読）。

○佐々木邦（一八八三―一九六四）／訳述『いたづら小僧日記』（連載開始一九〇七年―、『悪戯小僧日記』とも表記、単行本化一九〇九年）、翻訳『ユーモア十篇』（一九一六年、翻訳『トム・ソウヤー物語』一九一九年。一九歳の頃からトウェインを愛読）。

それぞれの世代間に差があり、トウェインと漱石では三二歳の差、漱石と佐々木邦では一六歳の差があるが、ほぼ同じ時代に生きていたといえる。トウェインはユーモアに満ちたジャーナリストとして出発、エッセイ記事や旅行記で読者を魅了し、少年小説で国民的作家となった。黒人とその文化を愛し、晩年にはアメリカ批判、当代の人間批判をいっそう強めた。漱石は日本の浅薄な近代化を憂えた。彼はトウェインの名前を知っていたかもしれないが、その名前または著作に言及した形跡はない。『吾輩は猫である』にみられる苦沙弥先生の権力者（政治家、華族、金満家、軍人等々）嫌いや、浮かれる世相と享楽主義への諷刺、その後の作品にも流れるペシミズム、これらはマーク・トウェインの著作に一貫する批判精神、シニシズム、ペシミズムと無縁ではない。諷刺小説が行きすぎると厭世小説になると漱石は判断したが、トウェイン晩年の匿名出版『人間とは何か？』(10)（一九〇六年）は老人と若者の対話形式で進む読みもの。そこでトウェインは徹底した合理主義、科学主義、人間機械論に基づいて、人間の自由意志と想像力を否定した。

一方、佐々木邦の小説類には、努力の結果としての人生に対する楽天主義がみられ、肯定的人生観に満ちている。ただし、本音が吐露されているような戦後の小説『心の歴史』にはペシミズムが感じられる。ユーモアや諷刺は世相の表面を笑うだけでなく、その基層を支える民衆への共感があれば楽天主義に傾き、逆に反感や絶望があればシニシズムやペシミズムへと傾くだろう。

漱石と幻燈と活動写真

漱石のユーモア小説とその映画化をみる前に、そもそも漱石の映像体験にはどのようなものがあったのだろうか。ここでは〈映像〉の語源や言葉の変遷をたどることはせず、単純に「写し絵〈幻燈〉」「写真」「活動写真〈映画〉」の三種に的を絞っておきたい。いずれも〈レンズを通した像〉が共通点である。

写し絵は西洋幻燈「マジック・ランタン」（magic lantern）が日本化された装置で、江戸では享和三年（一八〇三）に見世物興行が始まった。関西ではひと足早く「錦影絵」ほかの名称でしだいに西へ広がっていった。関東へは江戸の写し絵から広がったと思われ、幕末から明治初期にかけて庶民の間でも装置に接する機会が増えていった。写し絵の種板（スライド）は、手描き、手彩色のものが大半だった。西洋幻燈が再渡来するのが一八七三、四年（明治六、七）、漱石が七歳の頃になる。この西洋幻燈はまだ高価であり、普及するのは一八八七年（明治二〇）前後から、小説では樋口一葉が『たけくらべ』（一八九六年）のなかに登場させた。写し絵や幻燈の歴史については詳しくは拙著『幻燈の世紀』に譲ることにして、漱石の写し絵体験を探してみよう。

小説『道草』に、主人公・健三の子供の頃を回想する次のような描写がある。

彼の望む玩具《おもちゃ》は無論彼の自由になった。其中には写し絵の道具も交っていた。彼はよく紙を継ぎ合わせた幕の上に、三番叟の影を映して、烏帽子姿に鈴を振らせたり足を動かせたりして喜んだ。(11)

『道草』は漱石の小説群のなかで最も自叙伝に近い小説とみなされており、健三の年齢設定は三六歳、発表当時の漱石もほぼ同年齢だった。そこから子供の年を推測すると明治六、七年で七歳の頃となる。健三は「写し絵の道具」、すなわち写し絵の装置一式を持っており、「紙を継ぎ合わせた幕」、すなわち映写用のスクリーンも持っていた。「三番叟の影」とは、写し絵興行の開演の口火を切る定番「三番叟《さんばそう》」のことで、描かれた人物が単純な動き（踊り）を見せ、音曲が付くにぎやかな出しもの。むろん彩色されている。この「三番叟」は現在の継承者・三代目薩摩駒花太夫（山形文雄）率いる「江戸写し絵社中」（旧・劇団みんわ座）でもおなじみとなっている。

漱石の語句・事項索引からは「幻燈」の言葉は検索できない。この言葉はむしろ弟子の物理学者・寺田寅彦が回想記に使っている。[12]漱石は実際に「写し絵の道具」を持っていたのだろうか。当時七歳頃と推定すると、養子として名主の塩原家に養われていたときである。養子先では可愛がられたようで、子どものための鎧と兜を着けた写真が残されている。そこで写し絵の道具一式を買ってもらったのかもしれない。ただし、養子先の夫婦間の問題で、漱石は翌年夏目家に引き取られて実家へ戻ることになる。

ところで、写真撮影は当時高度な技術を持った専門家の仕事であったから、漱石の写真体験はあくまで被写体としての記念撮影であり、幼少期よりも青年期以後に撮影されたものが多い。もっとも、飯沢耕太郎は尾崎紅葉の『金色夜叉』にみられる写真趣味に言及しながら、明治三〇年代前半には、写真を写してもらう人よりも、写したがる者が多い「ハイカラ趣味」の時代が来つつあったと述べている。(13) それに伴い、写真の美化〈芸術化〉を重視する立場と、即物的写実性を重視する立場との論争も始まっていた。一般には日露戦争前後に〈美人絵葉書〉が大流行した。漱石は『草枕』(『新小説』一九〇六年九月)で、わずかながら写真に言及している。『草枕』は漱石自身の言う「俳句的小説」であり、主人公は「画工《えかき》」、つまり画家である。当然、画論が随所に述べられており、自然描写も秀逸で会話も軽妙、しばしばユーモア漂う自在な随想小説となっている。漱石の初期作品に頻出する夢と現実、幻想と現実の混在・共存も語られ、都会の喧騒と、都会で他人の屁ばかり分析する探偵病とを嫌悪する主人公は、熊本の玉名にある鄙びた小天《おあま》温泉の地で「自然体」を得ようと風景を眺め、思案する。「山路を登りながら、こう考えた」から始まる冒頭の一文に続き、まもなく次の文章がある。

住みにくき世から、住みにくき煩いを引き抜いて、難有《ありがた》い世界をまのあたりに写すのが詩である。画《え》である。あるは音楽と彫刻である。こまかに云えば写さないでもよい。只まのあたりに見れば、そこに詩も生き、歌も湧く。着想を紙に落とさぬとも璆鏘《きゆうそう》の音は胸裏に起る。丹青〔色彩〕は画架に向って塗抹せんでも五彩の絢爛は自から心眼に映る。只おのが住む世を、かく観じ得て、霊台方寸のカメラに澆季溷濁《ぎようきこんだく》の俗界を清くうらゝかに収め得れば足る。

(『漱石全集』第二巻、三八八頁)

「璆鏘」とは、玉や金石の触れ合う美しい音、ひいては詩歌の美しい旋律のことを指しており、「澆季溷濁」とは末世の軽薄、乱れをいう。文章全体は芸術論、芸術を生む精神について述べているが、「霊台方寸のカメラ」とは「心の中のカメラ」を指すので、芸術は外に表さずとも心中に収めればそれでもよいと、主人公（かつ語り手）の画家は考える。実際、この画家はキャンバスと絵具を抱えてはいても、あまり絵を描かないのである。絵を描くことよりも、俳句を詠む回数がずっと多く、絵画と俳句とは同等の表現芸術として彼の内にある。「心のカメラ」という言い方は別の個所にもある。以前、画家が能の『高砂』を鑑賞した折、老婆の顔を美しいと感じて、その表情が「ぴしゃりと心のカメラに焼き付いて仕舞った」（前掲書、三九九頁）。彼は小天温泉へ向かう途上、峠の茶屋で老婆に出合い、この人が心に焼き付いたかつての老婆の写真に生き写しだとばかり、写生帖にスケッチする。

ここまでの漱石のカメラは写実性を重視している。そして小天に着き、那古井の宿に泊まった画家は、夢うつつのなかで幻影《まぼろし》の女を見る。閉じた眼《まなこ》のままなので確かとはわからないが、「色の白い、髪の濃い、襟足の長い女」と見え、「近頃はやる、ぼかした写真を灯影《ほかげ》にすかす様な気」がした（前掲書、四一九頁）。「近頃はやる、ぼかした写真」とは、いわゆる〈芸術写真〉または〈美人絵葉書〉を指していると思われるから、ここで漱石のカメラは〈美化〉された写真の立場へと変わっている。おそらく、漱石にとっての写真は写実性と美化と両面を持っていたのだろう。漱石の夢と現《うつつ》、それは写真においても両面があったのである。『草枕』は俳諧精神に満ちた芸術的ユーモア小説とも呼べるだろう。
　ユーモアがほとんど影を潜めた『野分《のわき》』（一九〇七年）では、写真論がはっきりと語られている。婚約者の女性を前にした青年の口を通して。

「写真は是非取らして下さい。僕は是で中々美術的な奴を取るんです。うん、商売人の取るのは下等ですよ。——写真も五六年この方大変進歩してね。今じゃ立派な美術です。普通の写真は誰が取ったって同じでしょう。近頃のは個人々々の趣味で調子が丸で違ってくるんです。入らないものを抜いたり、一体の調子を和げたり、際どい光線の作用を全景にあらわしたり、色々な事をやるんです。早いものでもう景色《けいしょく》専門家や人物専門家が出来てるんですからね。」
「あなたは人物の専門家なの。」（と、相手の女性が問う）
「僕？　僕は——そうさ、——あなた丈の専門家になろうと思うのです。[14]」

　では「活動写真」はどうだろうか。これは「写し絵」よりもずっと多く使われている。ただし、漱石にとって最初の活動写真がいつだったのか、芝居やパントマイムについてはその題目を記しているが、初期の活動写真が画面に題名を入れる慣習がまだなかったこともあり、何を見たのか判然としない。残された文章から推測すると、一九〇一年（明治三四）三月に留学先のロンドンから妻の鏡子にあてた手紙に「活動写真」の文字があるのが最も古いようだ。といっても、ロンドンで見たパントマイムの衣装、美術、仕掛けの見事さに驚嘆して、「丸で極楽の活動写真と巡り燈籠とを合併した様だ」と、眼前に繰り広げられるきらびやかな幻想世界を、活動写真や回り燈籠にたとえている。[15]だとすると、漱石はパントマイムより先に活動写真を見ていたことになる。

それ以前の活動写真（映画）となると、日本最初の映画上映は一八九六年（明治二九）一一月の神戸。ここではエジソン社のキネトスコープが、そして一八九七年の二月には大阪でリュミエール社のシネマトグラフが初紹介された。以後次第に上映会が増えていったにしても、それぞれが一分たらずの作品数には限りがあり、いま特定可能な初期映画作品を念頭におくと、「丸で極楽の活動写真」に当てはまる題材が見当たらない。漱石のロンドン着は一九〇〇年（明治三三）一〇月末、ロンドンまたは旅の途上の海外で見たとすれば、おそらくジョルジュ・メリエス作品が一番それに近かったと思われる。メリエス作品は一八九八年（第一作）から一九〇一年初頭までに三〇〇本を超える数が製作されていて、彩色されたものも多く、欧米でたいへん人気があった。たとえば、『火の踊り』『シンデレラ』『ラジャの夢』『蛹と蝶』ほか、現在でも楽しく見ることのできる作品には、舞台的な装置とトリック撮影を凝らした幻想的なものが特徴となっている。

ロンドン留学ののち、漱石が日本に帰国したのは一九〇三年（明治三六）一月だから、帰国時、長女の筆子でもまだ四歳に達していなかった。その五年後の一九〇八年（明治四一）、漱石は『早稲田文学』一〇月号に「文学雑話」を書いて、「写生文をパノラマとすれば小説は活動写真[16]」と、ここでも比喩的に使っている。比喩の妥当性はともかく、小説を活動写真にたとえているのが興味深い。このとき筆子は九歳、妹の恒子は七歳、漱石は子供たちにせがまれて活動写真に行ったのかもしれない。ちなみにパノラマは活動写真よりひと足早く、東京の上野を皮切りに明治二〇年代から日本各地でも見られるようになり、明治末期まで流行した視覚的見世物である。子供たちに連れられて活動写真を見に行ったことがはっきりわかるのは、一九一一年（明治四四）の講演である。すでに七人の子沢山——女五人に男二人、上の子供が一三歳、それから赤ん坊までズラリいる[17]、と述べ、子供たちからいろいろな要求があり、「活動写真へ行け」との注文もときにあって、三度に一度は行かざるをえなかったと語っている（「中味と形式[18]」）。

元来私は活動写真と云うものを余り好きません。どうも芝居の真似などをしたり変な声色を使ったりして厭気のさすものです。其上何ぞというと擲ったり蹴跳ばしたり惨酷な写真（映画の場面）を入れるので子供の教育上甚だ宜しくないから可成《なるべく》遣り度くないのですが、子供の方では頻りに行きたがるので——尤も活動写真と云ったって必ず女が出て来て妙な科《しな》をするとは極まっていない、中には馬鹿気て滑稽なのも沢山ありますから子供の見たがるのも無理ではないかも知れません。で三度に一度は頑固な私もつい連れ出される事があります。

しかたなく連れて行く、その困った状況を語るなかで、漱石が見たものが漠然と浮かんでくる。一つは子供たちでも理解しやすい喜劇、といっても単純な笑いを誘う〈何かを追っかける〉類の映画。これはもともと外国種の滑稽映画で、変種や類似作が多数あり、日本でも模倣作があるほど流行した。もう一つは人情ものや芝居がかった続きもので、子供たちが発する「どちらが善で、どちらが悪か」の質問に漱石は閉口した。さらに、漱石にとって不可解だったことが二年前の日記に記されている、「昨夜子供が活動写真を見に行ったら、蘆花の不如帰をやったそうだ。そうしたら常子〔恒子〕が泣いたそうだ。常子は九つである。どうして泣けるか不思義《ママ》でならない(19)」と。「不如帰」の映画とは、Mパテー商会の『新不如帰《しんほととぎす》』（岩藤思雪監督）だったのだろう。まだ女形しか出演しない時代だから、女形の〈泣く仕草〉と声色弁士の〈泣き声〉に感化されて常子が泣いたのかもしれない。

小説から映画へ

漱石は小説のなかでも何度か活動写真、または略称の「活動」を使っている。具体的な作品を指すのではなく、流行現象の一端として『三四郎』のなかで、三四郎の友人・佐々木に「菊人形は御免だ。菊人形を見る位なら活動写真を見に行きます」と言わせる一方、広田先生には菊人形を評価させ、弁護させている（『漱石全集』第四巻、一一一頁）。また『彼岸過迄』では、大連の電気公園で娯楽を担当する森本が活動写真買い入れのために出京する予定を告げ（『漱石全集』第五巻、三九頁）、別の個所では、敬太郎が子供の頃祖父から聞かされた浅草の見世物を想像して、占いでも見てもらおうと浅草へ行くと、「ルナパークの後から活動写真の前へ出た時は、（中略）今更の様に其雑音に驚いた」（同書、八二頁）と、活動写真館の雑音、おそらくは楽隊・楽士の演奏、呼び込みや館内の弁士の声、観客の喧騒など、その賑やかさにふれている。活動写真館が増えていくさまは、『行人』のなかで、父に「やあ何時《いつ》の間にか勧工場《かんこうば》が活動に変化しているね」と言わせながら、主人公・長野二郎には、安っぽく粗末な建築を「情ない眼付で見た」（同書、六四二頁）と描写している。

一九一五年（大正四）ともなると、子供たちはもう漱石に連れて行ってもらう必要もなく、「先刻《さつき》迄庭で護謨《ゴム》風船を揚げて騒いでいた子供達は、みんな連れ立って活動写真へ行ってしまった」（『硝子戸の中』、『漱石全集』第八巻、五〇九頁）となる。

漱石より一六歳下の志賀直哉と、志賀より三歳下の谷崎潤一郎はたいへんな映画ファンだったが、漱石は「子供に引かれて活動参り」をしたものの、映画に魅力を感じないままに没した。没年は大正五年（一九一六）一二月九日。この年、アメリカではD・W・グリフィスが超大作『イントレランス』を、またその前年にはやはり大作の『国民の創生』を監督してアメリカ中の観客を熱狂させ、賛否の渦を巻き起こしていた。『国民の創生』は南北戦争を経てアメリカ（北米）が〈国民国家〉として誕生するまでの大河メロドラマである。映画は黒人への偏見が大きいと批判され、その批判をかわすべく、『イントレランス』では「不寛容な」人間たちの歴史を描くことで、平和と人類愛のメッセージを打ち出した。これらの大作が日本で公開されたのは漱石没後のことになる。

小説を活動写真にたとえた漱石は、まさか自分の小説が映画化されるなど、夢想もしなかったことだろう。漱石の小説で戦前に映画化されたものは以下の四作品である。

『坊っちゃん』一九三五年三月、P.C.L.映画製作所、山本嘉次郎監督、宇留木浩主演
『虞美人草』一九三五年一〇月、第一映画社、溝口健二監督、夏川大二郎主演
『吾輩ハ猫デアル』一九三六年四月、P.C.L.映画製作所、山本嘉次郎監督、丸山定夫主演
『虞美人草』一九四一年六月、東宝映画、中川信夫監督、高田稔、霧立のぼる共演

なお、間違えやすい『新篇　坊っちゃん』、これは漱石原作ではなく、尾崎士郎の原作による別作品。この原作小説は一九三八年（昭和一三）から三九年にかけて『日の出』に連載のあと、同年に新潮社から単行本が出た。映画化は一九四一年、渡辺邦男監督、岡譲二主演による東宝映画である。

本書では「ユーモア小説と映画」を主題にしているので、漱石没後の初映画化作品として、戦前の『坊っちゃん』と『吾輩ハ猫デアル』の両作品を取り上げてみる。原作の執筆順序は『吾輩は猫である』が先であるが、この連載途中、同じ『ホトトギス』（一九〇六年四月）に『坊っちゃん』が中編小説として発表された。つまり、『吾輩は猫である』の完結より早く、『坊っちゃん』

は一回の読み切りで完結している。漱石原作の最初の映画化として、まず『坊っちゃん』からみていこう。

小説と映画――『坊っちゃん』

『吾輩は猫である』の連載途中、別途に書かれた『坊っちゃん』ではあるが、両方の小説に共通しているのは叙述の一人称形式である。猫の「吾輩」と、坊っちゃんの「おれ」と。前者では猫が人間世界を批評的に観察してゆき、後者では「おれ」が主観的な視点から、相対化されない個人的感情と気分によって、〈村〉社会のような学校に反発する。両作品に登場する人物の造形はかなり異なっており、議論も人物も多様な『吾輩は猫である』に比べると、『坊っちゃん』ではほぼ形而下の出来事と議論に集中している。両作品ともに語りの文体はくだけた戯作調ではあるが、前者に飛び交う古今東西の学説、俗説、珍説に対して、後者は世間道徳と俗説が基調をなしており、知的遊戯、諧謔のおもしろさでは『猫』がはるかに優っている。

『坊っちゃん』は漱石の小説では最も親しまれているかもしれないが、実は「痛快な青春物語」とはだいぶ様子が異なる。それは主人公が「無鉄砲」と自認し、下女の清《きよ》が彼を「竹を割ったような気性」と呼ぶとされているにもかかわらず、その内面では、世をすねた不平不満が多く、落語の〈小言幸兵衛〉のようにケチをつけること、はなはだしいからだ。主人公は数学の

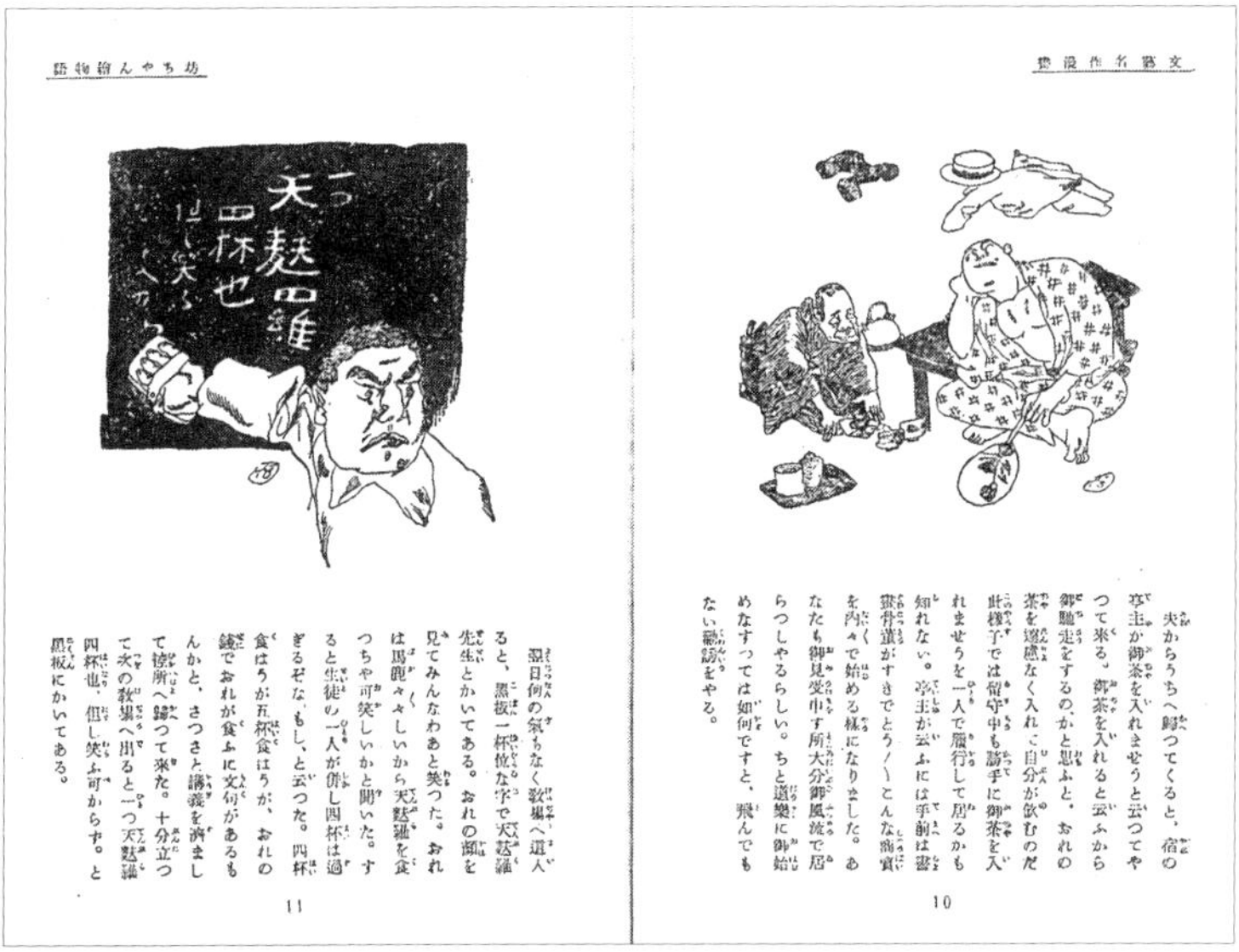

夫からうちへ歸つてくると、宿の亭主が御茶を入れませうと云つてやつて來る。御茶を入れると云ふから御馳走をするのかと思ふと、おれの茶を遠慮なく入れて自分が飲むのだ。此樣子では留守中も勝手に御茶を入れませうを一人で履行して居るかも知れない。亭主が云ふには手前は書畫骨董がすきでとう／＼こんな商賣を内々で始める樣になりました。あなたも御見受申す所大分御風流で居らつしやるらしい。ちと道樂に御始めなすつては如何ですと、飛んでもない勧誘をやる。

10

翌日何の氣もなく教場へ這入ると、黒板一杯位な字で天麩羅先生とかいてある。おれの顔を見てみんなわあと笑つた。おれは馬鹿々々しいから天麩羅を食つちや可笑しいかと聞いた。すると生徒の一人が併し四杯は過ぎるぞな、もし、と云つた。四杯食はうが五杯食はうが、おれの錢でおれが食ふに文句があるもんかと、さつさと講義を濟まして控所へ歸つて來た。十分立つて次の教場へ出ると一つ天麩羅四杯也。但し笑ふ可からず。と黒板にかいてある。

11

図②　岡本一平（画）「坊ちゃん絵物語」（『漱石名作漫画』所収、名著復刻全集刊行記念、近代文学館）

新米教師、かつての〈でもしか先生〉に近く、生徒指導に対する理想も信念もない。おおまかで面倒くさがり、江戸っ子であることを自慢して、赴任先の田舎の生徒や人々を見下している。坊っちゃんが好人物とみるのはただ一人、影の薄い英語教師「うらなり」だけである。つまり、「おれ」である主人公自身、作者漱石が落語の登場人物のように茶化して描いたとも受け取れる。

とはいえ、「おれ」は『吾輩は猫である』の苦沙弥《くしゃみ》先生より若くて行動的、元気な青年教師でもある。だが、彼もまた若い教え子たちのいたずら――寝床の布団に放たれたバッタ（イナゴ）の群れ――に悩まされる。いたずら少年たちにからかわれる主人公。『吾輩は猫であ

P. C. L. 映畫

坊っちやん俳優マドンナ女優當選決定

審査員組意による
幸運をつかんだ二人
宇留木浩と夏目初子點描

宇留木浩《うるぎひろし》

『坊っちやん』主役は最高當選の宇留木浩
獨占映畫化に山本監督一代の奔命

純日本風明眸の佳人
前途洋々の夏目初子
三五年度の新人としてデビュー

夏目初子《なつめはつこ》

『坊っちやん』は山本嘉次郎監督と決定

◇寫眞說明◇

図③　映画『坊っちゃん』の記事。主演とマドンナ役の決定
(『P. C. L. 映画』1934 年 11 月 1 日号)

る』にもこれと同様の逸話――野球少年たちの騒音と悪戯――があり、漱石の経験もあったのだろうが、実は若き日の漱石自身、女の子をからかったり、年長の悪太郎を二人がかりでやっつけたりと、なかなかの〈わんぱく少年〉だったらしく、頑固で負けず嫌いの一面もあったのだ。このことは、篠本二郎の「腕白時代の夏目君」に回想されている[20]。

漱石作品最初の映画の製作に際して、坊っちゃん役に新人を募集したところ、浅草のエノケン一座に出演中だった宇留木浩が選ばれた。当時の宇留木浩は三一歳くらいで、映画会社の宣伝紙『P. C. L. 映画』の写真では面長に見えるが、「坊っちゃん」に扮した広告や映画の写真では、顔も身体も丸く、会社員タイプに見える。当時の批評ではP.

C.L.が擁する特異な俳優陣にぴったりの原作であり、その映画化とみなされて、「徳川夢声の校長にしろ、森野鍛冶哉の赤シャツにしろ、藤原釜足のうらなりにしろ、丸山定夫の山嵐にしろ、いづれもその特殊な役柄を充分に滲出して見せていた。／宇留木の坊っちゃんは適役」と述べている（岸松雄『キネマ旬報』一九三五年五月二一日号）。どの役も戯画的であり、徳川夢声の校長役、森野鍛冶哉の赤シャツ役は適役に見えるが、ほかはどうだろうか。マドンナ役の夏目初子は映画初出演、せりふが下手で魅力も乏しい。

坊っちゃんの単純な正義感、横柄とも見える江戸っ子意識、田舎を見下すもの言いなど、坊っちゃん自身の子供っぽさも笑いの対象となるのだが、一方的な子供っぽさでしかなく、観客が肯定的に受け入れるふくらみがない。先の岸松雄評からもう少し引用してみよう。

小林勝の脚色は穏当ではあるが、潑剌としたところがない。それからこれは監督についてもいいたいのだが、主人公の坊っちゃんの江戸ッ子的な点を強調するのは宜いとしても、それが調子に乗りすぎて、無作法極まるところを見せているのはどうかと思う。無作法の愛嬌というものを感じさせないで、無作法の憎らしさを感じさせるようなのは不可けない。

以下、岸松雄は辛口評を続けていく。要するに、学校内の不正や腐敗に対する正義感の発露よりも、無鉄砲ぶりだけが強調され、主人公は「喧嘩のための喧嘩」をするように見えてしまうと。

この作品はいまでも見ることができるが、たしかに映画はそうであり、実は原作にもその度合いは強い。一人称で語られるくだけた文体やせりふが〈読物文芸〉、あるいは小新聞に掲載された滑稽小説や諧謔読みものの印象を与える。そのうえ、ユーモアや笑いが一向に生きてこないのだ。坊っちゃんや山嵐が大騒ぎするさまざまな事件も、とるに足りない些事ばかりである。いまからみると、映画には風俗、とくに家屋、室内、調度、衣服など、古めかしさと時代色は見どころかとも思われるが、岸松雄評は「ローカル・カラーについても、時代的な雰囲気についても、不満が多い」と、やはり批判的だった。

監督の山本嘉次郎当人の回想では、中学校のモデルとなった松山まで出張して調査したところ、すでに多くのものが消失していたため、当時の卒業記念写真をもとに、学校や衣装の参考にした。下宿の再現セットにも念を入れ、現地ロケーション撮影も行い、松山弁は山嵐を演じた丸山定夫が松山出身でもあり、彼から「なもし」や「じゃけれ」などのアクセントを教わった。山本嘉次郎が一番困ったのは、物語や外見を原作に似せることよりも、原作の「人間の観察のユーマアと鋭い皮肉、全編を蔽う俳味とペーソス」、これを映画に出すことに努めたが、遂に「俳味」は出せなかったと残念がっている（一九三六年四月、『漱石全集　月報』二五六―二五七頁）。筆者には、原作『坊つちやん』には俳味よりも落語、寄席における〈笑い話〉の味のほうが色濃いように思える。この作品は映画としては凡作だろうが、興行的には大当たりしたようだ。翌年、この監督は主要俳優たちの顔ぶれを変えずに『吾輩ハ猫デアル』を手掛けることになる。脚本の小林勝も同じである。

脇道にそれるが、晩年の小林勝本人に筆者は出合っている。小林勝が本名の小林玄勝《げんしょう》で早稲田大学文学部の「シナリオ研究」の講師を長くやっていたときのことである。演劇の戯曲の構造や構成法をタイプ別に取り上げて解説し、さらに映画作品の場合も類型や変種の具体例を挙げながら説明して、欧米の代表的文献も紹介する講義だった。筆者は当時学部の学生で、映画の歴史などにはまだ疎かったから、ドラマツルギーや、それをもじったシネマツルギーなどの話は興味深かったが、講師当人が戦前の映画『坊っちゃん』や『吾輩ハ猫デアル』の脚色者であることを知らなった。筆者が大学院に進み、副手の頃、演劇研究室に詰める時間が多くなり、そこに「玄勝さん」こと「玄勝先生」が講義後によく立ち寄って、私たちに楽しい四方山話を聞かせてくれた。内容はほとんど忘れてしまったが、飄々として洒脱な話しぶりに、お寺の出身だからかと、勝手に納得した。当人は東京帝大出身で京劇の臉譜《れんぷ》（化粧）や歌舞伎の隈取をテーマにした論文を書き、なんと

図④　映画『坊っちゃん』広告
（『P. C. L. 映画』1935年1月1日号年）

革命後のソ連映画を代表するセルゲイ・エイゼンシテインと文通をしていた。その一通が早稲田大学演劇博物館に寄贈されたことを知ったのは、のちのことになる。

本題に戻ろう。『坊っちゃん』の小説と映画が、戦後のテレビも含めて映像化が増えていくのは、物語や登場人物が外見上わかりやすいからである。一方で、小説『坊っちゃん』の批評や研究の数は、『吾輩は猫である』に比べるとずっと少ない。小説として一段単純にみられるからかもしれない。しかし、『坊っちゃん』の主人公が〈江戸っ子気質の正義感あふれる青年教師〉という単純な外見だけでなく、〈神経質で被害妄想の青年〉という内面を持っていること、また江戸の佐幕派没落武士の鬱屈や片意地を引きずっていること、そして自分を支えてくれるのは下女の清だけという孤独感は、中学生たちとの連帯がなく、同情も交流もないことから増幅されている——こうした諸々の心情を汲み取る論者もいる（平岡敏夫『「坊っちゃん」の世界』）。このような内面を、漱石自身の経歴と小説を重ね合わせながら読み取ることは可能だろう。しかし、映画では戦後まで含めて、そこまで読み込んだ作品はなさそうだ。

戦前の映画版『吾輩ハ猫デアル』

小説『吾輩は猫である』の初出は一九〇五年（明治三八）一月、『ホトトギス』に一編が載り、好評のため連載化して、翌年八月に完結した。前述したように、『坊っちゃん』は一九〇六年四月に同誌で発表されている。一九〇五年一〇月から順次、『吾輩ハ猫デアル』（当時の表記は片仮名）は上中下三巻で単行本化、全一冊による刊行は一九一一年（明治四四）、漱石の文名は高まる一方だった。小説『吾輩は猫である』に関して、ここでくどくど解説する必要はあるまい。

最初の映画化作品は、『吾輩ハ猫デアル』（山本嘉次郎監督、小林勝脚本、丸山定夫主演、P.C.L.、一九三六年）だが、これは誰が監督でも映画化がきわめて難しい。なにしろ、苦沙弥先生一家に入り込んだ野良猫が、名前のないままに一家を観察し、語っていく。会話その他を引用し、批評していく。しかも一人称で。原作にあふれる諧謔、諷刺、滑稽、ユーモア、文明批評から卑近な悪口まで――文字の世界の饒舌な語り――をどう映像化できるだろうか。原作ではすべての登場人物が相対化されており、中心人物たる苦沙弥先生といえども宇宙的視点の高みからものを

図⑤　『吾輩ハ猫デアル』上巻（大倉書店・服部書店、1905年）カバー

図⑥　『吾輩ハ猫デアル』下巻（同、1907年）挿絵

図⑦　映画『吾輩ハ猫デアル』（P. C. L.、1936 年）主演の丸山定夫

言った瞬間、バナナを踏んで転倒してしまうような、〈すってんころりんの笑い〉が至るところにある。これは、冷静で皮肉な目で観察する〈神の目〉の位置にいる猫でさえも例外ではない。

　映画版の脚本は『坊っちゃん』に続いて小林勝。そのシナリオが雑誌『セルパン』（一九三六年五月号）に掲載されている。「脚色　小林勝」の名の横に、「潤色及びコンテ作成　山本嘉次郎」と記されているので、小林勝のシナリオに山本嘉次郎が手を加え、より映画的工夫を凝らしたのだろう。ここで「コンテ」とはアメリカ風のシナリオ作法、コンティニュイティ（continuity）の影響を受けた日本的シナリオ作成の過程をさしており、厳密な定義はないが、せりふと簡単な場面状況（戯曲のト書きに相当する）の説明だけのものより、やや詳しいシナリオと受け取っておこう。映画版は小説のエピソードからいくつかが採られており、小説と異なるのは一点、ラストシーンが違うことだろう。

　映画の苦沙弥先生（旧制中学の英語教師）も胃弱で神経過敏、気弱な知識人であり、妻には落語の〈小言幸兵衛〉的なうるさい側面を見せたりする。喧嘩に強そうでないことは明白だが、野球に興じる学生たちの無断侵入には我慢も限度、ついに怒りを爆発させたりする。配役は苦沙弥役の丸山定夫、迷亭《めいてい》の徳川夢声《むせい》、寒月《かんげつ》の北沢彪《ひょう》と、主要三者の風貌は原作のイメージにはまっているように見えるし、脇にいる多々良三平役の宇留木浩、苦沙弥の細君の英《はなぶさ》百合子、金満家の金田一家などの面々も悪くはない。つまり、映画のなかの戯画化された人物像はそれなりに適

図⑧　映画『吾輩ハ猫デアル』（P. C. L.）
広告の表記は平仮名（『キネマ旬報』1936年4月21日）

図⑨　同（『キネマ旬報』1936年5月11日）

役といえるだろう。新体詩の詩人・東風役の藤原釜足を除けば。映画は原作から拾い出したいくつかのエピソードをうまく繋いで見せるだけで、まったく表面的な描写とエピソードの羅列に終始している。

山本嘉次郎監督は原作をどう受け止めたのだろうか。当人の回想から引用してみよう。

「吾輩は猫である」の映画化にあたっては、最初から、幾多の難点が横わっている。「坊っちゃん」とは違って、たいへん映画には不向きなものである。その構成、形式、内容、挿話、その悉くが映画とは、あまりに縁遠い形態を具えている。

「猫」は、猫の独白体の形式で綴られる。小説としてもユニークなものであるが、その猫は、学識古今東西に亘り、極めて連想が豊富で、甚だ高踏的な世界観を持ったり、或は辛辣な文明批評を吐いたり、或は東洋精神を説き、或は、英吉利風の自由主義を振り廻したり、箸にも棒にもかゝらぬ代物である。それ許りでない。この猫は神出鬼没、変幻極まりなく、珍野家の一飼猫かと思えば何時の間にか、漱石居士その人に化けていたり、時としては、その漱石居士それ自身をさえ喰い殺して仕舞う。甚だ、その所属が明瞭でないのである。(21)

山本嘉次郎はうまく原作の特徴を述べながら、映画化の困難さを語り、その結果、「敢えて、「猫」を画面から没却してしまった」と言う。猫は画面に出ることは出るが、〈単なる飼猫〉として出るだけ。監督は猫には目もくれず、主人公「珍野苦沙弥」のインテリではあるが実行力に乏しく、「個人主義的な観念の中にまごまごしているうちに世界はドン〳〵進んで行って了う」、すなわち〈低徊趣味の男の悲劇〉として描いた。時代背景を原作の日露戦争から欧州大戦（第一次世界大戦）に変えたのも、その理由からだと説明する。山本嘉次郎の解釈では、どうやら主人公は革命前のロシア小説にみられた、有閑階級の知識人たちに似てくる。『オブローモフ』に代表される〈無用者〉の系譜である。漱石自身も〈高等遊民〉という言葉を使って、自己の小説『彼岸過迄』に登場させている。だが、小説『吾輩は猫である』のおもしろさは〈悲劇〉にあるのではなく、やはり〈喜劇〉に見えるからではないだろうか。苦沙弥先生は資産家ではないにしても、高等教育を受けた教養人であり、相当な知識を持ち、友人たちも同様の知識人たちである。いずれも物語世界の世間からは変人に見えるし、読者に対しても〈高等遊民〉たちの〈高等会話〉はまるで落語や漫才のようなおかしさを与える。映画でもそのおかしさを出すように努めてはいるが、表面のドタバタぶりが目立つのは、言葉による表現と視覚による表現の媒体の相違からだろう。

ここで唐突に思い出すのは、旧ソ連時代のロシア人監督ニキータ・ミハルコフによる『機械じかけのピアノのための未完成の戯曲』（一九七七年）である。チェーホフの初期戯曲と短編小説から構成されたこの映画は、一九世紀末のロシアの田舎、有閑階級の邸宅を舞台に、招かれた客たちのたあいもない会話と議論のなかで、没落階級の〈どんづまり〉状態が露わになっていく。こ

図⑩　『吾輩は猫である』広告
（『キネマ旬報』1975年6月上旬号）

こにこそ〈悲劇〉があり〈喜劇〉があった。

『吾輩ハ猫デアル』に戻ると、物語の結末、原作では猫がビールを飲み過ぎて酔っぱらい、水瓶に落ちて水死するが、映画では猫を目立たない存在にしている。映画の終わり、いつの間にか猫は死んで庭に墓ができており、立てられた墓標に「此の下に稲妻起る宵あらん」とある。猫のさりげない死と、添えられた漱石の句で映画は終わる。

戦後の市川崑《こん》監督『吾輩は猫である』（芸苑社製作・東宝配給、八住利雄脚本、市川崑潤色、一九七五年）はどうだろうか。色彩や構図に凝る監督でもあり、この映画版では寒色系の薄暗く淡い色調で時代の雰囲気を出そうとした。バッハの曲を背景音楽に使っている。戦前版よりは猫がよく顔を出し、原作の猫の語りを迷亭（伊丹十三）に言わせたり、猫の視点の画面を入れたりと、工夫はみられるが、才人監督をもってしても、原作のおもしろみは一向に伝わらず、やはり映画化の難しさを痛感させられた。個々のエピソードに戦前版との類似や相違があるのはともかく、結末は原作に近く、猫は客の残したビールをなめ、酔って水甕で溺死する。その前に、ハムレットならぬ有名な独白が猫の語りとして入る。「吾輩は猫である。名前はまだない……」。そして、原作にはない最後の場面が付け加えられる。書斎に座って原稿に向かう主人公（仲代達矢）に、細君（波乃久里子）が「なんです？……今度は小説ですか」と聞くと、原稿用紙が画面一杯になり、最初の行に「吾輩は猫である」の文字、ここで終わる。巧い終わり方である。

「漱石のトーキー見物」とは

ところで、「えッ、漱石がトーキー映画を見ていたの？」と驚かせる随筆がある。題して「漱石のトーキー見物」。筆者は伊馬鵜平《いまうへい》（別名は春部、一九〇八―一九八四）。後述の佐々木邦と雑誌『ユーモアクラブ』の個所で、伊馬鵜平の名前を出したが、この随筆を彼が書いた頃はP.C.L.映画の嘱託をやっており、翌年（一九三二年三月）、ムーラン・ルージュ新宿座の文芸部に入った。スクリーン上の人物がしゃべり、音楽や音響が伴うトーキー映画。いまでは当たり前のことながら、当時は発声映画とか有音映画などとも呼ばれたフィルム式トーキー（talkie）が広がっていくのは、欧米では一九二〇年代末から三〇年代初頭、日本では松竹の『マダムと女房』（一九三一年）が最初の成功作だった。いずれにしても漱石は一九一六年に他界していたから、トーキー映画など見ることはできなかったし、想像さえしなかっただろう。

伊馬鵜平は、長野県八ヶ岳山麓の温泉旅館で日活映画のロケーション撮影隊と出合ったことから書き始めて、賑やかなロケ隊が出立したあと、東京では「今夜はお盆の十四日だ」と、感慨にふけりながら、最近鬼籍に入った人々、地獄や極楽に入った人々へ思いをめぐらす。その一人が童話作家・小説家の鈴木三重吉で、彼は六月二七日に亡くなったばかりだった。鈴木三重吉はあの世で漱石先生と久しぶりに再会しただろうか、お土産には何を持って行っただろうかと推理して、それはきっとP.C.L.トーキーの『坊っちゃん』と『吾輩ハ猫デアル』に違いない。さて、彼の地でも試写会があるのだろうか、どのような面々が招待されるのだろうかと、ユーモア作家らしい空想を続けていく。三重吉が文壇デビューしたのは漱石の推薦のおかげだったから、伊馬鵜平はそのことを知っていたのだろう。彼の地（当然、極楽？）での試写会はセンセーションを起こした。伊馬鵜平はあの世の漱石先生の日記から試写会の様子を引用していくが、その「日記」をどのように入手したのかにはふれていない。ともあれ、三重吉のお土産に漱石はたいへん喜んだ。なにしろ当地では、最近やってくる人たち（新たな死者たち）から話に聞くだけであり、トーキー映画を「初めて見る」人間（？）のほうが多かったのだから。漱石は想像を超えるトーキー映画の巧緻さに驚き、同席した森鷗外は、この分ならば欧州ものなどどんなにいいかもしれぬと、しきりにドイツ語版のトーキーを見物したがった。映画『坊っちゃん』の冒頭でキヨが出てきたり、松山の実景が写されたり、漱石は懐かしんだようだ。「坊っちゃん」が寝床でバッタに苦しめられる場面では、あの世の漱石曰く、

「あれではちょっと少なすぎるね」

と、鈴木君に囁いていたところが、

「先生、あれだけ集めるのには大苦労したんですぜ。何しろ、冬の撮影でしたからなあ……」

と言う者がある。知らない顔だったが、紹介されて、それが東屋三郎君であることがわかった。同君は野だいこの役をやったとのことである。

（『日本映画』一九三六年九月号）


「野だいこ」とはむろん、『坊っちゃん』に登場する「野だ」の図画教師。教頭の「赤シャツ」にぺったり付いた太鼓持ちである。

漱石の「日記」はまだ続き、東屋《あずまや》の演技や踊りの場面を褒めたあと、『吾輩ハ猫デアル』の感想に移る。この映画ではまず、みごとに再現された本郷千駄木の住居に驚き、丸山定夫の苦沙弥先生が学校から帰宅途上、「汗を拭きふきダラリと歩いてゐる姿」に我が意を得たと共感。また、最後に猫の墓と漱石自身の句が出てきたことにも驚きながら、映画全体に「ほぼ満足」したようだ。さらに原作料が入ることにも喜び、遺族も安心だろうと思いやる。同席した岩野泡鳴《ほうめい》は、自作の北海道もの二作品をトーキー映画にしてもらおうと気焔を上げる。もっとも、芥川龍之介は「写真が物を言うなどとは不自然だ！」と吐き出すように言って、席を立ってしまった。「日記」の末尾に、漱石は『三四郎』や『明暗』などもトーキー映画にしてほしいが、とくに『明暗』の執筆は未完に終わったので、映画化されることでどんな結末になるか楽しみだ、などと書いている。泡鳴の言葉は、いわゆる「泡鳴五部作」のなかで北海道を舞台にした後半を指しているのだろう。

伊馬鵜平が引用した漱石の「日記」なるもの、またそこで述べられた漱石の感想はまさにムーラン・ルージュ新宿座風の滑稽なコントを想起させる。文体の相違はともかく、この空想はいかにも漱石が書き残したかのような真実味も合わせ持っていて、いま読んでもニヤリとさせられる。

ちなみに、戦後に新東宝は『夏目漱石の三四郎』を製作した（中川信夫監督、八田尚之脚本、一九五五年）。むろんトーキーであり、原作でも口数の少ない三四郎（山田真二）や美禰子（八千草薫）はともかく、雄弁な友人や、「偉大な暗闇」広田先生（笠智衆）、肖像画論を語る画家など、原作にある興趣深いせりふはほとんどなく、代わりに美禰子にピアノで「庭の千草」を弾かせている。この旋律は映画の主題曲ともなっており、モノクロ撮影（玉井正夫）の美しさに情緒を加え、映画をしみじみとした淡い初恋物語に変えた。だが、その代わりに、人生や時代への原作の批評的姿勢、そこから醸し出される微かなユーモアや滑稽味は消えていた。

戦後も数多い映画『坊っちゃん』

夏目漱石の原作で戦後に映画化された作品には、『三四郎』『こころ』『それから』などもあるが、なんといっても『坊っちゃん』が原作を通して最も広く親しまれている。短気で喧嘩っ早い主人公の痛快な性格と行動、ユーモラスなエピソードの数々、原作では影が薄い「マドンナ」騒動など、青春映画としても映画化に向いているからだ。『吾輩は猫である』の市川崑監督作品については前述したので、戦後の『坊っちゃん』映画のリストを掲げておこう。

○『坊っちゃん』丸山誠治監督、八田尚之脚本、池部良主演、東京映画・東宝、モノクロ、一九五三年。

戦後最初の、そして戦前版から二度目の映画化である。クレジット・タイトルの背景に、ぼんやりと写る回り灯籠の光と影、素朴な汽車と自転車の影がぐるぐる回り、金魚鉢の金魚の大写しとなり、にぎやかな縁日の人混みへと移って映画が始まる。主人公（池部良）は小さな女の子の横で、ひと竿五銭の魚釣りに夢中になっている。そこで釣り上げた鯉を持ち帰り、ばあやの清《きよ》（浦辺粂子）を驚かす。戦後のほかの作品と比べると、主人公とばあやのよき情愛関係がていねいに描かれている。主人公は東京を出て松山へ渡り、そこでの生活はほぼ原作通り。山嵐に小沢栄、赤シャツ教頭に森繁久彌、うらなりに瀬良明、マドンナに岡田茉莉子と、池部良も含めて適役だろう。なかでも印象に残るのは、たよりなく影の薄い「うらなり」の瀬良明、ぴったりのはまり役だ。

○『坊っちゃん』番匠義彰監督、椎名利夫・山内久脚本、南原伸二主演、松竹大船、カラー、一九五八年。

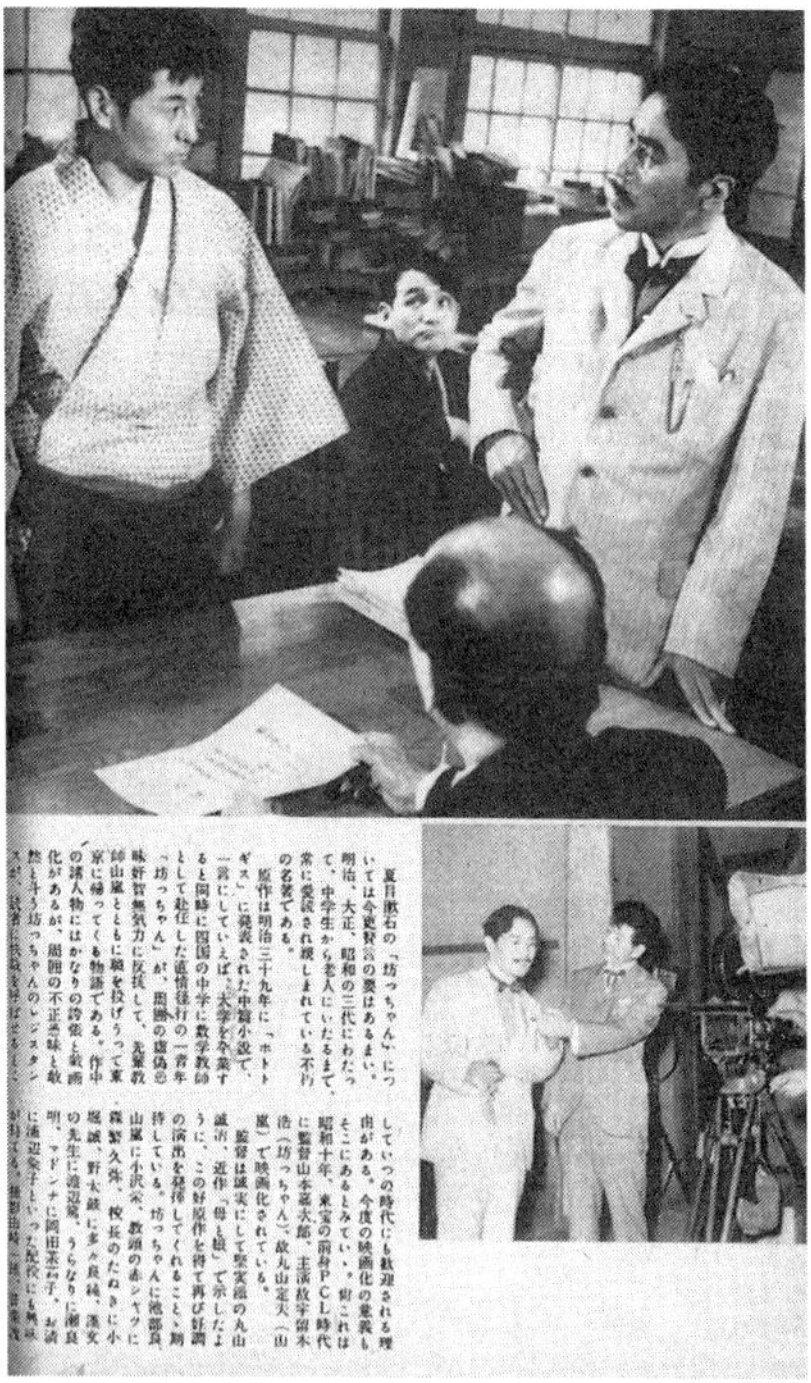

夏目漱石の『坊っちゃん』については今更贅言の要はあるまい。明治、大正、昭和の三代にわたって、中学生から老人にいたるまで、常に愛読され親しまれている不朽の名著である。

原作は明治三十九年に『ホトトギス』に発表された中篇小説で、一言にしていえば、大学を卒業すると同時に四国の中学に数学教師として赴任した直情径行の一青年『坊っちゃん』が、周囲の虚偽[illegible]味好智無気力に反抗して、先輩教師山嵐とともに職を投げうって東京に帰ってくる物語である。作中の諸人物にはかなりの誇張と戯画化があるが、周囲の不正無味と敢然と斗う坊っちゃんのレジスタンス[illegible]していつの時代にも歓迎される理由がある。今度の映画化の意義もそこにあるとみていい。尚これは昭和十年、東宝の前身PCL時代に監督山本嘉次郎、主演故宇留木浩（坊っちゃん）、故丸山定夫（山嵐）で映画化されている。

監督は誠実にして堅実派の丸山誠治、近作『母と娘』で示したように、この好原作を得て再び好調の演出を発揮してくれることと期待している。坊っちゃんに池部良、山嵐に小沢栄、教頭の赤シャツに森繁久弥、校長のたぬきに小堀誠、野太鼓に多々良純、漢文の先生に渡辺篤、うらなりに瀬良明、マドンナに岡田茉莉子、お清に浦辺粂子といった配役にも興味が持てる。[illegible]

図⑪　映画『坊っちゃん』記事。左は主演の池部良、右は赤シャツ役の森繁久彌（『キネマ旬報』1953年8月上旬号）

冒頭、人力車に乗ってあわただしく駅へ駆けつける主人公（南原伸二）。付いてきた清（英百合子）との別れもそこそこに、窓口で三等の切符を買う。新橋駅らしい周辺の様子、駅前の鉄道馬車や人々がカラー・フィルムで再現される。時代色が目を引くのは松山の街並みや人々もそうであり、前二作がモノクロ・フィルムによる明治末期の古めかしさを出していたのに比べ、こちらは古い絵葉書写真でも見るような味わい。宿の階段下の部屋へ案内されると、猫が寝そべっている。その猫を女中がつまみ出す。この場面は『吾輩は猫である』の作者を一瞬想起させて、おかしい。松山中学へ主人公の初出勤、職員室で主人公は辞令の紙を掲示板へ貼り出し、その大写しには「塩原昌之助」の名前。原作では名前が明らかでなく、次の坂本九主演版では「小川大助」。狸校長に伴淳三郎、山嵐に伊藤雄之助、赤シャツにトニー谷、野だいこに三井弘次《こうじ》、うらなりに大泉滉《あきら》の面々が扮する。冒頭の展開はテンポよく進み、原作にはないユーモラスな場面もある。キザで奇矯な身なりと言動が当時の世間を笑わせたトニー谷、この赤シャツ教頭は意外に印象が薄い。対して出番のわずかな小使い役・左卜全《ひだりぼくぜん》は、坊っちゃんに誘われて仕方なく将棋を指すと、自信家の坊っちゃんに勝ってしまうおかしさ。マドンナ役は有馬稲子。主役の南原伸二は南原宏治の名前のほうが通るアクション・スターだったが、この映画では短気な数学教師という、やや滑稽な役柄を演じている。

図⑫　映画『坊っちゃん』（松竹）広告。南原伸二主演（『キネマ旬報』1958年6月上旬号）

○『坊っちゃん』市村泰一監督、柳井隆雄脚本、坂本九主演、松竹・マナセプロ、カラー、一九六六年。映画が始まると、主人公・小川大助（坂本九）はもう汽車のなか。たぶん清が握ってくれたおにぎりを出して食べる瞬間、写真がひらりと落ち、前の席に座っていた若い女性が拾うと、清の写真である。そこに清の言葉がかぶ

図⑬　映画『坊っちゃん』（松竹・マナセプロ）広告。坂本九主演、左は加賀まりこ（『キネマ旬報』1966年8月上旬号）

さり、主人公を未知の土地へ送り出す心配ごと、生活上のお説教が聞こえてくる。ここまではよいとして、その先が原作から脱線、汽車は途中停車のまま動かなくなる。ここから、『三四郎』が汽車で上京する場面が借用されている。つまり、主人公の前席の女性は彼に懇願して宿まで同行させ、そのあげく二人とも同室で泊まる。

主人公は困惑して、布団に入らず、畳に寝ると、どうも水商売らしい女性は「あなたって度胸がないわね、お坊っちゃんね」と言い放ち、そこに映画のタイトル「坊っちゃん」が入る。三四郎から坊っちゃんへと変わるのは、原作を知らない観客であれば、どうでもよいことだろうし、二つの小説を知っている観客であれば、一時「おや？」と思いながら、笑ってすませるかもしれない。主演の坂本九は童顔であり、笑うといっそう屈託のない無邪気さが出るので、短気で一本気で喧嘩っ早い「坊っちゃん」役にはどうも合わない。演歌の作曲家として著名な古賀政男が狸校長を演じているのも成功しておらず、その他の俳優たちにも首をひねるが、映画作品としては明るく楽しく見せていく。なにしろ、坂本九自身がいくつかの歌を聴かせるのだから。いわば「歌う坊っちゃん」映画であり、古賀政男のメロディーも郷愁を誘う。その他の役は、教頭（赤シャツ）に牟田悌三、堀田（山嵐）に三波伸介、古賀（うらなり）に大村崑、吉川（野だいこ）に藤村有弘、那美（マドンナ）に加賀まりこ。

○『坊っちゃん』前田陽一監督、前田陽一・南部英夫脚本、中村雅俊主演、松竹・文学座、カラー、一九七七年。

山嵐の役に扮したためか、地井武男の熱演はよいとしても力みすぎで、主人公との対立や喧嘩場面はまるでやくざ映画のように見えてしまう。ほかの配役は、赤シャツに米倉斉加年《まさかね》、野だいこに湯原昌幸、狸校長に大滝秀治、うらなりに岡本信人、マドンナに松坂慶子、清に荒木道子。

図⑭　映画『坊っちゃん』（松竹・文学座）DVD ジャケット。中村雅俊主演、右は松坂慶子

これらのほか、「坊っちゃん」が題名に付く映画はいくつかあるが、源氏鶏太原作のサラリーマンもの『坊っちゃん社員』などは漱石原作とは異なるので、本書ではふれない。

テレビドラマ化された『坊っちゃん』は映画よりも数多く、テレビ

図⑮　舞台『庭に一本なつめの金ちゃん』(2013年12月、戯曲・出久根達郎)チラシ

草創期から現在までたくさんある。それらのリストも省くが、漱石没後一〇〇周年にあたる二〇一六年には、フジテレビから『坊っちゃん』が送り出され、NHK松山放送局からは「坊っちゃん」の子孫をめぐる喜劇『〝くたばれ〟坊っちゃん』が放映されたことだけを記しておこう。

小説『吾輩は猫である』が有名になったあと、この書名のもじりや模倣が大流行したことについては鎌倉幸光「巷間の漱石」[22]、が教えてくれる。その亜流作品は多数におよぶが、これは現在まで続いているとみてよく、「吾輩は〇〇である」や、漱石自身の名前を取り込んだ小説や随筆まで含めると、漱石人気の息の長さは近代文学のなかで随一だろう。『吾輩はフィルムである』(一九一七年)も出ているが、これは物語ではなく、映画という技術と産業をわかりやすく解説した書籍である。

この章では映画化との関係で筆を進めてきたが、演劇・舞台の『坊っちゃん』と『吾輩は猫』も多数あることを付け加えておきたい。戦前のある時期までについては、これも「巷間の漱石」で知ることができるし、近年では愛媛県松山に「坊っちゃん劇場」が設立され、『ミュージカル坊っちゃん』（二〇〇六年）を皮切りに、『ミュージカル吾輩は狸である』（二〇〇七年）と続き、その後は演目を変えながら現在に至っている。残念ながら、筆者はこれら「坊っちゃん劇場」での出しものに接する機会を逃している。原作ではなく、漱石自身に関する舞台では、漱石が熊本の五高で教鞭を執っていた縁から、熊本発の創作劇『庭に一本《ひともと》なつめの金ちゃん』（二〇一三年）、『夢・草枕　峠の茶屋の花吹雪』（二〇一五年）、『アイラブくまもと　漱石の四年三カ月』（二〇一六年）などが、熊本と東京の二会場で続いた。幸い筆者は、三作とも東京公演を見ることができた。これらの舞台に共通するのは、やはりユーモアだろう。舞台では多様な観客を楽しませる目的もあるから、漱石作品に流れる文明批判や〈無用者〉意識よりも、滑稽と人情、〈高等遊民〉の醒めた視点、そして俳味などに力点が置かれていた。

同じく漱石が登場する『夏目漱石の妻』（二〇一六年）は、NHKのテレビドラマで全四話の構成、漱石を妻・鏡子の側から描き、ユーモアとともに、家庭人・漱石に新たな照明を当てており、おもしろく見ることができた。

漱石文学のユーモア

最後にもう一度、漱石文学のユーモアに戻って、和田利男の『漱石のユーモア』(23)を取り上げてみたい。この本は一冊の書物として、まさに書名通りの内容を持つ最初の評論である。序文を読むと、著者は少年期に『吾輩は猫である』から漱石を愛読しはじめている。空襲の激しさから家族を疎開させた終戦前後、著者は孤独な生活のなかで心のハリをなくし、社会道義の乱れや食料難等々、敗戦直後の暗い世相を憂鬱に過ごしていた。眠れぬままに寝床に持ち込んだ『猫』を読み、一人でゲラゲラと笑い出し、また悲しくなったりした。しかし、著者は漱石のユーモアに取り組むことによって、憂鬱から解放されていく。「私を精神的な餓死から救ってくれたのは、此の仕事〔『漱石のユーモア』執筆〕だったと言ってよかろう」と述べるほど、漱石のユーモアに救われた。ユーモアは実際に人の心を慰め解放してくれるとして、同書では漱石のユーモア表現を諷刺的性格と倫理的性格に分け、ユーモアの基調を落語趣味、滑稽本の影響、俳味、禅味に置く。そして『吾輩は猫である』『坊つちゃん』『草枕』『二百十日』『虞美人草』『三四郎』などから登場人物を抜き出して、彼らの性格のユーモアぶり、負け惜しみのユーモア、食欲のユーモア、方言のユーモア、反復のユーモアなど、その諸相を論じている。漱石の諷刺には愛情があり、冷たさはなく、いわば「ユーモア（有情滑稽）」に近いと（同書一一頁）。〈ユーモア〉に「有情滑稽」という漢字を付しているのは、この人が漢学者だったからだろうか。同書はいま読んでも納得できる指摘が多く、以後の〈ユーモア作家・夏目漱石〉研究の先駆的役割を果たしている。

映画化作品は前述したように、夏目漱石原作の表層をなぞるだけに終わったものが多い。とくに『吾輩は猫である』の言語世界はそうであり、猫の視点を生かすこと、さらにその猫さえ諷刺することは、映画には困難至極である。かろうじて、『坊つちゃん』の単純で喧嘩っ早い言動、怒りやすい率直な心情、おもしろおかしい逸話の数々、これらは映像化に（また舞台化にも）向いているので、原作からほど遠い作品ばかりとはいえない。小説では、前述のように、生一本で単純に見える主人公「坊っちゃん」の心のなかに、彼の孤独を読み取る評者もいる（前掲、平岡敏夫『「坊つちやん」の世界』）。映画化作品で、「坊っちゃん」の陰影をそこまで深く見せた俳優はいただろうか。もっとも、生一本で真っ正直、嘘が大嫌いな「坊っちゃん」に、内面の孤独は似合わない。

一般に、原作を持つ映画は、原作にできるだけ寄り添うか、原作の精髄や雰囲気をつかみ出すか、原作から刺激を得つつ原作とはまったく別の作品に化けるか、いずれかに落ち着く。これは本章の漱石作品に限らない。次章以降の作家の作品にも、同様の問題が何度も立ち現れる。

（付記）夏目漱石の小説『坊つちやん』には、出版物により表記のゆれがある。たとえば『坊っちやん』、ほかに『坊っちゃん』『坊ちゃん』もある。本書では小説を指す場合に『坊つちやん』を、映画・テレビ作品を指す場合に『坊っちゃん』を使った。同じく、『吾輩は猫である』も、最初期（最初の三分冊による単行本）および最初の映画化作品（一九三六年）を指す場合は『吾輩ハ猫デアル』を、その後の単行本や映画化の総称としては『吾輩は猫である』を使った。

漱石の著作・言説からの引用は、筆者所蔵の『漱石全集』（岩波書店、一九六五―六七年）に拠った。なお、本文校訂上の問題、ルビの問題などは研究者たちから疑問が出されており、この疑問は同書店の最新版でもうまく解決されていないようだ。

Ⅱ ユーモアは雅量なり

［佐々木邦］

『大衆文学大系』22（講談社、1973年）

〈ユーモア文学〉とは何か

『坊っちゃん』にしろ、『吾輩は猫である』にしろ、漱石自身はこれらを〈ユーモア小説〉とは呼んでいなかった。しかし、そのあとに作家として世に出た佐々木邦《くに》（一八八三―一九六四）は自作を〈ユーモア小説〉であると明確に意識していた。そこで、〈ユーモア文学（小説）〉とは何かをはっきりさせるために、ユーモアという外来語が実際にはどのようなかたちで日本文学に現れたのかをみておこう。

そもそも日本におけるユーモア文学の開拓者にして第一人者と称された佐々木邦は、マーク・トウェイン（彼はマーク・トウエーンと表記）に傾倒して短編を翻訳しており、『ユーモア十篇』（一九一六年・大正五）を上梓している。これは「ユーモア」を冠した最も早い小説集と思われるので、訳者の短い「はしがき」を全文引用してみる。

華やかなロマンスも宜《よ》かろう。情に訴える物語も結構である。現実を曝露して読者の胸を何とはなしに不安ならしめる自然派の小説も決して悪くない。皆夫《そ》れ〴〵存在の理由を持っている。しかし茲《ここ》に紹介する十篇は以上のものとは全く趣を異にしたユーモア――即ち諧謔趣味――本位の文学である。

種々の文学が紹介されるのに、独りユーモア本位のもの、余り移植されないのは、決して我等に諧謔趣味に於て欠くるところがあるからではなく、本邦在来のユーモア本位文学が如何にも気品に乏しく、動《やや》もすれば卑猥に流れ易い為め自然に等閑視されてきた結果に外ならない。

苦闘を日常の生活とする我等の間には、読んで微笑《ほほえみ》を禁じ得ないようなユーモア本位の小説は、確かに立派な存在の理由を有する。日頃愛読する亜米利加の代表的ユーモリストなる、マーク・トウエーンから、殊に興味の深いと思う短篇十種を紹介して、ユーモアの何たるかを伝え得れば甚だ幸いである。

図①　翻訳小説集『ユーモア十篇』（1916年）表紙

佐々木邦はユーモアを「諧謔趣味本位の文学」と説明しながらも、日本における「在来のユーモア本位文学」とは一線を画している。「本邦在来の」が具体的にはどんな文学を指すのか、当人は言及していないが、「はしがき」に続くマーク・トウエインを簡単に紹介した「著者小伝」で、「彼の諧謔の一皮下には虚偽の世に対する熱烈な憤激がある。彼の笑の蔭には苦い涙が潜んでいる。彼は尋常普通の文学者でなく、元来一般社会よりは一段高い道徳観を持っていて、世間を覚醒しようという願望を懐いている偉大なるユーモリストの一人であった」と述べ、「気品に乏しく」「卑猥に流れ易い」本邦諧謔文学との差異をマーク・トウェインの文学に見出している。すなわち、マーク・トウェインの文学、その笑いには世間を覚醒させる高い道徳観と気品がある、と。『ユーモア十篇』に収められた短編は「負けない男」「賭け蛙」「エスキモー乙女物語」「骸骨」「天才画家」「逸話文学」「象泥棒」「貴族病者」「善人と悪人」「農業新聞記者」。そこでの「ユーモア」は上品な婉曲よりも、痛烈な諷刺や比喩であり、婉曲な表現があっても毒気が含まれている。あるいは、安易なヒューマニズムに警告を発している。これら短編のいくつかは現在、新訳でも読むことができる。(24) 新訳は現代文だから読みやすいが、いまとなれば古めかしい佐々木訳にも古いことば遣いの興趣があって、それぞれの短編は時代の雰囲気とともに楽しく読むことができる。

『いたづら小僧日記』

佐々木邦は『ユーモア十篇』よりも早く、岡山の第六高等学校の英語講師時代、二六歳の頃（一九〇九年前後）、『法螺男爵旅土産』『ドン・キホーテ物語』『いたづら小僧日記』正続（別名『悪戯小僧日記』）、『おてんば娘日記』などの翻案小説を矢継ぎ早に発表していた。いずれも〈諧謔読みもの〉といえる題材だから、ユーモア文学志向は当初からあったことがわかる。これらの翻訳のうち、『いたづら小僧日記』や『おてんば娘日記』はアメリカの女性大衆作家メタ・ヴィクトリア・フラー・ヴィクターの小説の翻案だったらしく、現在の佐々木邦評価では「19世紀後半にアメリカで流行した悪童・おてんば小説の最も早い移入者であった」と位置づけられている。(25)当の佐々木邦は『いたづら小僧日記』の「はしがき」で、原書は、無名氏著『悪戯小僧日記』から任意の個所を訳出し、訳者みずからの考えも加えたので、訳としては不忠実、かといって自著といえば不道徳と言いつつ、本書は「訳」または「訳述」であると記す。奥付には「著作者佐々木邦」。翻訳書らしき気配をみせながら、その実、人物も背景も日本へ移されていた。

　主人公は裕福な家庭の少年・太郎である。彼は満一一歳のお祝いに母から日記帳を買ってもらい、そこに家庭内の様子を記していく。太郎は三人の姉たち、姉の求婚者や男友だち、両親、教師らの世間体、見栄、偽善ぶりなどを茶化してはみんなを困惑させる。いたずらが止まないために太郎は寄宿舎へ入れられるが、そこでもいたずらは増すばかり。まさに、大量製作された当時の短編喜劇映画を彷彿させるが、これらのいたずらは、子供の眼を通した大人社会の諷刺でもある。巻末に付された版元の広告には、〈いたづら〉や〈おてんば〉もの以外にも、『当世細君気質』『当世良人気質』『各国滑稽小説』、前述の『法螺男爵旅土産』『ドン・

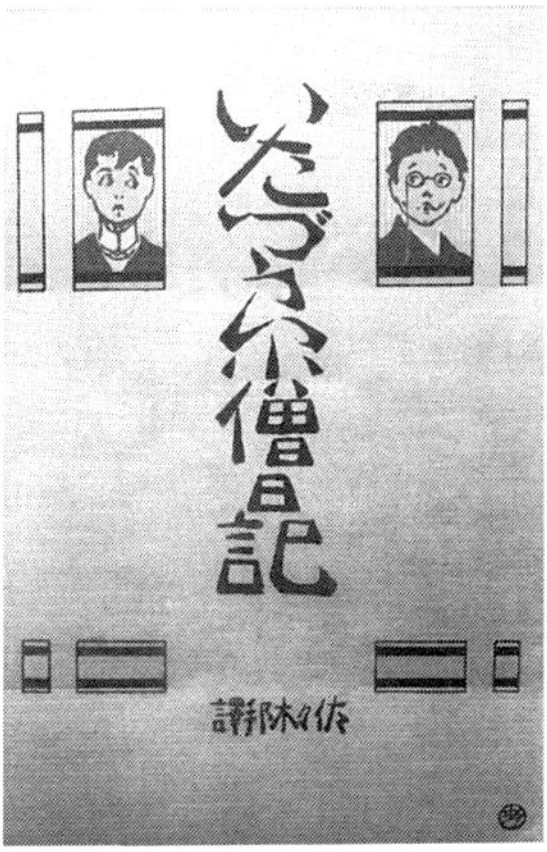

図②　『いたづら小僧日記』（1909年）表紙

キホーテ物語』など、佐々木邦の著作・翻訳が並び、なかでも「いたづら」ものは『吾輩ハ猫デアル』の漱石に「優る」と、『東京朝日新聞』評から引いたらしい一文が加えられている。『いたづら小僧日記』について、のちの評論家・尾崎秀樹《ほつき》は次のように評価している。

> 大衆文学の成熟よりも十数年早く、その状況を先取りし、むしろ昭和初期の小市民社会における家庭生活や人間関係を思わせ、それをいきいきとしかも子どもの眼をとおして描いているところに、作者のコモン・センスが感じられる。大人の社会にたいする子どもの批判はかなり痛烈だが、そこに佐々木邦自身の言い分もこめられていたに違いない。[26]

一方、映画は一九世紀末の誕生直後から、その新奇性と娯楽性ゆえに大衆性を獲得していく。フランスのジョルジュ・メリエスによる驚きと楽しさに満ちた奇術映画や滑稽なファンタジーをはじめ、短編喜劇映画が欧米で大量に製作された。メリエスのトリック映画には、〈いたずら小僧〉ならぬ、小鬼や小悪魔のような〈いたずら者〉たちがよく姿を見せている。まもなく日本でも映画製作が活発化しはじめる。日本では、芸能の長い伝統とともに、〈新講談〉〈読物文芸〉〈大衆文芸〉という呼称の変化に伴う読みもの〈小説〉の動きと映画が密接につながっていた。つまり、生まれ落ちてすぐ大衆性を獲得していく映画に〈大衆映画〉の性格は当然のように密着しており、かたや近代文学は、むしろ江戸期の〈戯作〉や〈講談〉から離れて〈文学〉へ上昇しようとした。その中間に入り込んできたのが大正後期からの〈大衆文学〉ブームである。ちなみに、当初の〈大衆文学〉は時代小説が主流であった。

『いたづら小僧日記』と映画との関連をみると、「いたづら小僧」の名称は明治末期に人気があった短編喜劇映画〈いたづら小僧シリーズ〉とも呼応しているように思われる。フランスはパテ社の『子供のいたづら』（日本公開一九〇六年）、『兄弟の悪戯小僧』（日本公開一九〇八年）、さらには『日本いたづら小僧』（一九〇九年）ほか続々と同種の映画が人気を集めた。これらの映画については山本喜久男の著書がふれているように[27]、子供たち、悪ガキたちのいたずら騒ぎはサイレント映画時代の大きなジャンルをなしていた。その最も早い例は、リュミエール社の『水をかけられた撒水夫』（一八九五年）や、エジソン社の『形勢逆転』（Turning the Tables, 一九〇三年）に見ることができる。前者では、庭にホースで水撒きをしていた撒水夫が、水が出なくなったのでホースの穴を覗くと、急に水が出はじめて顔が水びたしになる。いたずら少年が後方でホースを踏んでいたからである。後者では、「遊泳禁止」の池で遊んでいた少年たちが警官に注意されて、しぶしぶ池から上が

図③　『いたづら小僧日記』挿絵

るが、隙をみてその警官を池に突き落として喝采する。チャップリンは一九一四年から映画に登場しはじめ、彼の初期短編も多くは〈いたずら小僧〉ならぬ〈いたずら大人〉ものである。一九二〇年代にはアメリカで〈アワー・ギャングシリーズ〉が大流行、これもまたギャング・エイジ、すなわちいたずら盛りの悪ガキたちが大活躍する喜劇で、トーキー以降も続くアメリカ映画の人気シリーズだった。

とはいえ、佐々木邦がどのような映画を見ていたのか、詳細な年譜や周辺の人々の回想記でもふれられていない。勤務の傍ら執筆活動を続けた若い教師時代はもちろん、人気作家として超多忙な時期を迎えた昭和一〇年前後まで、映画を見る余裕はなかったか、映画にあまり関心がなかったとも推測される。にもかかわらず、彼の原作はその後、数多く映画化されていった。

諧謔からユーモアへ

佐々木邦はみずからユーモア短編集『笑の王国』を一九二六年(大正一五)一一月末に東京の京文社から出した。四四五頁もある分厚い本で、世相スケッチ風の軽妙な会話に満ちているものの、「偉大なるユーモリスト」マーク・トウェインに迫る短編集とまではいえない。この年末には大正天皇が逝き、翌年二月には大葬が行われており、このような書名の本は保守層から顰蹙を買ったかもしれない。

『笑の王国』出版の翌年、『ユーモア十篇』から一〇年近くのちに、梅田寛編による『名作物語　諧謔文学』全四巻が出た（文教書院、一九二七年）。二巻に分かれた日本編には、江戸後期の恋川春町《こいかわはるまち》、十返舎一九、式亭三馬などから、明治以降の坪内逍遥、夏目漱石、宇野浩二ほか、二七名の滑稽読みものが収録されているが、書名に使われているのは〈ユーモア〉ではなく〈諧謔〉である。『名作物語　諧謔文学』の収録作品を列挙しておく。

第一集〈江戸時代〉――瀧亭鯉丈《りゅうていりじょう》「八笑人」、恋川春町「金々先生栄華の夢」、式亭三馬「浮世風呂」、唐来三和《とうらいさんな》「金のなる木」、十返舎一九「東海道中膝栗毛」、朋誠堂《ほうせいどう》喜三二《きさんじ》「親の敵うてや腹鼓」、蜀山人《しょくさんじん》「落し噺」、梅亭金鵞《ばいていきんが》「七偏人」、奈蒔野馬乎人《なまけものばかひと》「嘘しっかり雁取帳」、山東京伝《さんとうきょうでん》「太郎発端ばなし」、風来山人「風流志道軒伝」、芝全交《ぜんこう》「大悲の千禄本」、市場《いちば》通《つう》笑《しょう》「即席耳学問」。

第二集〈明治以後〉――仮名垣魯文《かながきろぶん》「西洋道中膝栗毛」、久米正雄「地蔵経由来」、藪野椋十《やぶのむくじゅう》「東京と世界見物」、宇野浩二「鯛焼屋騒動」、仁科春彦「結婚難」、佐々木邦「運」、夏目漱石「吾輩は猫である」、岡本一平「漫画家」、奥野他見男《たみお》「大学出の兵隊さん」、生方敏郎「一円札と猫」、鈴木泉三郎「山芋秘譚」、正木不如丘《ふじょきゅう》「提灯屋のまゝつ子」、牧野信一「蟬」、坪内逍遥「近眼」。

第三集は〈外国前編〉、第四集は〈外国後編〉。

ここには、戯作者、滑稽本作者、近代文学者、小説家、漫文家等々、毛色の異なる著者たち

図④　『笑の王国』（1926年）箱

が混在しており、江戸後期から明治・大正・昭和初期（出版当時）までの滑稽・諧謔文が集められている。広く解釈してこれらを〈ユーモア文学〉と呼んでもおかしくはない。事実、編者の梅田寛は「はしがき」で、「標題は都合上〈諧謔文学選〉としたが、日本をはじめ世界各国のユーモア文学、諷刺文学、滑稽文学と云ったものを集め、紹介する念願である。（中略）一体、現代ではユーモア、諧謔、諷刺と云った文学が非常に虐待されている。虐待されていないまでも、他のそれの文学と同一レベルにはおかれない傾きがある。文学に現わされた傑れたユーモアは暗示であり警笛《サイレン》であり批評である」と、簡潔にユーモアの効用を謳っている。梅田寛はロシア文学の翻訳者であり、当時二七歳頃、この若きロシア文学研究者が全四巻におよぶ古今東西の諧謔文学を編纂したとは驚きである。

この第二集には、漱石の『吾輩は猫である』と並んで佐々木邦の『運』が収録されている。短編『運』にはユーモアがほとんどないのだが、『吾輩は猫である』と『坊つちゃん』を日本ユーモア文学の先駆とみていた佐々木邦は喜んだにちがいない。マーク・トウェインに私淑する彼にとって、〈ユーモア文学〉が虚偽の世を笑うことで世間を覚醒させる文学であったとすれば、『諧謔文学』収録の江戸戯作、滑稽本、黄表紙本にもその特徴がなかったとはいえない。世間を覚醒させる意図がこめられていたかどうかはともかく、幕府の不興を買ったり、とがめを受けたりする戯画精神や機智に富んだ読みものなどが、絵入り黄表紙の系譜にあったからである。佐々木邦と夏目漱石との間接的および直接的関係については、松井和男が『朗らかに笑え』でふれている。

「諧謔」に続いて「ユーモア」を冠した『現代ユウモア全集』が刊行されはじめたのは一九二八年（昭和三）六月。佐々木邦の『明るい人生』を皮切りに、全二四巻におよぶ壮観さで、各巻の装丁や挿画はいま見るとレトロで楽しい。『現代ユウモア全集』は、「小学館・集英社　現代ユウモア全集刊行会編」と奥付にあり、第一八巻「徳川夢声・岡田時彦・古川緑波」と第二四巻「穂積稲天《とうてん》・長崎抜天《ばつてん》」を除いて、ほかは一巻を一作家が占めている（佐々木と牧は一人で二巻）。作家名を巻数順に記すと、坪内逍遥、堺利彦、戸川秋骨、長谷川如是閑《によぜかん》、生方敏郎、佐々木邦、岡本一平、正木不如丘、近藤浩一路《こういちろ》、大泉黒石《こくせき》、高田義一郎、牧逸馬《まきいつま》、田中比左良、細木原青起《ほそきばらせいき》、水島爾保布《におう》、佐々木邦、麻生豊、徳川夢声、岡田時彦、古川緑波、池部均、吉岡鳥平、東健而、牧逸馬、佐々木味津三《みつぞう》、保積稲天、長崎抜天。

実に多様な作家、言論人、漫筆家たちが顔を並べており、硬派・社会派（堺利彦）から大衆作家（牧逸馬、佐々木味津三）や漫画家（岡本一平、麻生豊）、活動弁士（徳川夢声）、映画俳優（岡田時彦）まで、まことに多彩な顔ぶれだった。ちなみに、類似の『現代ユーモア小説全集』全一八巻（アトリエ社、一九三五―三六年）も出ており、戦後も『現代ユーモア文学全集』全二二巻（駿河台書房、一九五三―五四年）が出て、両方とも佐々木邦は二巻分を占めていた。

評論家たちは無視

『明るい人生』は『現代ユウモア全集』の第六巻であったにもかかわらず、先陣を切って最初に刊行されたのは、まず佐々木邦の名と〈ユーモア〉が結びつく大方の認知があったからだろう。同じ著者の『笑の天地』（一九二九年九月）は同全集第一六巻を占めており、一人の作家で二冊を出しているのは、ほかに牧逸馬しかいない。ちなみに、前記『名作物語　諧謔文学』と共通する作家は坪内逍遥、生方敏郎、佐々木邦、岡本一平、正木不如丘の五名で、『現代ユウモア全集』には明治以降に西洋文芸の影響を受けた小説家、近代世相諷刺の随筆家、漫文家などを集めた新しさ、いわば〈笑いのモダニズム〉とでも呼ぶべき一面がうかがえる。生真面目な粋人・坪内逍遥が同全集の第一巻目とは、と覗いてみると、本人の「序」があり、収録された短編、短文は古いものは四十余年前、新しいものでも十数年前に書かれたもの、はたして「現代のユウモア」に伍して行けるかどうかと心配して、収集・選択はすべて編集部に委ねたとのこと。『後生楽』と題された第一巻の巻頭を飾るのは、なんとシェイクスピアの『真夏の夜の夢』の解説とその戯曲の翻訳である。全一八編の掉尾には、短篇戯曲『飲まない酒に酔った旅人』が置かれており、〈ユーモア〉概念をここまで広げると、能狂言の狂言も、時代がずっと下る西洋ものも、区別を付けがたい。

いち早く佐々木邦が〈ユーモア文学〉を説いていたにもかかわらず、また『現代ユウモア全集』全二四巻のあと、一九三一年から『佐々木邦全集』全一〇巻（大日本雄弁会講談社）が刊行されたにもかかわらず、大衆文学に理解のあったはずの千葉亀雄でさえ「ユウモア文学論」（『新潮』一九三三年三月号）で、外国における評論や状況説明に終始し、文末では「現代（日本）は、ついに真正のユウモア文学の本性を発展させる余地を与えないのだ。わが国の社会伝統と、思想性の重圧と、作家の希薄な教養が、そうさせたのだ(28)」と佐々木邦の小説も『現代ユウモア全集』も無視している。同じく、木村毅も『新版大衆文学案内』で、その欧米文学への広範な知識を披露しながら、「第十五講　ユーモア小説の典型『跳蛙』」では、マーク・トウェインの読みものとアメリカにおける蛙跳び祭りにふれているだけである。一九三〇年（昭和五）から三一年にかけて、佐々木邦は長編小説の連載をいくつもの大衆雑誌（女性向けも含む）に掛け持ちしており、

図⑤　『現代ユウモア全集』第16巻『笑の天地』（1929年）表紙
挿画・水島爾保布

その人気は高かった。千葉亀雄や木村毅の無視に比べると、同じ頃、哲学者の戸坂潤は「最近のわが国に於ける文学界では、ユーモア文学が中心の問題になって来ているようである」と、ユーモア文学が前景化していることを認めていた。ただし、「ユーモアには、現在わが国に存在している所謂ユーモア文学――有閑サラリーマン文学（佐々木邦其の他）・高踏的人情文学（井伏鱒二其の他）・モダーンライフ文学（中村正常其の他）――などでは充分に表わされないような、立ち入った本質的な側面があるだろう」と述べ(29)、日本のユーモア文学はどれも「本質的な側面」をつかんではいないと考えていた。

「有閑サラリーマン文学」に区分された佐々木邦、前述したように戦後の『現代ユーモア文学全集』でも二冊（第一巻と第二巻）を占めている。その後、二度目となる個人全集『佐々木邦全集』全一五巻（講談社、一九七四―七五年）が出たので、一般読者にとって戦前・戦後の人気ぶりがうかがえる。尾崎秀樹と岡保生が交替で各巻の解説を担当した評価がいまに残るが、尾崎秀樹による大著『大衆文学の歴史』の上巻〈戦前篇〉は時代小説が中心であり、佐々木邦や菊池寛の章がないのは戦前の〈大衆文学〉のカテゴリーに従ったからだろう。とはいえ、獅子文六や源氏鶏太が登場する〈戦後篇〉にさえ、佐々木邦の名前がないのは不思議だ。岡保生が『近代文学の異端者』でわずかにふれているだけとすれば、文学史における評価は不十分なままである。安藤宏の『日本近代小説史』は表題通りの内容で簡潔な概説が便利な書ではあるが、「大衆文学」の項のなかに時代小説や推理小説はあっても、ユーモア小説はすっぽり抜け落ちていて、佐々木邦も獅子文六も名前すら見出せない。文学研究者の関心には、「ユーモア」という主題がなかなか入ってこない。研究者には「生真面目」な人たちが多いからだろうか。

もっとも、大岡昇平ほか編集による『黒いユーモア』や、吉行淳之介・丸谷才一・開高健編集の『現代日本のユーモア文学』全六巻が刊行され、前者は明るく軽いユーモアならぬ〈毒や諷刺の辛いユーモア〉短編を、後者はかつての〈純文学〉系統を含む幅の広いユーモア短編を収めている。作家たちのほうがユーモアに関心があるようだが、研究者たちによって論集『笑いと創造』(30)（全六集）が長く続けられたことを付記しておかないと、不公平になるだろう。

好い奴ほどよく笑う——ユーモア小説と佐々木邦

佐々木邦本人の著作へ戻ると、『明るい人生』（『現代ユウモア全集』第六巻）には長編「夫婦者と独身者」のほか、短編が六編収められている。その「はしがき」には、もうマーク・トウェインに頼らなくてもよい佐々木個人のユーモア観が肩肘張らずに披露されている。曰く、子供のすることはおかしい、大人の間違いもおかしい、常軌を逸する変人の言行もおかしい、要するに矛盾することがおかしい、それらは一種の驚きを刺激するからだと。そして、こう言葉を結んでいる。

私は可笑味《おかしみ》を惹き起すこの一種の驚きの中に人間性の共鳴という事実を見出す。神は完全、人間は不完全である。お互いは弱い。間違ばかりしている。常に言行に矛盾がある。それで同胞の間違や矛盾に接して一種の驚きを刺激される場合、同時に覚えず知らず自己の反映を認めて笑うのだろうと思う。この故に自分を豪い人間と思って威張っている人ほど笑うことが尠《すくな》い。これは人の間違や矛盾を咎めるけれど笑う丈けの雅量がないからである。人柄の好い人ほど多く笑う。

ユウモアは雅量である。おれも弱い人間だと思えば、人生のこと皆笑える。昔の名僧知識は修養が積んでいる丈けに能《よ》く笑っている。ユウモアが人生を明るくするというのはこの意味である。(31)

『明るい人生』のなかの一短編「重役候補の話」には、のちの源氏鶏太のサラリーマン小説に共通する世界がかいま見られる。新入社員の「小山君」は巨体である。ほんの少しだけ先輩社員の「私」は、太っている人間はすべからく善人であると信じており、「小山君」をひと目で気に入ってしまう。ただし、「小山君」自身は生活に「割増し」がかかるので、大きな体は不経済だと愚痴をこぼす。とはいえ、「小山君」はその恰幅のよさで先輩社員よりも格上に見え、役職が上に見られてしまう。社内や飲み屋でのたあいない会話、「小山君」をめぐる縁談と重役による縁結び、そして「小山君」は社長の御供をして海外出張へ。まるで戦後の東宝〈社長シリーズ〉

の一エピソードでも見るようだ。また『笑いの天地』のなかの一短編「或る良人の惨敗」は、理屈っぽい妻にやりこめられる夫の話。これはのちの小津安二郎の傑作喜劇『淑女は何を忘れたか』（一九三七年）の栗島すみ子と斎藤達雄が演じた夫婦を思い出させる。

『現代ユウモア全集』に続いて、戦前最初の『佐々木邦全集』全一〇巻（講談社）が出ることになるが、その第一巻（一九三〇年一〇月）に収められた『次男坊』、これは佐々木邦作品の映画化では最初かもしれない。すなわち帝キネ製作の同名作品『次男坊』（同年一月、曽根純三監督、杉狂児主演）である。小説自体には「諧謔小説」の角書があり、全集第一巻の刊行より映画化が早いのは、小説が最初に発表されたのが一九二七年（昭和二）『面白倶楽部』の連載であり、単行本も一九二八年に講談社から刊行され、かなりの増刷が続く人気読みものだったからだろう。

図⑥ 「重役候補の話」（『明るい人生』に収録）挿画・田中比左良

物語の舞台は、東海道筋の急行が停車しない駅から山地へ入った半農半商の村。村の大地主に次男坊が生まれて、その成長の過程をユーモラスな文体、会話主体の軽快な語り口で進めていく。短い会話が中心で、たいへん読みやすい。肩の凝らない愉快な読みものであり、腕白小僧から痛快な青年へと、さまざまなエピソードを交えながら男子の成長物語が展開する。主人公は祖父、村

図⑦　『次男坊』（『佐々木邦全集』第1巻、1930年）挿画・清水対岳坊

長、校長など年配者からの苦言、助言、期待、激励などを糧として、最後には東京の帝大へ入学、卒業時に自己の道をどのように選択するか、決断直前で物語は終わる。一種の教育小説でもあり、地方在住の少年たちの出世願望を鼓舞したに違いない。著者が長く勤めた教員経験の反映だろう、小学校（高等科）、中学校、高校、大学と、学校生活の描写が多く、正義感と反骨精神にあふれる主人公が漱石の『坊っちゃん』を想起させるのか、この小説はロングセラーとなって戦後まで何度も再版された。

『現代ユウモア全集』や『佐々木邦全集』が続々と刊行されていた一九二八年（昭和三）から三一年にかけて、かたやプロレタリア文化運動は最盛期であり、体制維持側の弾圧も激しさを増していた。その弾圧を逃れて、〈エロ・グロ・ナンセンス〉と称された雑誌類――ここも安全地帯ではなかったが――に潜り込む執筆者や編集者たちも少なくはなかった。『次男坊』はプロレタリア文学派から否定される大地主の家庭を背景にしており、いわば小作人の搾取と犠牲のうえに成り立つ物語であるが、作中人物の会話を含む佐々木邦の文章には、深刻な社会問題は一切入ってこない。せいぜい父親世代の無理解や不合理な慣習をつっぱねる若者の反発程度でしかない。『次男坊』と同名の主人公が登場するので続編とみられる『負けない男』も、まさにこの時期、一九三〇年から三一年にかけて雑誌『講談倶楽部』に連載されている。この種の明朗青年、政治や体制への反逆ではなく、社会の不合理な慣習に反発する青年、このようなヒーロー像について、岡保生は同時代の松竹蒲田映画の主人公たちとの類似を指摘している。「佐々木邦の多くの小説は、そうした無声映画のフィルムのひとこまひとこまを連想させるものを持っている。それらは、当時の一般市民たちの夢を育て、喜びを与えるものにほかならなかった[32]」と。佐々木邦の著作には人生を肯定的にとらえる善意の視点が一貫しており、少年たちに向けては出世のため（世のため、国のため）に勤勉を奨励している。一方、トウェインや漱石にある、流行かぶれの世間や表層に浮かれる現代文明批判、これは佐々木邦には少ない。

手作りの回覧雑誌『ユーモア屑箱』

ちょっと脇道へ入ろう。筆者の手元には手作りの『ユーモア屑箱』なる小冊子がある。創刊号と第二号はまことに小さく、縦一二センチ、横八・五センチのミニ文庫、しかも謄写版刷り、紐綴じの二二頁、表紙や裏表紙はもちろん、なかにも手描きの巧い絵が貼り込まれている。裏表紙には「発行所・さのぱがん倶楽部　非売品」とある。発行年は一九二八年（昭和三）七月。冒頭の「発刊之辞」を引用してみる。執筆者名は牧野京二。

つれ〴〵なるまゝに日暮し硯に対ひて心にうつり行くユーモアごとをそこはかとなく書きつくればあやしゅうこそ物苦はしけれそもユーモアなる言の葉は英語にして日本語なりと云ふべきほど日本にも使用さるるそは高尚なる笑と曲雅なる警句とデヨーク〔ジョーク〕とウィットと漫談漫画の珠玉を限りなく含有するものである

落語的趣味でなくて高踏的であり曲雅な笑　新らしき笑を樹立する使用をもつものである　昭和のモダーン時代に於てユーモアを知らざるは昭和人にあらずである　而して学生はモダーンにしてユーモアを解す

我等のユーモア振りを紹介せんがためこゝに本誌を出さんとす　（改行は原文ママ）

よく知られた『徒然草』冒頭の文章を利用しつつ、英語のユーモアがもはや日本語にもなっていること、それは高尚な笑い、曲雅な警句とジョーク、ウィット、漫談、漫画、これらの珠玉を含むもの、と定義されている。

筆者の牧野京二とは誰だろう。第一号と第二号をよく読んでいくと、旧制の長崎県立長崎中学

図⑧ 『ユーモア屑箱』表紙。左より第1号（1928年）、第3号（1928年）、タイトルが変更された第12号（1930年）

校の生徒たち、牧野京二、兵庫福馬、来島亮の三名が中心の同人誌であることがわかる。また、創刊号は一冊のみを刷って授業中に何度か回覧し、女学校にまで届いたようで、クラスの女生徒たちがみんな読んで楽しんだ。それは第二号に、女生徒からの投稿が載ったため推察できるからである。第三号からは判型が変わり、縦一七センチ、横一二センチ、現在の文庫版より若干大きめのサイズ。発行所名の「さのぱがん倶楽部」、これは「さのぱがん」または「サノパガン」の表記があり、チャップリンの後ろ姿を表紙に描く第二巻一号（新年増大号）に「SON OF A GUN倶楽部」とあるので、英語のスラング「ばかなやつ、ろくでなし」から採られていたことがわかる。親しみを込めて言う場合もあるようだから、必ずしも罵り言葉に使うだけではなさそうだ。どうしてこんなスラングを知っていたのか、彼らが好んで見たアメリカ映画からだろうか。サイレント映画にはこの題名を持つ西部劇がある。小津安二郎研究者の田中眞澄は『新青年』（一九三〇年七月号）掲載の小津の寄稿文「映画女優の場合」のなかに、「大砲の子独身倶楽部」（ルビは、ザ・サノパガンバチュラーズ・クラブ）という言葉があるのに興味を持ち、その出所を調べていき、谷譲次が書いた一文に「鉄砲の子、サノパガン」（同誌、一九二七年一〇月号）があるのを発見している。ただし、長崎の中学生たちが『新青年』を読んでいたのかどうかは定かではない。

『ユーモア屑箱』には「現代日本人気者十傑」の投票結果が出ており、一位から順に、佐々木邦（ユーモア作家）、東郷平八郎（軍人）、織田幹雄（陸上競技）、岡本一平（マンガ家）、大河内伝次郎（映画スター）、常の花寛一（力士）、天竜三郎（力士）、鶴見祐輔（思想・政治）、豊国福間馬（力士）、阪東妻三郎（映画スター）となっている。カッコ内は編集者による職種または専攻分類。佐々木邦が第一位、すなわち編集同人や周辺の友人たち（おそらく男子中学生たち）にとって人気作家だったことがわかる。この冊子は第一二号（一九三〇年一月）まで終わったと推測される。それも刷り部数は一部だったらしい。カット絵、漫画、戯画も多く掲載されていて、何人か別々の個性ある描き手たち（中学生たち）がいたことは記されたイニシャルからわかる。文章よりも絵や漫画のほうが驚くほど巧い。冊子にはユーモア、モダーン、ナンセンスなどの言葉が多用され、のちには誌名も『ナンセンス』と変更されている。筆者や読者たちは邦洋の映画、映画スター、夏目漱石、芥川龍之介、菊池寛、相撲取、野球の早慶戦に関心を持ち、女学生たちのプロフィールを掲載するコラムもあるが、何よりも彼らは佐々木邦の愛読者であった。

『ユーモア屑箱』が編集され、回覧された一九二八年七月から三〇年一月頃にかけての佐々木邦は絶好調であり、慶應義塾の予科教授を辞任して作家稼業に専念し、単行本、雑誌連載、翻訳と、次々に著作物を発表していた時期である。三〇年後半から翌年にかけては講談社から『佐々木邦全集』（全一〇巻）が刊行される人気ぶり。ただし、この時点で映画化作品は『次男坊』の一本のみ。杉狂児主演のサイレント作品であり、目下フィルムの存否は不明である。翌年五月には児童映画『少年軍』が公開された。これは『少年倶楽部』に連載された『村の少年団』が原作で、フィルムは国立フィルム・アーカイヴ（NFA）に保存されている。そのフィルム（一六ミリ版）を見ると、原作とはかなり異なっており、主人公少年の両親はすでに亡くなり、一家を支える兄、赤子を抱えて実家に戻ってきた姉たちの農作業や家事雑用の多忙ぶりが描かれ、小学校ではボーイスカウト運動の映画が上映される。影響された子供たちは少年健児団を作り、「おきて」には天皇、国（公共）、家への尊敬と奉仕精神が謳われる。原作でも少年たちの子供らしい冒険逸話のなかに、「奉仕の精神」が基調になってはいるが、映画では題名に「軍」を付けて、ボーイスカウト運動との連携、そして当時の道徳教育観を前面に押し出したのである。ちなみに実際の「少年軍」の組織は早くも一九一三年の東京で誕生していた。

同年代の中学生たちによる漫画回覧誌は、前述の『ユーモア屑箱』のようにあちこちにあったのだろう。三重県の宇治山田中学校の竹内浩三もまた友人らと『まんがのよろずや』（一九三六年八月）ほかを創刊、漫画、日記、ユーモア小説を記載した個人文集まで出している。『まんがのよろずや』には夏目漱石の『吾輩は猫である』や『坊つちやん』をコマ漫画にしたものがあり、なかなか達者な筆のタッチとユーモラスな描写が見られる。しかし、いまなお悲しみを誘うのは、この世代がまさに戦時下に青春を迎えたことだ。竹内浩三は日大専門部の映画科を半年繰り上げで卒業（一九四三年九月）、いわゆる学徒出陣組となり、翌年フィリピンの戦線へ向かったまま不帰の人となった。遺された短詩「日本が見えない」「骨のうたう」「ぼくはいくさに征くのだけれど」などが胸を打つ(33)。佐々木邦の次男もまた学徒出陣で、竹内浩三と同年に慶應大学を卒業、応召してフィリピンへ征き、竹内と同年（一九四五年）に戦死した。モダン趣味やユーモア感覚の思春期を送った彼らは、不条理な戦争に巻き込まれて青年期にこの世を去ったのである。

小市民の笑いと小津安二郎

前述の映画版『次男坊』と同じ監督・主演のコンビによって、同年の一九三〇年（昭和五）五月には『新家庭双六』、九月には『脱線息子』と、一年に三本もの佐々木邦原作の映画が公開された。残念なことにこれら三本のフィルムも現存していないようだ。日本ではまだサイレント映画時代、その末期の頃である。

松竹蒲田で小津安二郎が映画監督としてデビューしたのは、佐々木邦がユーモア短編集『笑の王国』を出してまもない頃、つまり『諧謔文学』や『現代ユウモア全集』などが出はじめた一九二七年（昭和二）である。小津は監督第一作『懺悔の刃』（一九二七年一〇月）以降、二、三年のうちに一連の喜劇映画を続々と発表していく。それら『若人の夢』『女房紛失』『カボチャ』『引越し夫婦』『肉体美』『宝の山』『和製喧嘩友達』『会社員生活』『突貫小僧』『エロ神の怨霊』等々のうち、フィルムは『和製喧嘩友達』（一九二九年七月）と『突貫小僧』（一九二九年一一月）の一部が残っているだけ。あとは現存せず、題名のおもしろさはともかく、画面上のおもしろさを実感できないのは残念だ。また、映画の原作者や脚色者を調べてみても、佐々木邦やユーモア文学との直接のつながりはみられない。初期の小津作品のシナリオは小津自身であることも多いが、野田高梧《こうご》、伏見晁《あきら》らが担当したものも多い。現存する小津作品には外国映画、とりわけアメリカ映画の影響が強いのは周知のとおりである。野田にしても早稲田大学の英文科を出て松竹脚本部に入社した人だから、外国文学に造詣が深かったはずだ。佐々木邦と小津作品に直接の関係はみえてこないものの、一九二〇年代の日本ではユーモア小説（主に短編）やユーモア随筆が台頭しており、それより早く欧米では短編や中編の喜劇映画が量産されて日本でも公開されていた。小津の先輩・牛原虚彦《きよひこ》監督が青春喜劇を矢継ぎ早に発表していくのも二〇年代後半であり、そもそも松竹蒲田の若き撮影

図⑨　映画『会社員生活』（小津安二郎監督、松竹、1929年）

所長・城戸《きど》四郎によって明朗劇が推奨されたことなど、明朗小説と明朗映画はまさに同時代の空気を吸っていたのである。岡保生が蒲田映画のヒーロー像と佐々木邦のヒーロー像との類似を指摘したことは前述したが、その時代背景に関して、尾崎秀樹の見解も引用してみよう。

大正の末期から次第に形成された、いわゆる中間層のもつ小市民的な意識は、郊外に開かれた田園都市や、赤い屋根の文化住宅に象徴される。マス・メディアの成熟とともにあらたに開拓された読者層は、その階層と一致しており、向日的であたたかく、大正教養主義の残照をもひき継いでいた。現実にはその中間層は、昭和期に入って急速に解体してゆくのだが、それはともかく、意識的には文化生活を享受できる小春日和的な雰囲気の中で、小説が読まれ、多くの大衆作家が活躍するのである。(34)

蒲田映画の明朗青春劇を小津より前に遡れば、スポーツ青年でヴァイオリンも弾けた明朗型の俳優・鈴木伝明《でんめい》と監督・牛原虚彦のコンビで始まる『恋の選手』（一九二五年）あたりからだろうか。その後、『昭和時代』（一九二七年）、『近代武者修行』『彼と東京』『感激時代』『陸の王者』（いずれも一九二八年）と続いていく。これらはフィルムが残っていないので、若干のスティル写真や映画物語から推察するしかないが、たしかに佐々木邦の長編小説の主人公と共通し、その読者層と共通するものが感じられる。

佐々木邦は小津よりも二〇歳ほど年長にあたる。小津安二郎が監督デビューしたのは二四歳、佐々木邦は四〇代半ばだった。もし、佐々木邦の小説と小津作品とを結び付けるものがあるとすれば、〈いたずら小僧〉、または〈大人を観察する子供〉の存在だろう。佐々木邦の最初の小説『悪戯小僧日記』は一九〇七年に『明星』に連載され、『いたづら小僧日記』として単行本化されたのが二年後。同年には『おてんば娘日記』『続いたづら小僧日記』と続けて単行本が出ている。子供の目から見た大人の社会は、一九二二年の『主婦之友』誌に連載された『ぐうたら道中記』にも活写されている。『ぐうたら道中記』は十返舎一九の〈弥次喜多道中記〉(『東海道中膝栗毛』)を下敷きに、夏目漱石の『吾輩は猫である』(一九〇五年)や『坊っちゃん』(同年)の諷刺と諧謔精神を意識して書き綴ったような作品。物語の視点は子供にあって、そこから愚かしく、矛盾する言動に満ちた大人たちを見るのは、大人と子供の立場が逆転したようでもあり、まさに小津の傑作『生れてはみたけれど』(一九三二年)を想起させる。次に『いたづら小僧』の映画版に目を向けてみよう。

映画版『いたずら小僧』

映画版『いたずら小僧』は山本嘉次郎監督により、P.C.L.で製作され、一九三五年(昭和一〇)九月に封切られた。P.C.L.の正式名称は「株式会社ピー・シー・エル映画製作所」。もともと「写真化学研究所」(Photo Chemical Laboratory、略称P．C．L．)として録音技術の研究から出発、一九三三年末にトーキー映画製作へ進出した。第一作は音楽喜劇『ほろよひ人生』(木村荘十二《そとじ》監督)で、これはフィルムが保存されており、かつてビデオ版も販売されたことがある。『ほろよひ人生』について、筆者は一文を発表したことがあり、(35)P．C．L．と初期の音楽喜劇はそれに譲るが、その後、P．C．L．映画は次々と発掘され、テレビの専門チャンネルでも放映されて、国立フィルムアーカイブ(NFA)で所蔵されるようになった。ただし、『いたずら小僧』のフィルムはNFAにはなく、現存するのかどうかは定かでない。

監督の山本嘉次郎は一九三四年(昭和九)三月に日活から移ってP．C．L．へ入社、ここでの監督第一作に同年の『エノケンの青春酔虎伝』があり、続いて『あるぷす大将』、翌三五年は『坊っちゃん』『すみれ娘』『いたずら小僧』『エノケンの近藤勇』『エノケンのどんぐり頓兵衛』、三六年に『吾輩ハ猫デアル』『エノケンの千万長者』正続篇と、矢継ぎ早に喜劇を発表していく脂の乗った頃である。

『キネマ旬報』(一九三五年八月一日号)の「日本映画紹介」欄、『いたずら小僧』のあらすじを読むと、前半のみを記していて、これはほぼ原作通りの展開。批評は村上忠久が書いており、きわめて辛口である(『キネマ旬報』同年一〇月一一日号)。曰く、「主人公いたづら小僧の太郎の性格は甚だ皮相的なるいたづら小僧であって、その行う全ての動作には我々の共感を得る子供らしい純真さに乏しい」と。その悪意に満ちたいたずらは度を越していて、笑って見過ごすよりも先に不愉快さを感じてしまうと述べる。村上にとって児童映画とは「可愛く、気持良く、しかも悪意のない面白さ」が期待されたのに、この映画はそうではなかった。これではユーモアどころか、諧謔性が持つ諷刺や慣習破壊の力もなかったのだろう。フィルムが確認できず、筆者には判断できないが、原作小説は、悪意に満ちた「皮相的なるいたづら」ばかりではないにしても、子供のいたずらより、もう少し年齢が上の「悪戯」、いやがらせのようなエピソードはたくさんある。たしかに、子供の「悪意のないいたずら」であれば、大人の観客は許容できるだろう。だが、チャップリンが映画に初登場した頃、彼はもう子供ではなく、まさにいやがらせ、小さな悪意に満ちた〈子供おとな〉を演じていた。のちに世界中で愛された喜劇王チャップリンは、はじめは〈悪ふざけ好きのいやな奴〉を演じており、このように、佐々木邦が生み出した〈いたずら小僧〉とどこか似ていた。

　主役の少年・伊藤薫は一九二二年（大正一一）生まれの当時一三歳くらいか。デビューは『あるぷす大将』（一九三四年）で、以後は成瀬巳

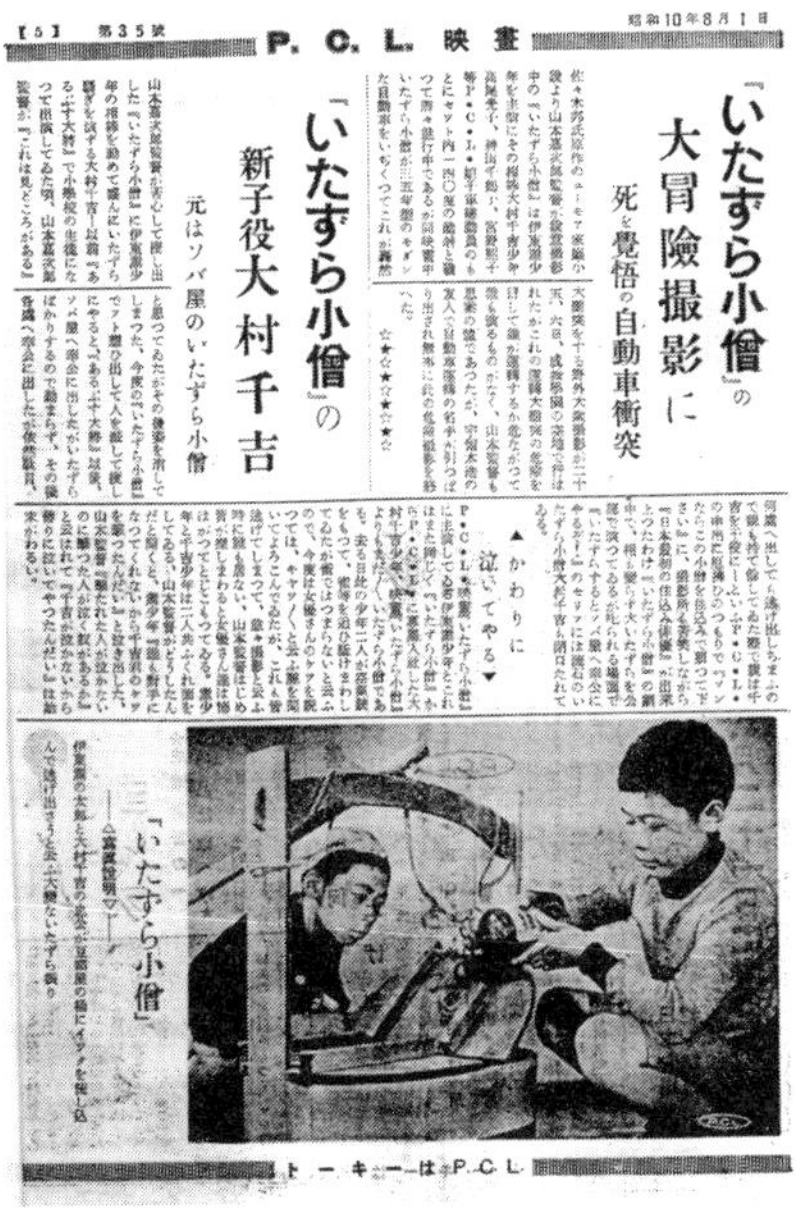
【5】　第35號　P. C. L. 映畫　昭和10年8月1日

「いたずら小僧」の大冒險撮影に
死を覺悟の自動車衝突

「いたずら小僧」の新子役大村千吉
元はソバ屋のいたずら小僧

▲かわりに泣いてやる▼

「いたずら小僧」

トーキーはP.C.L

図⑩　映画『いたずら小僧』記事（『P.C.L.映画』1935年8月15日号）

喜男監督の『乙女ごころ三人姉妹』『妻よ薔薇のやうに』などで子役を演じて重宝がられ、『いたずら小僧』以後も多くの映画に出演、『ハワイ・マレー沖海戦』では若き訓練兵役で主役を演じたが、そのあとに召集されて、一九四三年（昭和一八）一月、中国で戦死した。村上忠久の判定によれば、山本嘉次郎監督としては、『いたずら小僧』は『すみれ娘』よりはましだが、『あるぷす大将』よりも劣っている。『すみれ娘』はP.C.L.が量産していく音楽喜劇の一つで、物語は宝塚の白井鉄造原案。白井の作詞した歌「すみれの花咲く頃」がふんだんに流れるが、女優陣よりもクセのある男優陣の個性がおかしさを誘うだけ。フランス音楽喜劇の雰囲気をまねたセットや衣装の〈風俗モダニズム〉があるにしても、映画の出来はお世辞にもよいとはいえない。

佐々木邦は戦後の一九五七年、講談社から少年向けに『わんぱく少年』を出した。アメリカの小説家トマス・ベーリー・オールドリッチの『わんぱく少年』、またの名『トム・ベーリーの冒険』の翻訳である。これは佐々木訳よりひと足早く、大久保康雄訳の『悪童物語』も出ている（一九四九年）。原著は *The Story of a Bad Boy*（一八七〇年）で〈わんぱく少年文学〉のはしりだった。オールドリッチの『わんぱく少年』の物語空間は広くて開放的であり、『いたづら小僧』は狭くて陰湿的ともいえるから、両者の相違は大きい。

いたずら小僧たち、社会へ——『人生初年兵』

残念ながら今日では、佐々木邦原作の戦前の映画化作品を見る機会はほとんどない。帝キネの『次男坊』（一九三〇年）ほか『新家庭双六』（同年）、『脱線息子』（同年）など、フィルムが現存しないか、発掘されていないからだ。筆者が見た映画化作品はわずかに『人生初年兵』（一九三五年）のみである。この映画の原作小説『人生初年兵』は、『講談倶楽部』での連載が一九三二年一〇月から翌年一二月まで、単行本が一九三五年七月刊なので、先に刊行された『佐々木邦全集』全一〇巻以後に発表された小説である。単行本はB六判で五二〇頁ほどもあるが、ゆったりした文字組、短い会話中心の展開、随所にある挿絵など、軽い読みものであることは『次男坊』と同様である。

図⑪　『人生初年兵』（1935 年）挿画
画・細木原青起

『次男坊』の主人公は東海地方の裕福な家庭のわんぱく少年で、学業も優秀、成長して東京帝大へと進学した。対して『人生初年兵』の主人公たちは都会育ち、幼稚舎から大学まで「生え抜きのKOボーイズ」である。物語は、裕福な学生たちの暢気な大学生活から始まり、就職活動に躍起となるよりも、外国への遊学を希望する若者たちが描かれる。洋行の目的は「尖端の研究」であり、そこで「尖端」とは映画のことを指しており、一人は映画プロダクションの設立、一人は映画監督が夢である。地の文にも「映画監督は尖端青年間に希望者が多い」とあり、著者は四五歳で作家として専念する前は慶應大学予科の教授（一九二八年三月まで）だったから、そこでの経験が反映されているのだろう。昭和初期、トーキーが勃興する頃、都会の学生たちには映画の魅力や影響が強かったのである。しかし、彼らは結局洋行せず、物語の中心は大新聞社へ入社した二人、日野君と玉井君の親友同士をめぐる逸話を綴っていく。上司、編集長、女性社員たちとの日々の会話、その多くがたあいない、どの会社員にもありそうな世俗的な話題や関心事に集中する。主人公二人は婦人家庭部へ配属されて、妙齢の働く女性たち（各デパートの模範女性店員たち）の関西慰安旅行の公募案を企画したり、社内の独身「老嬢」（三九歳で！）の縁談を進めたり、それぞれ失恋したりと、女性や年配の読者層を意識した話題が並ぶ。育ちと家柄のよい青年たちの社会人第一歩、これが書名の「初年兵」であるのは時代の反映だろう。戦前の徴兵令では国民の義務として兵役を課し、軍隊へ入隊（入営）した新兵を初年兵と呼んだ。もっとも、佐々木邦の小説では、比喩として用いられているだけであり、兵役経験への言及や逸話はほとんどないが、うまく就職できなかった一人が軍隊関係の仕事に就くらしく、「非常時だから仕方ない」というひと言があるだけだ。

小説全体の読後感に、強い印象は残らない。読んでいてもむしろ退屈な個所が多いのは、描写が楽天的な世相のうわべだけに終始しているからだろう。挿絵はモダンな青年たちが姿よく描かれており、服装もおしゃれである。当時の平均的青年たちよりやや上層の生活を、読者が憧れて見るように描いている。口絵・挿絵ともに細木原青起《ほそきはらせいき》、当時の新聞や雑誌で漫画を描いていた人である。

『人生初年兵』は、映画も同じ題名でP．C．L．が製作した。前述したようにP．C．L．はトーキー移行期の日本で音楽喜劇に力を注いだ映画会社。主演は宇留木浩（日野の役）、その親友に藤原釜足（玉井の役）。二人とも原作小説の育ちのよい「KOボーイズ」からはほど遠い印象を与える。俳優二人の実年齢は、宇留木浩が三二歳、藤原鎌足が三〇歳頃だったから、当時の大卒新入社員より年齢が高く、すでに中堅社員の風貌に見える。しかも、映画は大学の卒業式の日から始まり、桜が満開なのはよいとして、なんと背後には早稲田大学の大隈講堂がそびえている。大学らしさを表すためなのか、原作を知らない観客、または大隈講堂を知らない観客にとってはどうでもよいことだろうが。映画公開の前年、現実の慶應大学では日吉に新キャンパスが完成して、盛大な落成式が行われたばかり。撮影対象としても

図⑫　映画『人生初年兵』（P. C. L.）広告（『P. C. L. 映画』1935年11月15日号）

慶應の建物がふさわしかったはずである。撮影の友成達雄が兄の友成用三とともに野球を通して早稲田大学の安部磯雄を知っていたようだから、大隈講堂の撮影はこの撮影カメラマンの発想かもしれない。

主演の二人は大学とは関係のない経歴であり、俳優以前の宇留木浩は、本名の横田豊秋で撮影助手として山本嘉次郎の移動に伴い転々としたあと、助監督を経て監督となった。だが、成功しないまま宇留木浩名で脚本を書き、さらに俳優として一九三二年の『彼女への飛来《タックル》』でデビュー。その後、山本嘉次郎監督の『坊っちゃん』で主役を演じて好評を博し（本書三七頁）、P.C.L.映画への出演が続いた。こうして彼は「坊っちゃん俳優」で知られたが、一九三六年八月、三三歳の若さで急死した。かたや藤原釜足は子供時代から苦労の連続、浅草オペラや奇術一座のドサ回りと解散を経験し、エノケン（榎本健一）の新カジノフォーリー結成、次いでプペダンサント結成に参加して、軽演劇の軽妙な役者として売り出し、その後P.C.L.の専属となり映画俳優の道を進んだ。以後、長く多様な脇役を演じて映画に出演しつづけた。

肝心の映画『人生初年兵』、この出来栄えはぱっとしない。前述のように主役の男性二人に颯爽とした魅力がなく、映画自体にも都市の楽天的モダニズムと軽快さ、新聞社の活動のテンポが欠けている。女優陣は神田千鶴子、水上玲子、清川虹子ほか、脚本は伊馬鵜平と永見柳二。トーキー台頭で失業した弁士たち――徳川夢声や西村楽天――が出演、彼らが俳優業へ転職していくのもこの時期からだった。監督の矢倉茂雄はP.C.L.の『踊り子日記』（一九三四年）で監督としてスタート、一九三〇年代から四〇年代初めまでいくつかの作品があるが、戦後に四六歳で急死した。評価は定まらないままだったが、当人は『絹の泥靴』(一九三五年)、『雷親爺』(一九三七年)、『少年漂流記』(一九四三年)の三作を自薦していたという(『日本映画監督全集』)。

映画化はされなかったが、佐々木邦の代表作に『地に爪跡を残すもの』(一九三四年)がある。富士山を仰ぎ見る村に育つ二人の少年の成長物語であり、教養小説でもある同書は、佐々木邦の教育者的資質と理想主義的人生観とが融合した力作である。とはいえ、そのあとに発表された山本有三『真実一路』(『主婦の友』連載、一九三五年)がより多くの若者の心をつかんだと思われる。一九三七年、田坂具隆《ともたか》によって映画化され、翌年、田坂は同じ著者の『路傍の石』も映画化、監督としての世評を高めることになった。

図⑬『地に爪跡を残すもの』(1934年)箱

一九三五年から翌年にかけて、アトリエ社から『現代ユーモア小説全集』(全一八巻)が刊行され、ここでも佐々木邦は二冊(第一巻に『世路第一歩　求婚時代』、第一三巻に『求婚三銃士』)を占めていた。この全集は古書で探しても揃えるのが難しく、どこの図書館であれ、なかなか探せない。

戦前の松竹蒲田の『愚弟賢兄』(五所平之助監督、結城一朗主演、一九三一年)、東京発声の『大番頭小番頭』(豊田四郎監督、藤井貢主演、一九三六年)などは

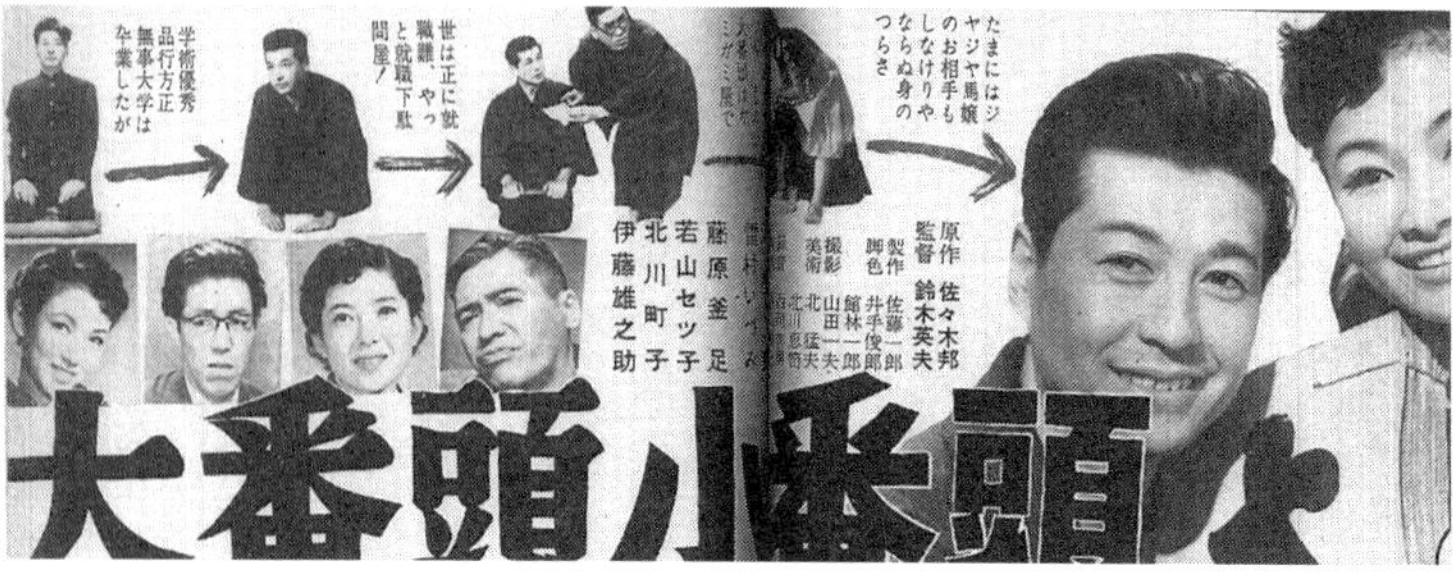

図⑭　映画『大番頭小番頭』（東宝）広告。池部良主演
（『キネマ旬報』1955年3月下旬号）

戦後にもリメイクされており、後者は一九五五年（鈴木英夫監督、池部良主演、東宝）、六七年（土居通芳監督、竹脇無我主演、松竹）と、計三度も製作された。筆者が見ることのできた池部良主演の『大番頭小番頭』は凡作で、池部良、藤原釜足、伊藤雄之助ら、俳優たちの持ち味が生きてこない。ただ、主人公の義妹（雪村いずみ）が九州から転がり込んで急に歌い始めると、映画はがらりと転調してしまうおかしさはある。また、一九五三年の『愚弟賢兄』（野村芳太郎監督、三橋達也、高橋貞二主演、松竹）はその後にテレビドラマ化（一九五八年）もされており、この物語はやはり人気があったのだろう。映画版は高橋演じる「愚弟」が、大学卒業・就職・結婚の心配を、兄（三橋）や姉たちにさせるだけのたあいない作品。同じ頃、松竹では、木下恵介監督が『破れ太鼓』（一九四九年）、『カルメン故郷に帰る』（一九五一年）、渋谷実監督が『てんやわんや』（一九五〇年）、『自由学校』（一九五一年）、中村登監督が『我が家は楽し』（一九五一年）ほか、続々とホームドラマや風俗喜劇の佳作を送り出しており、野村芳太郎は新人監督として取り組んだが、のちに『張

込み』（一九五八年）で注目を浴びるまではまだ習作の時期だった。

戦後のサラリーマン喜劇映画の源流は源氏鶏太の小説群に端を発するが、佐々木邦小説の映画化にもそれらと重なるものがある。しかし、たとえば新東宝の『サラリーマン喧嘩三代記』（井上梅次監督、一九五二年）など、役人や権力者への反骨精神を持つ登場人物たちは、原作者の敬愛する『坊つちやん』の系譜上にあるだろう。著者の戦前の代表作の一つ『ガラマサどん』はワンマン社長の憎めない人柄と社員たちの会社物語。これは一九三〇年の一年間、『キング』に連載されて、翌年には新歌舞伎で上演、同年には『奇物変物』（明治座）、『新婚道中記』（新歌舞伎座）、『大番頭小番頭』（明治座）と、舞台でも佐々木邦作品に根強い人気があった。『ガラマサどん』の映画化『ロッパのガラマサどん』（岡田敬監督、古川緑波主演、一九三八年）で当たり役とした古川ロッパは、戦後の『へそくり社長』（正続、一九五六年）にも脇役ながら大株主として出演しているから、戦後東宝映画の〈社長シリーズ〉との接点に、佐々木邦のユーモア小説があったといえるだろう。それにしても佐々木邦原作で佳作と呼べる映画はあったのだろうか。筆者が見落としているだけだろうか。

『ユーモアクラブ』創刊

一九三七年からの日中戦争の本格化、そして四一年の「大東亜戦争」突入という時代、年齢が五〇代半ばから後半へ向かう時期の佐々木邦は戦争にどのように向き合ったのだろうか。戦時下では厳しい言論統制があり、徹底した検閲と処罰のもとで、放送、新聞、出版などの従事者のみならず、表現活動全般にまで監視の目が張り巡らされた。その発端に遡ると一九一〇年（明治四三）の大逆事件（幸徳事件）での過酷な弾圧とでっちあげ裁判・処刑があった。それでも二〇年代を通して、労働者、農民、学生へのマルクス主義とロシア革命の影響は大きく、プロレタリア文化運動が台頭し、それに対抗する体制側の取り締まりと法整備が強化され、二〇年代末から三〇年代初めにかけて共産党とその同調者に対して大弾圧が実行される。この間、佐々木邦にはマルクス主義や社会主義の影響はみられず、当然、プロレタリア文化運動や文学運動との関連はない。

マーク・トウェインを尊敬していたものの、佐々木邦に軽い世相諷刺はみられても、強い社会諷刺、とりわけ権力への批判はなかった。また、トウェイン流短編の「途方もない話」がもたらす滑稽さと眩暈感も佐々木の小説にはない。ユーモアが婉曲な笑いであるとすれば、社会批判は婉曲な諷刺をとるか、寓話の形をとることもできるだろう。マーク・トウェインの諷刺や寓話は、表層の社会批判を超える通念への批判――キリスト教を含む――となっている。トウェインは一面的な価値観、倫理観へ鋭いユーモアで疑問を投げかける懐疑的視点の持ち主だった。佐々木邦の楽天的世界観に対して、トウェインはむしろシニシズム、あるいはペシミズムにも近く、後代の訳者の柴田元幸は、彼を「アナーキー」とさえ評している。[36] トウェインに比べると、戦前・戦時下における佐々木邦のユーモア小説は、表面の社会諷刺や笑いにとどまっていた。戸坂潤風に「有閑サラリーマン文学」と呼べば狭くなりすぎるが、その読者対象は安定した家庭を持つ人々であり、少年向きの小説には、わんぱく時代を過ぎたあとは正義感を有する勉強家になり、ほどほどの出世と幸せな家庭を築くのが理想というメッセージが多い。

　日中戦争勃発の時期、表紙に「佐々木邦編集」と記された雑誌『ユーモアクラブ』が創刊された（春陽堂書店、一九三七年一〇月号）。小説が五編並ぶ筆頭には佐々木邦の家庭小説「人生の年輪」がある。ほかの執筆者は、獅子文六、辰野九紫《きゅうし》、金譲治、南達彦らで、徳川夢声も寄稿している。「人生の年輪」の主人公は五人兄弟の末っ子（兄三人と当人、姉一人）で、父は司法省の官吏だったが故人、兄は上から順に、判事、株屋、銀行員、姉は下町の商家の嫁。主人公の「僕」（一人称小説である）は大学出の会社員で、いくつかのお見合いを経て結婚し、新婚早々で家庭は円満……。このように佐々木邦の相変わらずの家庭小説には、明治・大正期にあった家庭小説――たとえば徳冨蘆花《ろか》の『不如帰《ほととぎす》』や菊池幽芳《ゆうほう》の『乳《ち》姉妹《きょうだい》』――にみられる「家」制度の重苦しい因習や葛藤はない。むしろ、現代の「仲良し家族」に通じる明るさと軽さがある。

図⑮『ユーモアクラブ』創刊号（1937年10月号／熊本県立図書館蔵）表紙

　その軽快さのためか、創刊号はよく売れたらしく、次号（一一月号）の編集後記には、「創刊号は素晴らしい売行きで発売三日にして大方の書店が売切りとなり、追加註文が殺到する程だった」とある。この雑誌を支えたのは「ユーモ作家倶楽部会員」（および明るく粘っこい、この雑誌の編集者・指方龍二）であり、会員には、佐々木邦以外に伊馬鵜平、乾信一郎、岡成志、北村小松、サトウハチロー、獅子文六、辰野九紫、徳川夢声、中野実、中村正常、林二九太《にくた》、弘木丘太《きゅうた》、益田甫《はじめ》、南達彦らがいた。獅子文六はのちの回想のなかで、会の席上で談論風発した印象がなく、「佐々木邦という人が至って穏やかな、老成した人」だったと述べている（「「ユーモア・クラブ」の頃」、『オールユーモア』創刊号、一九六二年六月）。

一九三九年、『ユーモアクラブ』からすぐれたユーモア小説に「ユーモア賞」が贈られることになった。選考委員は、獅子文六、辰野九紫、佐々木邦の三名。対象となるのは雑誌や新聞掲載の新進または無名作家による作品。直木賞ができたのは一九三五年だから、その刺激があったのかもしれない。第一回（一九四〇年度）の受賞者は『きつね馬』の宇井無愁と、『啓子と狷介』の北町一郎。『きつね馬』は同年末、東宝によって映画化された（成瀬巳喜男監督の『旅役者』）。北町一郎はユーモア小説と探偵小説で売れっ子になるが、戦後はサラリーマン映画流行の一翼も担った。彼の原作に、『明日は月給日』（川島雄三監督、松竹、一九五二年）、『三等社員と女秘書』（野村浩将監督、新東宝、一九五五年）、『へそくり社員とワンマン社長　へそくり社員敢闘す』（小田基義監督、東宝、一九五六年）、『ワンマン社長純情す』（同）等々がある。

ユーモア賞の第二回目は受賞者なし、以降は途絶えてしまった。その裏話をウェブ上に詳しく書いている人がいて、この時期、政府や軍部が出版界に猛烈に介入してきたことや、「読物誌にとっては王道。でも、「大衆文芸」にとってはひょっとして傍流。ユーモア小説の不思議なところです」と、ユーモア小説がなぜ直木賞をとれなかったのか疑問を呈している。また、『ユーモアクラブ』の表紙に、「緊《し》めよ同胞　心も口も」のスローガンが印刷されたことにふれ、「口を緊めよ」なんてユーモア雑誌の本質に反していると呆れている。[37] それはそうだろう、戦時下に当局からの強い要請があったことを念頭に置くにしても、いまとなれば、このスローガン自体が逆説的に聞こえておかしい。

ユーモアと緊張——戦時下から戦後へ

「大東亜戦争」に入って一年目、一九四二年一一月号の『ユーモアクラブ』表紙には、タイトルの上に「明朗と緊張」と印刷されており、絵柄は農民姿の女性が鎌を手にすっくと立ち、横には「米英に止め刺すまで　一億一心戦い抜こう」の文字がある。写真頁も「豊作の秋」は稲穂を抱えた農民女性、「空翔る若人の錬成」は若者たちと練習機、「力と魂の美」は第二回航空美術展覧会の点景写真で、戦争がらみの作品ばかり。「コーカサス点描」はドイツ軍がソ連軍と戦闘中のコーカサス紹介と、〈ユーモア〉はどこにもない。巻頭言「覚悟を固めよ」では「緊張」

がさらに高まり、天皇と国家への奉仕が強調され、必要でないものを蓄え楽しむ人々は非国民である、と結ぶ。この巻頭言は無署名であるが、とても『ユーモアクラブ』の作家たちが書く文章とは思えない。巻頭言に続く論評も「長期戦に処する国民の覚悟」（海軍大将・末次信正）、「戦車の機動性と踏破力」（〇〇部隊長）、「戦車戦の種々相」（豊島一郎）と、主要記事は軍関係者に乗っ取られている。かろうじて、広告一頁にずらりと並ぶ「ユーモア文庫」（東成社）のタイトル一覧、そのキャッチ・コピー「戦線銃後で最も喜ばれる」が目を引きつける。

図⑯　『ユーモアクラブ』（「明朗と緊張」／1942年11月号）表紙

　このような状況は『ユーモアクラブ』のみではなかった。国家が強力に要請し、それに迎合する記事が多くなったのは、どの雑誌も生き残るためにとった妥協の道であった。戦時下、雑誌の統廃合が強制されていくなかで、『ユーモアクラブ』を改名した『明朗』が生き残ったのは不思議である。息苦しく緊迫した状況下で、「明朗」の誌名が息抜きを与え、読者層を惹きつけると当局が判断したのだろうか。

　もっとも、もっと早くから、巷では〈明朗〉という言葉が流行していた。そのはしりは「明朗なる千恵蔵映画」（『東京演芸新聞』一九三二年）と呼ばれた日本映画かもしれない。映画以外でも

この言葉が流行した政治的意味については、紙屋牧子の興味深い論文がある。(38)

『ユーモアクラブ』創刊号から『明朗』に掲載された佐々木邦作品を挙げてみると、「人生の年輪」「アパートをめぐる麗人、哲人、才子!」「明暗街道」「正会員生活」「素顔の時代」「強く明るく」などがある。筆者はかつて、佐々木邦は戦争賛美の文章は書かなかったようだ、と述べたことがある。(39) しかし、『ユーモアクラブ』はそもそも創刊時期から時局がらみだった。『明朗』へ誌名を変更したあとはなおさらである。同誌には漫画や読者投稿の川柳も掲載されているが、〈ユーモア〉が日常身辺の軽い笑いや観察に終始していることは小説と同じである。漫画は絵による直截な描写、川柳は限られた文字数ゆえの閃きのおもしろさがある。さらにブラック・ユーモアのような、痛烈な批判精神のプロレタリア川柳に出合った読者なら、一瞬に戦慄したことだろう。たとえば、鶴彬《つるあきら》の「稼ぎ手を殺し勲章でだますなり」「銃剣で奪った美田の移民村」「屍のゐないニュース映画で勇ましい」「手と足をもいだ丸太にしてかへし」など、いずれも一九三五年から三七年にかけて作られており、〈明朗〉の時代と共存していた。(40) これほどの川柳作家を当局が見逃すはずはなく、鶴彬は逮捕されて獄中で病死する。「病死」とはいっても、拷問やいたぶ

図⑰『明朗』(『ユーモアクラブ』改題/1944年6月号)表紙

り、悪環境での放置など、悪法にしたがった獄吏の悪意の結果であろう。ここで川柳は〈戦うユーモア〉へと変貌を遂げるが、『ユーモアクラブ』の戦いは、政府が喧伝する「鬼畜米英」との戦いだった。雑誌『明朗』は一九四五年の四月号・五月号合併（第九巻第五号）が最後になったと推測される。表紙には色がなく、粗末なザラ紙のわずか三二頁。佐々木邦の名前も消えて、編集後記で指方龍二が、戦災のため発行が難航したので、「思えばにっくいＢ29」と嘆いた（「にっくい」はＢ29のだじゃれか）。

敗戦直後、山形県鶴岡の中学生だった渡部昇一は、たまたま疎開して鶴岡に住んでいた佐々木邦の話を教室で聞いた。その思い出を書きながら、人気作家になっていた佐々木邦の第一回目の全集刊行は満洲事変の頃であると記し、次のような感慨を述べている。

彼がユーモアと愛情を以て描いた戦前の日本の中流社会はどこにもなくなった。佐々木邦のユーモア小説は戦前「明朗小説」と呼ばれていたが、その明朗小説の愛読者であった少年たちの多くは、大陸の曠野に、南溟の海に、はたまた雲流る果てに散ってしまったのではないか。また少女たちも多く自らの家庭が体験したように戦火に追われ、また未亡人になったのではないか。(41)

まさしく、佐々木邦の次男・英二は出征して戦死、その合同慰霊祭に父親は行かなかった。

「そんなものに、わたしは行かん」

頑なに邦は拒否し、慰霊祭には長男仙一の妻容子とともに子（英二の妹）が参列した。靖国神社など、邦は頭から無視していた。遺族年金すら、受け取ろうとしなかった。(42)

敗戦の翌年、佐々木邦は尊敬するマーク・トウェインに戻るかのように、翻訳短編集を上梓した。その『マーク・トウェーン名作選　貴族病患者』（東西出版社、一九四六年）の目次を見ていくと戦前の『ユーモア十篇』と同じ内容であり、冒頭の「社会改良家」の題名のみ別の印象を与えるが、これは『ユーモア十篇』冒頭の「負けない男」である。戦後版は戦前版の再刊といってよい。佐々木邦は敗戦直後の日本人に改めてアメリカの偉大なユーモア作家を読んでほしかったのだろう。いや彼自身、初心をみつめ直したのかもしれない。敗戦二年目の随筆集『豊分居《ほうぶんきょ》閑談』の「終戦の秋」で、彼は山形に避難疎開した折の感想を書いており、「罹災はそうひどく身に沁みていない。国家の愚挙の責任の何分の一か負わされたので、これが多くの人の運命だった。一家生命に別条なかったのを儲けものと思っている」（五二頁）と、やや冷めた受け止め方で、文末では日本人の国際的忘恩を嘆いている。日本人は明治期に欧米から多くの恩恵を受けたことを忘れて「国家的誇大妄想」を膨らませていった。日露戦争後、大勢の中国人学生が日本へ留学してきたのに、日本人が国際的礼節を欠いたために、その後彼らはアメリカへ移っていった。もし中国人留学生が日本へ来続けており、日本人がもっと隣邦中国に親切心を尽くしていたら支那事変（日中戦争）は起こらなかっただろうと。つまり、日本人に欠けたのは「雅量」であると。

佐々木邦は戦前の官僚や官立学校の管理者・教育者――とりわけ彼らの形式主義や保身主義に――そして戦争を引き起こした軍人に反感を抱いていたと思われる。彼の小説や随筆からそれを明白に知ることはできないが、ユーモア作家クラブの会員であり、『講談雑誌』編集長（一九三五年）、『新青年』編集長（一九三七年）などの経歴もある乾信一郎は、作家同士の会合では軍部の悪口もずいぶん出たこと、一緒に帰るときには、とくに佐々木は大声で軍部批判をしたことを回想している（『佐々木邦全集』補巻三、月報一三）。

佐々木邦はクリスチャンではなかったにしても（死の前年に洗礼を受けた）、ミッション・スクールで教育を受け、英米文学への深い造詣とともに、さわやかなユーモア小説を書き続けた。私的には、少年期の母や父の不幸な出来事を経験し、長女、次女、次男、孫、妻に先立たれた悲しい運命に耐えた。戦後まもなく書かれた『心の歴史』は単なる自伝的小説ではないにしても、その淡々とした巧まざる平易な筆致の透明さ、そこに流れる静かな人生観照はしみじみと読者の心を打つ。うちに秘めた反骨、静かで温和なユーモリスト、それが佐々木邦だった。映画化作品で私たちが知る彼の明朗なユーモアは、彼の悲しみが隠された表面だけなのかもしれない。

III

てんやわんやの男と女と日本と

[獅子文六]

「没後10年獅子文六展」パンフレット
(1984年)

獅子文六、二つの名前

前章でも述べたが、一九三九年に雑誌『ユーモアクラブ』が設けた「ユーモア賞」の選考委員三名の一人が獅子文六《ししぶんろく》(一八九三―一九六九)である。「ユーモア賞」は、「大東亜戦争」へ向かう時局のため長く続かず頓挫した。獅子文六は佐々木邦より一〇歳下で、当時四六歳くらい。その獅子文六には二つの名前がある。劇作家・演出家・翻訳家としての岩田豊雄(本名)と、小説家としての獅子文六。選考委員となった彼は、それまでにどのような活躍をみせ、どんな評価を得ていたのだろうか。

横浜に生まれた岩田豊雄は一〇歳で父親を亡くしている。父親は貿易商で「岩田商店」を営んでいた。遺産があったためか、慶應大学の文科まで進んでいた豊雄は学業を中退、一九二二年パリへ遊学して、そこで芝居見物に耽溺し、演劇に強く惹かれていく。ヴィユー・コロンビエ座の会員にまでなったのは、そこを根城にめざましい活躍をみせていた演出家ジャック・コポーに興味を抱いたからである。彼が演出のおもしろさに心惹かれ、気ままでぜいたくな、また鷹揚で自由な外国生活を過ごしたことは、漱石の留学の陰鬱さとは対照的にみえる。岩田豊雄は遊学先でマリイ・ショウミイと結婚、関東大震災のあと一緒に帰国して、翻訳の仕事を始めた。土方与志《よし》、小山内薫らの築地小劇場設立を機に、日本でも近代劇運動が活発化していく時期と重なり、『近代劇全集』や『世界戯曲全集』などの大きな全集が出版された頃でもあった。岩田豊雄はフランス演劇の紹介や翻訳劇の舞台装置・演出との関わりで意欲を掻き立てられたが、家族を養っていく十分な報酬は得られなかった。一九二六年には著書『現代の舞台装置』を中央美術社から、翌年早々にはジュウル・ロマンの戯曲の翻訳『クノック——医学の勝利』を白水社から出している。後者は新劇協会により同年四月、帝国ホテル演芸場で上演された。現在に続く劇団・文学座は、日中戦争が本格化する一九三七年（昭和一二）九月、岩田豊雄、岸田國士《くにお》、久保田万太郎を中心に結成され、第一回公演の演目の一つが『クノック』だった。演劇人としての岩田豊雄についてここでは詳述しないが、獅子文六の名で発表していく明朗小説のなかの軽妙な会話は、舞台におけるせりふのやりとりにも通じるから、演劇人・岩田豊雄と作家・獅子文六の活動は、はっきりと二つに分かれていたわけではない。

では、作家・獅子文六の誕生はいつだったのか。牧村健一郎の『獅子文六の二つの昭和』は、この作家の経歴を詳しく教えてくれる。同書によれば、『新青年』に「巴里の流行歌《はやりうた》」など軽い読みものを書きはじめた頃（一九二九年初頭）は、まだ岩田豊雄の名で、翌年の「西洋色豪伝」の同誌連載から獅子文六を使ったという。当時の〈エロ・ブーム〉に乗った企画だから、本名を避けて、気が進まないながら稿料を得るためだったのではないかと牧村健一郎は推測する。名前の由来も諸説あるが、いずれにしろ、「一種の戯作意識、やつし（中略）の気分だったのは間違いない」と牧村は言う（同書、八〇—八一頁）。

一九三四年、『新青年』の七月号から「金色青春譜《こんじき》」の連載が始まり、小説家・獅子文六が誕生した。題名から察しがつくように、舞台や映画で人気の『金色夜叉《こんじきやしゃ》』（尾崎紅葉作）の当代風の焼き直し、パロディでもある。K海浜都市を背景に、三人の軟派モダン学生と、彼らが仕える百万長者の若き未亡人をめぐる風俗喜劇。『金色夜叉』の情念やしがらみの重たさ、陰湿さからはほど遠く、たあいない物語ではあるが、明るさと諧謔に満ちていて、物語展開のテンポも速く、文章も軽快、まさに映画向きである。ところが不思議なことに、これは映画化されなかった。

初の映画化作品『悦ちゃん』

「金色青春譜」で明るくユーモラスな物語の書き手として注目された獅子文六は、『報知新聞』から連載小説を依頼された。作家としてまだ自信がなかった彼も、失敗の不安を恐れずにこれに挑戦、みごとに読者をとらえて映画化され、舞台化の第一作ともなったのが『悦ちゃん』である。新聞の連載は一九三六年七月から一一月にかけての夕刊、映画化は翌三七年二月、舞台化は同年五月、新宿第一劇場において上演された。

この小説はいま読んでもなかなかおもしろい。主人公は一〇歳ほどの少女「悦ちゃん」。三年ほど前に母を亡くし、あまり売れない流行作詞家の父親（碌《ろく》さん）と二人暮らしをしている。といっても、まったくの二人だけではなく、お手伝いのばあやがいる。しかし、ばあやは雇主の碌さんに呆れて物語の途中で姿を消してしまう。物語は碌さんが娘のために、また自分のために再婚相手を探す筋と、娘が父の再婚相手を嫌って、デパートの美しく優しい販売嬢と仲良くなっていく筋とが並行して進む。後半は碌さんのしばしの行方不明、帰宅すると今度は娘が行方不明のひと騒動。溌剌としたおてんば娘に比べて、のんびりとして鷹揚、だが娘と再婚相手に悩まされる父親の碌さん。流行の尖端、大都会のレコード会社やデパート売場、碌さんの姉の嫁ぎ先の避暑地（房総海岸）など、物語の背景には都市型モダニズムの明るさがあふれている。新派や映画の「母もの」に漂う哀調はみじんもなく、新聞連載らしく展開のつなぎ方も巧みなので、読者はこの父娘から目が離せなかっただろう。作者自身、四年前にフランス人の妻に先立たれ、一人娘を抱えて困惑し、二年後には再婚していた。

図①　映画『悦ちゃん』記事欄より
（『キネマ旬報』1937年3月21日）

『悦ちゃん』連載時、実の娘の巴絵《ともえ》は一一歳だった。ちなみに、「碌さん」の名は作者の「文六」から採ったのかもしれないが、碌さんの性格は自分とはまるで反対と、本人が吐露している（『娘と私』上、二三五頁）。

『悦ちゃん』はいかにも映画向きであり、早速映画化された。日活が倉田文人脚本・監督で公開したのが翌三七年の二月末。父親の碌さん役に江川宇礼雄《うれお》、悦ちゃん役に江島瑠美。江島瑠美は本名であり、前年の日活の子役公募に応じて合格し、芸名も「悦ちゃん」になった。公募に応じた少女たちと付き添いの母親や姉たちを見て、審査に立ち合った獅子文六は、面接途中で不愉快になっていった。それは応募の少女たちが犠牲者、母親や姉たちが愚者に見えてきたからである。

残念ながらフィルムの所在は不明だが、当時の批評を探してみると、物語も演出も欠点が多く、ありきたりの映画以上の出来ではなかったようだ。出演者に関しては「悦ちゃんは先ず良いと言えようし、江川宇礼雄も悪くない演技であった。音羽久米子は未熟すぎる」とある（村上忠久評、『キネマ旬報』一九三七年三月二一日号）。音羽久米子は新進女優で、悦ちゃんがとてもなつき、悦ちゃんのパパが再婚へ踏み切る相手役を演じた。批評ではけなされたが、文末の「興行価値」には「封切館では中々好評だった」とあるように、一躍〈悦ちゃん〉人気が生まれた。つまり、原作と映画化の相乗作用で大人気となり、〈悦ちゃん〉ブームが起きて、いろいろな商品があやかって便乗し、映画化も続いて、原作とは別の『悦ちゃん乗り出す』『悦ちゃんの涙』『悦ちゃんの千人針』『悦ちゃん部隊』『悦ちゃん万歳』等々、日中戦争下の一九三八年八月まで、日活により製作・公開された。

『悦ちゃん』の少女像はアメリカの少女スター、シャーリー・テンプルを想起させる。獅子文六は、シャーリー・テンプルが出演して一躍日本でも人気を呼ぶきっかけとなった『可愛いマーカちゃん』（日本公開は一九三五年三月）を見ていたと思われる。このテンプル嬢は戦前日本の少女雑誌や挿絵、塗り絵にまで影響を及ぼして「可愛い女の子」の典型的な表象となった。〈悦ちゃん〉イメージはその日本版であり、〈和製テンプル〉でアメリカ映画を模倣しただけの凡作という批評もあった。この原作は戦後、テレビ時代に何度かドラマ化されており、最新版には「昭和駄目パパ恋物語」の副題を付けたNHKの連続ドラマ『悦ちゃん』がある(二〇一七年七月一五日から全八回)。

ところで、サイレント時代から人気があった名子役には高峰秀子がいる。大人向け映画の子役や妹役などが多く、主演作は『綴方教室』(一九三八年)、『秀子の応援団長』(一九四〇年)、『馬』(一九四一年)ほか、その人気はトーキー時代も続き、成人後も女優として大成していった。彼女はテンプルより四歳上だったが、テンプルと並んだのは悦ちゃんではなく彼女のほうだろう。しかし、高峰自身は回想で、人気を競った子役時代から四〇年余、「シャーリー・テンプルは政治家となり、私は、せっせと駄文を書いている。私の負けである」と謙虚にカブトを脱いでいる(『わたしの渡世日記』上、朝日新聞社、五九頁)。

戦時下の作品――『信子』とその前後

戦前、獅子文六の原作で『悦ちゃん』以降に映画化された作品には、一九三八年日活の『楽天公子』(水ヶ江龍一監督、杉狂児主演、原作は一九三六年)、同年東宝の『青空二人組』(岡田敬監

図②　映画『楽天公子』広告
（『キネマ旬報』1938年7月21日）

督、藤原釜足・柳谷寛共演、原作は「青空部隊」一九三七年）、これも同年東宝の『胡椒息子』（藤田潤一監督、林文夫主演、原作は一九三七年）、一九三九年には東宝の『沙羅乙女』（前後篇、佐藤武監督、千葉早智子主演、原作は一九三八年）、一九四〇年に松竹の『信子』（清水宏監督、高峰三枝子主演、原作も一九四〇年）があり、現在見ることが可能な映画は『胡椒息子』と『信子』の二本だけである。

映画『楽天公子』について、獅子文六はおもしろい言葉を残している。「原作料というものは、劇場や撮影所が、原作を用いる代償ではない。寧ろ、原作を用いない代償――早くいえば、我慢料のごときものである。これは皮肉でも、逆説でもない。当事者間の常識に過ぎない」（『牡丹亭雑記』三五頁）。したがって、彼が映画版『楽天公子』の不出来の噂を耳にしたときでも、ビクともしなかった。だがある日、夕刊を見て腰を抜かすほど驚いた。なぜなら、映画『楽天公子』は日本軍人精神を冒瀆しており、上映禁止になったという記事があったからである。原作には軍人など登場せず、軍事に関する記述さえなかったというのに。

このように自作の映画版をあまり見ない獅子文六であったが、二部作の『沙羅乙女』前篇を見たときは「脚色者や演出者の腕が、獅子文六なんかよりズッと上等だと感じた」と述べ、多くの描写において映画のほうが正確で精緻、「原作より気が利いたところが沢山ある」と感心している。ただし、後篇はせかせかして描写力が落ち、ことに後半ほどひどくなり、「獅子文六と同格にナリ下がった嫌いがある」と判定をくだした（前掲書、八七頁）。また、主演女優の千葉早智子が気に入り、日本の女優はみんな「喫茶ガール」のように見えてしまうが、千葉早智子なら「優秀な正喜劇の女主人公」を演じることができるかもしれないと、その後の成長を期待した。千葉は『ほろよひ人生』でP.C.L.の人気スターとなり、『吾輩ハ猫デアル』では鼻子の娘役を演じていた女優である。

図③　『牡丹亭雑記』（1940年）表紙。装幀・獅子文六

『胡椒息子』（小説は『主婦之友』に連載）は原作・映画ともに陰りが勝っており、作者は『悦ちゃん』の少年版をねらったのかもしれない。〈継子もの〉の湿っぽさを嫌っていた文六だったが、当時、彼は『主婦之友』ほか、『朝日新聞』（「達磨町七番地」）、『オール読物』（「青空舞台」）などへ途切れることなく書き続け、岸田國士らと文学座を興していた時期でもあり、『胡椒息子』は流行作家となった作者の書き急ぎの感がある。映画版でも、作者が

図④『南の風　信子　金色青春譜』（1950年）カバー。装幀・恩地孝四郎

嫌った〈継子もの〉の哀調が強く出てしまった。

また、映画版『信子』は多作監督・清水宏のおおらかさや詩情が発揮されないまま、生真面目な学園少女ものの凡作に終わっている。原作は明らかに『坊っちゃん』を意識しており、九州大分の村から出て来た若い新米女教師の信子が東京の私立女学校へ赴任して、「あたし」の一人称で語っていく物語。教員たちにはそれぞれあだ名が付いており、優しい柔和な笑顔の教頭が「ニヤリスト」。実はこの教頭は背後の校長派と校主派の暗闘に絡んでいる。信子の方言をからかう女子生徒たち、信子を困らせる反抗的な少女、女子寮へ忍び込んだ泥棒退治の武勇伝等々、会話も文体もユーモラスで明るい。主人公の信子は、九州男児ならぬ〈九州女子〉である。信子の故郷を大分にしたのは作者の亡父・茂穂が豊前中津藩（現在の大分県中津市周辺）の武士だったからだろう。「信子」の名の由来は、小説中で父（医師）が彼女に「信念を持つ人」になるよう望んだためと説明される。原作の古い粗末な校舎、さらにひどい女子寮とは異なり、映画は立派な校舎で撮影されており、女子寮も豪勢に見える。信子を演じた高峰三枝子は颯爽とした姿でさすがにスターらしさを見せているが、どうも原作のイメージからは遠い。学園生活の点景描写もありきたりで、信子の叔母のところにいる芸者のタマゴたちのほうがむしろおもしろい。しかし、映画ではユーモア度が薄まってしまい、わずかに泥棒退治の場面だけなのは寂しく、後半、演出が鈍くなってテンポも遅くなり、くどくて単調、さわやかな青春映画になれなかった。女学校ものの学園映画としては、その三年前に公開された石坂洋次郎原作の『若い人』（豊田四郎監督）の方に軍配を上げよう。

「大東亜戦争」下の映画『海軍』（田坂具隆監督、沢村勉、田坂具隆脚本、松竹、一九四三年）、この原作はユーモア小説ではなく、ユーモアの味付けすらない。岩田豊雄の本名で書かれた本作は、ユーモア作家・獅子文六の名にふさわしからぬ生真面目さで、筆一本で家族を支える文筆家として、戦時下の時局へ迎合せざるを得なかったのだろうか。『娘と私』は戦後に書かれた伝記的小説だが、そこには軍人嫌いであった獅子文六が、真珠湾攻撃とその大きな成果をニュースで知った日、負けたらえらいことになる、娘も妻もどうなるかわからないと思い、「何としても勝て！勝たなければ……」という気が突然起きてきたと語られている（下巻、一四頁）。とりわけ、小さな潜航艇に乗って真珠湾へ突入した若い士官たちの自己犠牲に感銘を受けたのは、自分にはまるでそのような精神がなかったからだと言う。当時、軍部の文士徴用を避けるには新聞連載小説の著者であること、しかも「大東亜戦争」絡みの題材でなければ許されぬことを知り、自己犠牲の若い士官たちの物語を書くことにした。徴用逃れのためのなかば消極的選択であった。しかし「軍神」ではない普通の若者たちの生と死を描こうと、参考のために訪ねた江田島の海軍兵学校で大きな感動を得たのは、自己にはまるでない「規律の美」に打たれたからだった（同書、二一一二二頁）。国家存亡の危機に、獅子文六はユーモアを凍結して、「規律の美」を『海軍』に書き進めたのである。結果は読者に好評で、単行本化の申し込み、映画化の申し込みも殺到した。そのことについて、著者は戦後の『娘と私』のなかで、戦争協力者であったことを認めつつ悪びれなかった。なぜなら、戦時下の昂揚した若者の精神と規律ある生活という、自分とはまったく異なる世界に魅かれたのは本心だったからである。

映画化では、東郷元帥の神格化が強まり、海軍を志した薩摩出身の少年が猛勉強の末に海軍兵学校に合格、さらに猛訓練を重ねたあと、特殊潜水艇に乗り込む中尉として真珠湾攻撃に参加して、覚悟の未帰還となり、国を挙げて顕彰される場面で終わる。モデルは真珠湾攻撃時に出撃し、戦死した実在の人物。原作も映画も全体に強いドラマ性を欠き、淡々としたむだのない描写に終始する。凛とした描写ともいえる。主演の山内明の凛々しさと明るさは時代の要請である。まさに戦意高揚の国策映画で、それなりに論評に値するが、本書ではこれ以上この映画にはふれない。

同じく戦時下の映画『おばあさん』（原研吉監督、野田高梧・武井韶平脚本、松竹、一九四四年）。原作は『主婦之友』の一九四二年二月号から連載が始まり、四四年五月号で終わったが、映画は完結より早く、四四年一月三日に公開された。それはこの読みものが読者に人気があったことを示しており、このような例は戦前にしばしばみられた。〈ホームドラマ〉という英語風の和語は戦後の日本で広まっていくが、『おばあさん』はまさにホームドラマであり、家庭・家族の物語である。母としてのおばあさんには、M物産の部長である長男、陸軍中佐の次男、開業医に嫁いだ次女らがいて、それぞれ子供を育てている。つまり孫たちが呼ぶ「おばあさん」が物語の柱となっている。ほかに三男は同居、長女は夭折し、おばあさんの夫は二十数年前に亡くなっている。日本はすでに「大東亜戦争」へ突入しており、作者が海軍省報道部嘱託になっていた時期に書かれている。「明治、大正、昭和の三代に生きて、良人と子供と孫の世話をして、家と人生の「用」を、心置きなく果し畢《おわ》った一人の女性」が静かに他界する物語である。しかし、映画評は芳しくなく、生活に余裕のある家族を描いているのはともかく、「その生活は不健全な、軽薄な逸楽趣味が流れている」と批判された（『新映画』一九四四年二月号）。映画ではおばあさんを飯田蝶子、次男を佐分利信、孫娘を高峰秀子が演じている。原作はユーモア小説ではなく、映画のフィルムも所在不明である。獅子文六は敗戦の直前、空襲で東京・中野の家が被災したため、妻の郷里の愛媛県岩松町へ疎開し、戦争が終った二年後には『主婦之友』に『おじいさん』の連載を始めた（単行本化は一九四九年）。

戦後の獅子文六

戦後まもなく、獅子文六は『海軍』執筆などの活動により、戦争協力者の疑いをかけられ、追放の仮指定を受けていたが、新聞関係者はじめ多くの知友の支援によって、まもなく解除された。以降、疎開生活から材料を得た『南国滑稽譚』（一九四八年）ほか、戦前にも増して人気作家となり、映画化された作品にも佳作がいくつも生まれた。ただし、ユーモアが小説全体の基調ではないもの、たとえば『やっさもっさ』（『毎日新聞』一九五二年連載）、『娘と私』（『主婦之友』一九五三―五六年連載）、『箱根山』（『朝日新聞』一九六一年連載）などもあり、以下で少しふれておこう。

『やっさもっさ』と『自由学校』（『朝日新聞』一九五〇年連載）に共通するのが、主人公女性の強さである。夫は敗戦直後の虚脱状態で、腑抜け男になっている。妻は戦前の上流階級から転落した女性であるが、無一文から奮闘して混血児の多い孤児園経営に邁進する。夫を叱咤する強い女性はすでに戯曲の第一作『東は東』（一九三三年）に登場していた。そこではほとんど言葉を発しない「唐人」の夫に対して、コミュニケーション不足にいらだつ日本人妻がおり、古典劇風の狂言仕立てに趣向が凝らされている。同じく戯曲の第二作『朝日屋絹物店』（一九三四年）でも、妻は外国人（フランス人）で、夫婦間に齟齬が生じ、妻は夫に離縁を告げる。強い女性像は著者の戦後小説のなかで、さらにたくましくなったのである。

前述した『娘と私』は著者の前半生、フランス人の妻と死別後、娘と父、そして再婚相手との生活を中心に展開する実話物語。淡々と胸を打つ文章で、一九五八年にラジオドラマ化され、テレビでは一九六一年、NHK最初の「連続テレビ小説」となった。現在まで続く〈朝ドラ〉番組の始まりであり、フジテレビでも連続ドラマ化されている（一九六六年）。映画化されたのは一九六二年、東宝製作による堀川弘通《ひろみち》監督、広沢栄脚本、山村聰《そう》、星由里子、原節子の共演で、地味な作品ながら、ていねいな演出が印象に残る。

当時の週刊誌の人気小説である『大番』（『週刊朝日』一九五六―五八年連載）、これは連載後に単行本で全三巻、映画版（加東大介主演）では全四部作、テレビ版（渥美清主演）も連続ドラマ化されて、一九五〇年代半ばからほぼ一〇年の間、主人公の愛称「ギューちゃん」の名とともに広く知られた。破天荒の相場師・赤羽丑之助《あかばうしのすけ》の一代記である。主人公は背丈よりも横幅のほうが大きく見える、がっちりした体格の男。モデルは新潟出身の実在の人物・佐藤和三郎といわれるが、獅子文六は疎開中に見聞した宇和島周辺に舞台を移して、地元の方言や生活風俗を織り込み、丑之助に〈永遠のマドンナ〉を創造した。彼を上京させたあと、東京の相場師たちの世界を時代の推移とともに描き出した。「ギューちゃん」の性格、体型、風貌、言動、女性たちとの交渉など、小説の語り口はユーモラスで、句読点の多い短い文章も平易で読みやすく、巧みな展開は、まさに大衆作家・獅子文六の戦後の代表作の一つといえるだろう。

映画版は、丑之助が故郷に錦を飾って一時実家に帰る頃（一九三二年）から始めており、原作に詳しく書かれている主人公の田舎時代――貧しい生活や夜這い騒動、土地一番の大金持ちの美しい娘に憧れて付け文を渡す失敗談、上京後の小僧奉公からのし上がるまでの苦労話など――を省いている。このように主人公の若い頃を省いたため、彼の上昇志向、負けん気、実利への計算高さ、はるか遠くから拝んだマドンナ（原節子）への秘める想いなどが描かれておらず、相場師となる人間の出発点が不明のままである。残念ながら、映画版は原作にはるかに及ばないが、四部作まで製作されたところをみると、興行成績は悪くなかったのだろう。全四作とも千葉泰樹《やすき》の監督、笠原良三の脚本、東宝製作である。

『てんやわんや』の気弱な主人公

『やっさもっさ』『娘と私』『大番』を先に説明してしまったが、これより早く書かれた小説で映画化もされた話題作、しかもユーモアに満ちた作品をみていこう。

まず『てんやわんや』。原作は一九四八年一一月から四九年四月にかけて『毎日新聞』に連載後、四九年七月、単行本になった。主人公は東京の出版社社長の個人秘書で、当人が語る一人称の物語、その冒頭を引用しよう。

読者諸君！

私は犬丸順吉といって、無産階級、今年二十九になる。つまらぬ男であるが、これから長い物語を始めるので、名前ぐらいは覚えていてください。

謙遜でなく、私は平凡な人間で、才能、勇気、学問——男性の装飾となるべきものを、相当、欠いている。したがって、女に騒がれたということもない、麻雀も、野球も得意でない。われながら、魅力の無い人間だと思うのだが、その割に人から嫌われないのは、私が高慢を知らぬからであろう。私は運命にも、人間にも、よく服従する。それが、私の性格であり、また処世の道でもあった。たとえば、私は鬼塚先生に服従することで、半生を送ってきたのである。

（新潮文庫版、九頁）

獅子文六の文体は戦前からそうであるように、大部数の雑誌や新聞に連載ものを書き続けてきた平明さにある。長くてまわりくどい文章は書かず、短い文章に句読点を多く入れて、歯切れよく、読みやすい。右の引用文は主人公の言葉だから、さらにわかりやすいが、これはしばしば指摘されるように、演劇人でもある著者のもう一つの仕事が役立っていることはたしかだ。地の文でも朗読しやすく、聴きやすい。作中の「鬼塚先生」とは、戦前は政党代議士、戦後は出版社の「綜合日本社社長」、戦犯容疑を受けており、小説の主人公・犬丸は腹心の部下である。冒頭の犬丸の自己紹介は、みずからの平凡さ、魅力のなさを披露して、謙虚というよりもその卑下ぶりが読者の意表をつき、ユーモラスでもある。犬丸は戦後の東京での、せちがらく危険でもある生き方が嫌になり、会社を辞めて故郷の北海道へ帰ろうと社長へ直訴する。社長は耳を貸さず、自分の「秘密書類」を犬丸に預けて、四国へ行けと言う。社長の故郷・愛媛の田舎でしばらく身を潜めよと。戦前、犬丸は情報局の末席にいたから戦犯になる可能性があると社長に脅される。小心で臆病でもある犬丸は、自分も戦犯かと驚きつつ、急遽、愛媛の小さな町へ向かうことになる。その土地で、風変わりな人間群像と土地の習俗に出合う。そして、山間の村で清純な娘を知り、もしやここは蓬莱境かと錯覚する犬丸も、最後には失恋と社長への憤慨を胸に町を去る。

獅子文六の疎開体験は、主人公がそれぞれ異なる短編集『南国滑稽譚』（一九四八年）から、一人の主人公の視点で筋を通す長編読みものへ変化を遂げた。『てんやわんや』はいま読み返してもたいへんおもしろく、戦後七〇年を過ぎた現在では、忘れられていく戦後風俗を眼前に甦らせながら、ロシアのゴーゴリの諷刺的滑稽譚でも読むような、時代離れした異国流離譚とも映る。これは『南国滑稽譚』にも共通しており、獅子文六の語り〈騙り〉の巧みさ、自由闊達さを認識させられる。とはいえ、現実には、敗戦後にやってきた自由と民主主義の大旋風が左翼を元気づけた一方、その後の保守政治の復活と占領軍の共産党弾圧により、左から右へ、自由と民主主義が急旋回していた時代でもあった。寓話のような滑稽譚、ほろ苦いユーモアと社会諷刺が混じる作者の戦後小説は、実は生々しい〈敗戦小説〉でもあった。敗戦の衝撃のなかで、主人公は右往左往する。ちなみに、映画版へは『南国滑稽譚』の一編「桐の木の怪」から、桐の木が切り取られる逸話が「切り取られ」、接ぎ木されている。獅子文六の随筆には「〔『てんやわんや』は新聞に〕掲載中は何の反響もなく、本になってから売れ出した。文庫本になって、もっと売れた。映画になったのも、何年かあとだった」とある（『愚者の楽園』一七九頁）。映画の公開は原作の連載が終了して単行本化された年（一九四九年七月）からちょうど一年目、決して遅くはなかった。「てんやわんや」の言葉も流行語になった。

映画初出演、淡島千景の潑剌さ

『てんやわんや』の映画版は松竹の製作により、一九五〇年七月二五日に封切られた。監督は渋谷実、脚本が斎藤良輔と荒田正男、主演は佐野周二。東京から犬丸を追ってくるエクセントリックな戦後女性に淡島千景、古狸のワンマン社長に志村喬、愛媛の宇和島近郊「相生町」の住民に、三島雅夫、薄田《すすきだ》研二、藤原釜足、三井弘次ら曲者俳優たち、山中の僻地に住む美しい娘に桂木洋子が扮した。映画の冒頭は祭りのシーンで、大きな首の長い不思議な動物二頭の激しい動きから始まる。きわめて力動的、素早いモンタージュ（画面編集）、伊福部《いふくべ》昭の民俗的情念に満ちた活発な祭礼の音楽に、観客の目と耳も踊らされる。このクレジット・タイトル・シーン（題名や出演者などの名前が出る画面）は、物語の終わり近くで挿入される祭りの目玉、いまに伝わる伝統の宇和島牛鬼《うしおに》祭りである。いきなり物語風土のなかへ観客を引き込む牛鬼場面が一転すると、場所は東京の会社内で、社長に抗議してストライキ中の社員たち。病気回復後、ノコノコ出社してくる主人公（佐野周二）。彼が故郷の北海道へ帰省したいと社長に告げると、社長は彼に秘密書類を渡して、しばらく四国で身を潜めろと言う。以下の展開はほぼ原作にそっているが、犬丸に代わって社長の個人秘書的存在になる女性、「花兵《はなへい》」こと花輪兵子は原作を超えた魅力を放っている。映画では男性社員たちのストライキ騒ぎをよそに、花兵の淡島千景は屋上でセパレーツ

図⑤　映画『てんやわんや』（松竹）広告（『映画評論』1950年8月号）

の水着姿――当時の通念では「ほぼ裸体」を太陽にさらして寝そべっているのだ。この姿が最初の登場シーンだから、さすがに映画は視覚の力で観客をドキリとさせたに違いない。

原作の花兵は美人とはいえず、性的魅力もとりわけ特記されていないが、その強引さに犬丸は辟易しつつ、好きにもなっていく、相反する感情を強く引き起こす不思議な女性である。彼女には、戦前とは一変した戦後女性のたくましい順応力、生活力、大胆さ、自己中心性があふれている。たしかに、原作の人物造形は十分におもしろい。映画では、芸達者ではあっても冴えない風貌の男たちが画面を貧相にしているが、花兵を演じる淡島千景が登場すると、画面が一挙に華やぎ、活気づき、明るくなる。宝塚スターだった淡島千景は、今回が映画初出演で、たちまち観客の眼をとらえた。批評家たちも魅惑され、彼女はこの役で東京記者会による第一回ブルーリボン賞・主演女優賞を得て、以後の渋谷実作品でも欠かせない女優になっていく。

映画も好評

原作は『毎日新聞』に連載されて大好評、題名が流行語にもなったほどだった。映画の封切当日、同紙では「てんやわんやを観て」という原作者を囲む座談会の記事を載せた（一九五〇年七月二五日）。見出しは「異色の南国風物詩」で、出席者は林譲治（副総理、高知出身）、獅子文六、山本武（映画製作者）、渋谷実、淡島千景の五名。獅子文六は映画に四国色がよく出たことに感心しながら、小説では終戦直後を背景に置いたので、いまの観客がわかってくれるだろうかと、わずか数年の差しかないのに、やや心配気味である。また、現地での祭りの再現、主人公が居候する「相生《あいおい》長者」の屋敷の再現セットにも、その綿密さに驚きの発言をしている。闘牛は戦後の占領軍により禁止されていたのを現地ロケで再現、その結果、以降は禁止解除になった。監督・渋谷実のひと言がおかしい。「実在の人はもっともっと面白い人達で驚いてしまいました」。

映画評も当然、『毎日新聞』に出ている（一九五〇年七月二八日）。ライバルの他社、『朝日』や『読売』などはこの映画を記事にしていない。「飄々とした味い」という見出しの短評で、『てんやわんや』は脚本と演出の苦労によって映画的に仕上がり、獅子文六の味を残したと、全体が好意的に書かれている。主演・助演の俳優たちが適材適所で好演したこと――ときには主演者を忘れさせるほどの助演者たち――や、四国の風景の美しさなども映画化が成功した大きな要因であると。ただし、音楽がもっと豊かで軽快だったら、いっそうよかったのだが、音楽の「貧血」は日本映画全体の弱点である、と結ぶ。筆者には、伊福部昭の音楽は地方の風土性に合っているように感じられるし、祭りの場面には強い躍動感がある。もっとも、その後、『ゴジラ』（一九五四年）や『大魔神』（一九六六年）などのテーマ曲で広く知られるようになった彼の旋律には、重々しく暗い情念が基調にある。映画の評者は同紙記者の永戸俊雄。この人は戦前に、フランスの劇作家で映画監督マルセル・パニョルのマルセイユ三部作を翻訳紹介しており、戦後もそれらの訳書は再刊され、獅子文六ならぬ岩田豊雄の文学座で舞台上演が繰り返し行われた。『マリウス』（映画版の監督はアレグザンダー・コルダ、一九三一年）、『ファニー』（映画版の監督はマルク・アレグレ、一九三二年）、『セザール』（映画版の監督はマルセル・パニョル、一九三六年）の三部作は、港町を舞台に明るさと哀感を漂わせた庶民人情劇。パリ特派員も経験してヨーロッパ情勢や文化に通じた永戸俊雄だったから、獅子文六と共通点もあり、『てんやわんや』の評者として適任だった。余談になるが、筆者は学生時代にアメリカ映画『ファニー』（ジョシュア・ローガン監督、日本公開一九六二年）を興味深く見たので、永戸俊雄訳の『ファニー』（三部作を収録）を読んでみた。以来、いまでもこの本は手元にある。これを日本映画に翻案したのが山田洋次監督の『愛の讃歌』（一九六七年）である。

もう一つ映画評を覗くと、久留米泰が「日本映画月評」のなかで「A級」の筆頭に『てんやわんや』を挙げている（『映画評論』一九五〇年九月号）。

健康なヒュウマアと、鋭利な諷刺とが、プロヴァンシャルな題材の中で見事に生きていた原作の味わいは、ここにかなりの程度で、映画的に再現し直された。

歯切れのいい、ユウモラスな表現が、浩然とした一種の解放感を伴って、観る者の肩のしこりをほぐさせるあたり、出色の作品と呼びたい。

殊にこの作品では、従来の円滑な画面の流れをいよいよ冴えさせた以外に、一種の飄々とした洒脱味まで時として加え、〝演出〟の名にふさわしい円熟を、氏〔渋谷実〕が示している点、戦後の系列では第一等の出来栄えと言ってよい。助演陣の豊富さを生かし、就中新人淡島千景から、新鮮な感覚をひき出して来た手腕にも、拍手をおくりたい。快作。

「プロヴァンシャルな」とは「地方の、田舎の」といった意味合いのフランス語（英語と同じ）だから、評者は仏語関係の人であろうか。この時期、毎号の『映画評論』で「日本映画月評」を担当し、内外の封切映画を数多く見て、A級からD級までに分けているが、この『てんやわんや』評は的確といえるだろう。ピンからキリまでの映画を見ていたようで、『てんやわんや』評と同じ号には「別格」で大映の『密林の女豹』、「D級」に東宝の『歌姫都へ行く』など、怪作や珍作もあり、ユーモラスな寸評を読むと、これら映画史から無視され、忘れられた映画をもっと見たくなってくる。

求心運動と四国独立

映画と原作の違いは大詰めの個所である。映画では牛鬼祭りから喧嘩が起こり、主人公も巻き込まれて負傷入院し、山間の村娘あやめにも失恋、後生大事に守ってきた社長の秘密書類がエロ写真類だったことがわかって呆然、田舎での潜伏生活をきっぱりやめて、東京へ戻ろうと決意する。俯瞰撮影の、山道を遠ざかるバスがラストシーンとなる。小説ではあやめに会うため山間の村まで行った犬丸が、あやめに会えないまま一泊、そこで未曾有の大地震に遭遇して町へ戻り、大混乱のなかを東京へと去っていく。この大地震は一九四六年一二月二一日に発生した実際の巨大地震・昭和南海大地震をモデルにしている。東京で戦災を受けた獅子文六は、地震の発生当時、愛媛県岩松町へ疎開中だった。ただし、映画では地震の場面は省かれている。そのシーンの再現が困難だったからだろう。

映画は原作を知らなくても、十分おもしろくできている。ロケーション撮影では、いまは消えた風物や、戦後復活したばかりの牛鬼祭りなど、記録された映像の珍しさも物語とは別の興趣を引き出してくれる。実際のところ、筆者は映画を先に見てそのおもしろさに引かれ、あとから原作を読んで、さらなるおもしろさに引かれた。相生長者の大邸宅で居候の身となった犬丸は、子供たちの家庭教師役を頼まれて、周囲から「先生」と一目置かれる立場となるが、四国独立運動を画策する住民数名の「求心運動」に巻き込まれる。「求心運動」とは、原作でも映画でも、なまぐさ坊主かつ哲人の拙雲（薄田研二が怪演）が自説を披露するように、戦前の「遠心運動」、つまり外へ外へと広がった日本の動きを、戦後は内へ内へと縮める動きである。原作では、この「求心運動」が現在の私たちへも強く訴えてくる。酩酊しながら和尚の説を聞いていた犬丸は、「春霞のように曖昧なままではあるが」と前置きして、和尚の怪気炎を読者へ紹介する。

〔求心運動は〕一種の平和主義に基づくらしかった。日本が戦争に敗れたことも、亡国に瀕したことも、ことごとく遠心的国策の因果応報だ、という話らしかった。侵略も、戦争も、輸出貿易すらも、彼に言わせれば、遠心的国家行動であって、争いと災いを生ずるのは、当然である。人間は、すべからく求心的でなければならない。無限大を求める代わりに、無限小を求めねばならない。政治も、文化も、経済も、常に求心的であることによって、真の平和と自由と幸福が訪れるのである。求心は、安心立命の鍵であり、つまり、救心を意味する――。（新潮文庫版、一四五頁）

この運動に心酔する一人、越智は別の場所で、アメリカの大統領が言ったことに深く共鳴すると述べ、言論の自由、信教の自由、欠乏からの自由、恐怖からの自由を挙げ、とくに後者の二つ、欠乏と恐怖からの自由は、四国が自給自足の独立を達成すれば実現可能だと力説する（同、二一四三―二四四頁)。

いまの世に置き替えれば、〈グローバリズム〉から〈ローカリズム〉へ、日本国家から各地域の独立運動へとなるだろうか。敗戦からちょうど半世紀後に製作された諷刺喜劇『さよならニッポン!』(堤幸彦監督、一九九五年)を思い出す。沖縄より南にある小島が日本政府に反旗を翻して独立しようとする、その「てんやわんや」を描いた映画である。いまやその沖縄自体が日本国家に、また沖縄以外の日本国民に、さらには大ボスのアメリカにも異議を唱えて揺れ動いている。この「てんやわんや」という言葉、獅子文六以前からあった言葉であるが、小説と映画の題名に使われたことで流行語化してしまった。原作はユーモア小説でもあり諷刺小説でもあるが、社会諷刺よりも世相諷刺が強い人間喜劇でもある。だからこそ映画化にも向いていた。映画には視覚的直接描写の魅力、小説には言葉がつむぎ出す想像力のふくらみがある。

男と女、それぞれの自由――『自由学校』

『てんやわんや』のあと、『おじいさん』『随筆てんやわんや』を刊行した一九五〇年、獅子文六は胃潰瘍にかかり、翌年二月には妻が急逝した。再婚相手であったが、最初の妻も病死したので結婚には悲運が続いたことになる。それでも一九五〇年五月から一二月にかけて『朝日新聞』に『自由学校』を連載したのは、作家魂だけではなく、当然、稿料生活上の必要もあったからだろう。彼には『てんやわんや』と並ぶ、あるいはそれ以上の傑作小説を書き上げる精神力があった。次の年には胃潰瘍がさらに悪化したが、四月に『自由学校』を単行本で出版、五月には三度目の妻を迎え、六月には長女・巴絵（最初の妻との子、『娘と私』に描かれる）が結婚するあわただしさ。獅子文六は五八歳になっていた。

新聞連載中から『自由学校』は読者に大きな関心を持たれ、人気読みものになっていた。これはいま読んでもすこぶるおもしろく、獅子文六の巧みな人物造形、会話の妙、物語展開の意外性、そして相変わらず文章の読みやすさ、ときに辛辣な社会諷刺、しかしユーモアに包んでしまう脱イデオロギーの柔軟さに笑わされる。主人公夫婦が結婚式を挙げたのは一九四一年一一月、「戦争の起こる二十日ほど前だった」と説明されているから、いわゆる「大東亜戦争」直前のこと。夫の南村五百助《いおすけ》は「満洲交通」の副総裁だった父が死去、その持ち株と、賢婦人の母と、亡父の子分たちの支えによって、余裕ある生活を送っていた。物語は敗戦による有為転変のため、中央線の架空の駅「武蔵間駅」から徒歩二五分、納屋のような借家住まいを余儀なくされた夫婦（三五歳と三〇歳）の朝の一日から始まる。

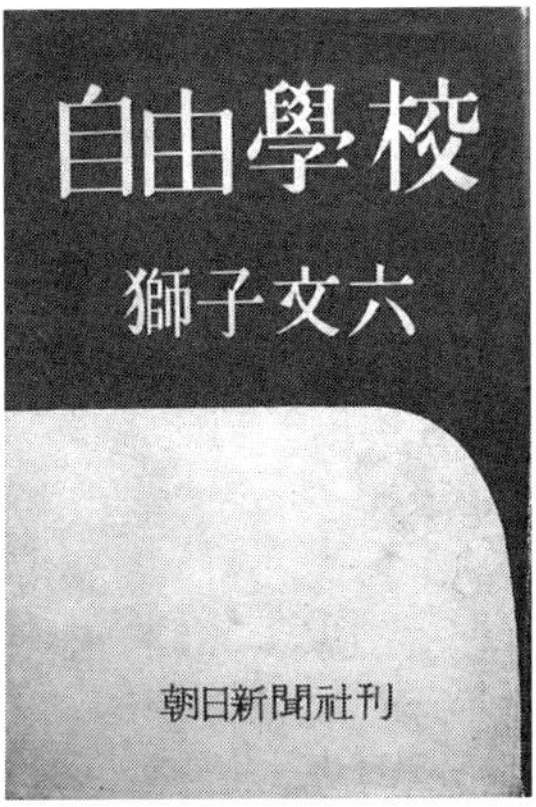

図⑥『自由学校』（1951年）カバー

夫婦は経済的には余裕なき生活者に落ちぶれて、どうやら安月給取りの五百助を助けているのは妻・駒子である。大学で英文学を専攻、翻訳のアルバイトやミシンを踏んでの裁縫仕事など、まさに髪振り乱す奮闘生活。かたや夫は実にのんびり、他人が見れば鷹揚で悠々、妻から見れば怠惰で覇気がなく、夫としてまことに頼りない。いらだつ駒子は、五百助が一月前に会社を辞めていたことを知り愕然とする。この期間、夫は出勤するふりをして外出、ぶらぶらしていたのだと怒り心頭に発し、つい夫へ「出て行け！」と外を指さしてしまう。そこで夫はのっそりと家を出る。以下、物語はだらしなく経済力もない夫から自由になった駒子と、しっかり者でガミガミ屋の妻から自由になった五百助、二人の生き方を並行して語っていく。この小説の語り口がユーモラスなので読者は楽しく読んでいける。

それだけでなく、この作品には敗戦後の日本国民が抱えた自由への歓喜と戸惑いが、多様な登場人物のなかで多層的に描かれる奥行がある。五百助は敗戦の衝撃で虚脱状態に陥った男たちの代表である。戦前の国家主義・軍国日本が打ち砕かれて、腑抜けとなった男たち。だが心底では、敗戦で得た「自由」を歓迎している。駒子は戦争未亡人にはならなかったけれど、「夫を見失った戦争夫人」であり、腑抜けの夫、まるで世話の焼ける子供でしかない夫にうんざりしている。夫が家を出たあとは、自己の才覚と判断で人生を新たに生きる「自分の自由」を得たのである。彼女はすでに戦前（女学生時代？）、『チャタレイ夫人の恋人』を読んでいたほどの女性だったから。実は新聞連載開始の直前、無修正版の翻訳『チャタレイ夫人の恋人』（伊藤整訳）が出て、二か月後には発禁処分を受け、その後裁判が続いて話題になっていた。その話題が小説の会話にパロディ的に挿入されている。駒子はまだ離婚はしていないので、男たちから言い寄られる恋愛に関しては自己抑制的である。

一方、五百助や駒子ら戦前派とは異なる戦後派〈アプレゲール〉の婚約者たち――隆文《たかぶみ》は年上女性・駒子を崇拝するなよなよ男子、ユリー（百合子）は二回り年上の五百助に結婚をせまる無軌道娘。この二人は「自由人」駒子と五百助を辟易させる「超自由人」たちである。むろん、親たちの心配など眼中にない。〈アプレゲール〉の「自由」ぶりは、常識ある大人たちからは「とんでもない」考えと行動であり、まさに隆文とユリーが連発する「とんでもハップン！」世代なのだ。こうして、敗戦まもない東京を舞台に、『てんやわんや』と同様、戦後の貧しくも活気ある風俗が活写されていく。

競作、映画版『自由学校』

現在ではありえないことだが、『自由学校』の映画化には松竹と大映が譲らず、同時に製作を始め、話題を盛り上げるとともに、初公開（いわゆる封切上映）も同じ日、すなわち一九五一年五月五日となった。まさに、しのぎをけずる競作である。この競作というやり方は、日本ではサイレント映画時代から行われており、現代ものより時代ものが多かったのは、その頃は新聞、週刊誌、月刊誌に連載された時代読みもの、時代小説が多数の男性読者から熱狂的な支持を得ていたためである。三社競作も珍しくなく、四社競作さえあった。競作の宣伝合戦により、どの映画も観客が増えると期待されたからでもある。もちろん、それぞれ異なるスターの顔ぶれも大きな吸引力となった。

『自由学校』の映画版では、主要な役をどんな俳優たちが演じたか、役名のあと、カッコ内に松竹版／大映版の順で記しておこう。

主人公夫婦：南村五百助（佐分利信／小野文春）、南村駒子（高峰三枝子／木暮実千代）

アプレゲールの恋人同士：隆文（佐田啓二／大泉滉）、ユリー（淡島千景／京マチ子）

クズ拾い（東野英次郎／藤原釜足）、元海軍大尉（小沢栄／殿山泰司）

主要スタッフを並べると、

監督（渋谷実／吉村公三郎）、脚本（斎藤良輔／新藤兼人）、撮影（長岡博之／中井朝一）、音楽（伊福部昭／仁木他喜雄）

茫洋としてつかみどころのない夫、てきぱきとして気の強い妻。軟弱なアプレゲールの隆文、自己主張の強いエクセントリックなガールフレンド、ユリー。勝手に退職した夫は「自由」を求めて家出する。当時の批評では、上野一郎が両作品の俳優を○×で比較したリストを掲げており、五百助役は佐分利信・小野文春ともに×、駒子役は高峰三枝子に○、木暮実千代に×、隆文役とユリー役にはすべて×と、辛い点を付けている（『キネマ旬報』一九五一年五月下旬号）。私見では、松竹版の佐分利の立派すぎる外見が、勝手に退職して妻にいいようにののしられ、クズ拾いに

図⑦　映画『自由学校』の競作記事（『キネマ旬報』1951年4月上旬）

なるようには見えない。ただし、元海軍大尉から「長官」扱いされて一目置かれる存在感はあるから、後半はそのギャップがおもしろい。大映版でこの役を演じた小野文春、実は公募で抜擢されたまったくの素人、戦後の文芸春秋新社の設立に加わった小野詮造である。当時は役柄に合っていると評されたが、筆者にはこの人も不適格に思え、佐分利信のほうが合っているように見える。ただ、これは好みの差、原作から想像する個人イメージの差かもしれない。ちなみに、獅子文六は淡島千景の採用にちょっと首をひねったらしい。年齢が高い（当時二六歳ほど）と感じたからである。隆文・ユリーの純粋戦後派（？）、そして戦中世代に対して新人類であるとすれば、もう一〇歳ほどは若くなければならないと思ったのだろ

図⑧　映画『自由学校』（松竹）広告（『キネマ旬報』1951年4月上旬）

図⑨　映画『自由学校』（大映）広告（『キネマ旬報』1951年4月下旬）

う。せいぜい、一七、八歳、つまり敗戦時には一二、三歳だった若者たちである。原作に年齢は書かれていないが、この年齢でも〈軍国少年少女〉としての教育を受けていたはずである。年齢に関しては、京マチ子も淡島千景と同年齢だったから、やはり無理がある。隆文役の佐田啓二は当時、二四、五歳、大泉滉はほぼ一歳若いくらいで、両者の年齢差はほとんどない。しかし、この映画には画然とした世代差が必要なので、やはりもっと若い男女がよかったのかもしれない。むろん舞台では、そこまで実年齢にこだわることはない。

『自由学校』の舞台化は映画よりひと足早く、東京・新宿の映画館「地球座」で、一九五一年一月二五日から二月二三日まで、映画を終えたあとの夜のみ上演された。戯曲・小山祐士、演出・岡倉士郎、駒子に轟夕起子、五百助に三島雅夫、隆文に大泉滉（文学座）、ユリーに倉田マユミ（文学座）が扮した。轟夕起子は獅子文六が推挙したようだ。当時のパンフに著者は「『自由学校』はファンテジイ（ファンタジーの仏語読み）であって、写実小説というわけではない。五百助も、駒子もこの世に存在する人物ではない。存在しそうに見えるだけで、決して存在しない。つまり、登場人物のすべてが、タイプにすぎないのである」と述べ、歌舞伎や新派にはタイプを演じる役者がいるのに、新劇では演出家も俳優も不慣れであろう、「甚だお気の毒」と同情している（岩田豊雄「芝居との因縁」、『新劇と私』一九五六年）。

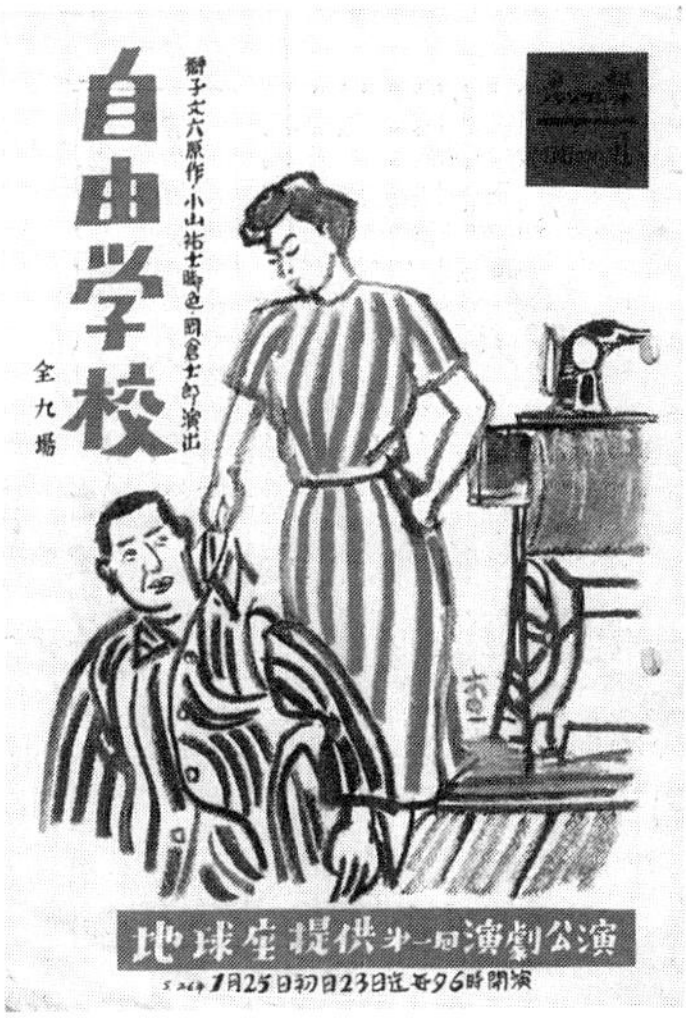

図⑩　舞台『自由学校』パンフレット（1951年1月、地球座）

作者の危惧とはうらはらに、芝居は大当たりした。戯曲の文庫版解説で宮田茂雄は舞台が連日の満員で、立ち見客まで出たことにふれ、「あんなに各種各様の観客が、笑いつゞけ、楽しんで芝居を見て居る光景を、私は殆ど、この国では見たことがなかった。作者の機智やユーモアに応ずる気持ちのいゝ笑いであった。久し振りに、或ははじめてといっていいゝかもしれない。大人のよろこぶ芝居であったろう」（宮田茂雄「解説」、小山祐士『戯曲　自由学校』一九五一年、一四四頁）。ついでながら、新劇「文学座」創設者の一人であった岩田豊雄の演劇体験は、中学時代の歌舞伎耽溺から始まって能楽へと移り、落語の寄席にも通っていた。フランス遊学前の若い頃はむしろ日本の古典芸能に詳しくなっていた。とくに役者たちのタイプや演技に関心を引かれた。彼の言う「タイプ」とは、一見してすぐにわかる役柄の類型、役柄の型のことで、歌舞伎や能狂言に明らかである。

映画に戻ると、バタ屋になった主人公をまつりあげるあやしげな元軍人は、やはり小沢栄がぴったりだ。「キャンディー・ボーイ」役、佐田啓二の甘く頼りない青年と、大泉滉のなよなよ男はそれぞれ甲乙つけ難く、ユリー役も年齢こそ変わらないにしても、顔、髪型、体形、衣装などはまるで異なり、こちらも甲乙つけ難い。自由な妻となった駒子をケチな路上強盗から救う〈ターザン〉的な米屋の役は、松竹版では笠智衆、大映版では藤田進が演じている。この寡黙で無骨な怪力男はそのあと、人妻の駒子に横恋慕したあげく、嵐の夜に彼女に迫って拒絶され、駒子の部屋や家屋を壊すほど荒れる乱暴者と化す。

小津安二郎監督の『父ありき』（一九四二年）、『晩春』（一九四九年）、『宗方姉妹』（一九五〇年）、『麦秋』（一九五一年）と、実直にして穏やかな父親を演じてきた笠智衆に、はじめは〈寡黙で無骨〉、のちに〈怪力の乱暴者〉へと変貌する役を配した渋谷実監督。笠智衆はこのあとも、小津作品では『東京物語』（一九五三年）以降も〈善き庶民〉役が続くが、渋谷作品では監督デビュー作『奥様に知らすべからず』（一九三七年）での助演のボクサー役や、『酔っぱらい天国』（一九六二年）の酔っぱらい課長など、小津作品の笠智衆イメージとはまるで異なる役柄なのは、渋谷実の意図的な起用だろう。とりわけ『酔っぱらい天国』は暗く哀れである。大映版の藤田進は強盗退治に肩車で振り回す柔道を披露、戦前に主演した黒沢明監督の『姿三四郎』役のパロディを見せて笑わせる。松竹版でとくにおかしいのは、アメリカ帰りのキザな夫婦を演じた十朱久雄・高橋豊子のコンビであり、この二人のエクセントリックな生活ぶりは、大映版の斎藤達雄・荒川さつきコンビよりもはるかに強い印象を与える。とりわけ、「女流画家」としての高橋豊子と、部屋中の壁を満たす自画像の数々は映画にぴったりの表現である。

ラスト、松竹版では、家に戻った夫が妻から叱られ、またも家出をしようとすると、妻は泣いてとりすがる。そして、ラストシーンでは、妻が外へ働きに出て、夫は割烹着姿で妻を送り出す。出勤と家事の夫婦逆転で結びとなる。佐分利信の割烹着姿がまことに不似合いでおかしい。この結末は原作通りだが、原作では伯父夫婦の噂話のなかで語られるだけ。大映版の結末では、再び家出した夫を妻が追いかけ、ラストシーンは右肩上がりのなだらかな丘のロングショットで、妻が夫の体を後ろから押して上がって行く、その二人の小さなシルエットでおしまい。

〈自由〉がキーワードの奇妙な人々の風俗喜劇で、「とんでもハップン！」が物語内の若者のはやり言葉。はたして映画版はどちらに軍配を上げたらよいのだろうか。両作品の再検討はすでに田添一幸が行っており、日本における「ジェンダーのゆらぎ」の時期がまさに獅子文六小説に描写されていたという指摘にも納得できる。[43] 戦後まもない頃、女優・高峰秀子の眼に世相はこのように映った。

男たちは戦争をした。男たちは戦争に負けた。自業自得である。ワリを食ったのは女たちである。「付き合いきれない」。それが女たちの本音だった。敗戦を境にして、「女が強くなった」と、私は思わない。けれど、敗戦によって、女がはじめて男の正体というものを識《し》ったのは事実だと思う[44]。


いま一度、筆者なりに、当時の雑誌をめくってみよう。

上野一郎は両作品ともそれぞれの監督のベストにはおよばないと言う。渋谷実は『てんやわんや』に匹敵するが、戦前の作におよばず、吉村公三郎は前年の『偽れる盛装』におよばないと。飯田心美も二つの映画版を比較しながら、読者に評判の新聞小説を原作にした足枷があり、松竹版は「外形だけを模写した」にすぎず、そこには「創作的魅力もないし、生気もない。あるとすればわずかに茂木夫妻〔十朱・高橋コンビの役〕のくだりぐらいなものだ」とそっけない。松竹版の演出は地味で消極戦法、俳優の持ち味と芸風が強く出た個所だけが意外な効果を出したと言う。一方、大映版は事務的な新藤兼人の脚本を吉村公三郎監督がときに漫画風、ときに紙芝居風と奇襲戦法をとっているが不成功に終わったとみる（「二つの『自由学校』」、『映画評論』一九五一年六月号）。

原作を持つ映画はこの宿命（足枷）から逃れることがなかなか難しい。映画は自己の表現と工夫において、原作と別の味わいを見せればよいだろう。原作を読んだことがない人でも、映画それ自体を楽しめればよいし、そこから原作に含まれるメッセージを汲み取ればなおよいだろう。獅子文六は自作の映画化の変貌ぶりは気にしなかったはずだ。自作にまったくないものを発見して驚いたこともあれば（『楽天公子』）、自作より映画がよいとみて感心したこともある（『沙羅乙女』）。

ところで、市川崑監督による映画『あの手この手』（一九五二年一二月）、原作はラジオドラマ（京都伸夫作）で、脚色に際して和田夏十《なつと》（市川崑夫人）が大胆に人物造形を変えた。知識人夫婦の生活を描く、ユーモア漂う佳作である。てきぱきした妻（水戸光子、新聞社の文化部勤務）に頭の上がらない夫（森雅之、大学助教授）、突然、志摩の実家から家出をして入り込んできた姪（久我美子）が夫婦の生活をかき乱し、夫も一時ふらりと家出をする。近所の産科医の妻（望月優子）は彼ら夫婦を見て、いま評判の小説『自由学校』のモデルではないかと疑うが、たしかに『あの手この手』の夫婦像はどこか『自由学校』の夫婦像と重なるイメージがある。市川・和田のコンビはそれを知っており、映画のなかで望月優子のせりふに入れたのだろう。当時の観客を笑わせたに違いない。

『青春怪談』の「怪談」とは

『青春怪談』は一九五四年、『読売新聞』に連載され、同年末、新潮社より単行本化された。中心人物は生活にゆとりのある二組の男女。ひと組は幼なじみの若者で、男（慎一）は合理主義者、経済観念が発達し、「女らしさ」を発揮する女性を敬遠して、恋愛などむだな感情を浪費するだけと割り切っている。女（千春）も「男らしさ」を発揮する男性を嫌い、芸術の世界に邁進すべくバレエに打ち込んでいる。二人には熱烈な恋愛感情はないが、離れがたい友情で結ばれており、いつかは「結婚」する暗黙の了解もある。二人とも片親であり、物語のもうひと組は、慎一の母（蝶子）と千春の父（鉄也）である。蝶子は経済音痴で、感情過多、「女らしさ」が充満する天心爛漫な四九歳の女性、鉄也は内向型でぶっきらぼうな五〇過ぎの男性。慎一は仕事上の別の二人の女性に悩まされ、千春は自分に恋い焦がれる後輩のバレエ少女に悩まされる。千春はやもめ同士の親を一緒にしようと慎一に提案、誤解から蝶子の一方的な心のときめきが始まる。蝶子は鉄也に迫り、鉄也はたじたじとなり、はたしてこの二組の成り行きはいか

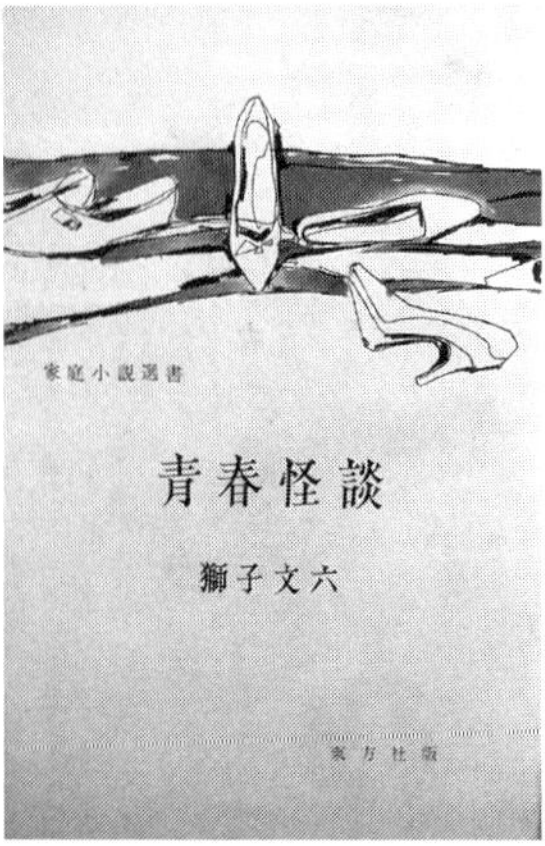

図⑪　小説『青春怪談』（東方社、1965年）

に……の物語展開となる。

『青春怪談』の原作は、『てんやわんや』や『自由学校』の密度の高さに比べるとやや落ちる。相変わらず、女性描写の巧みさには感心させられるが、物語に仕組まれた〈筋〉が目立ち、連続する会話も濃度が薄まり、なかだるみができてしまう。佐々木邦や源氏鶏太の小説の会話にみられる通俗性と共通する退屈さも顔を出す。終章に近づくと、『てんやわんや』や『自由学校』、戦前の『悦ちゃん』にまで遡る、獅子文六の主題がみえてくる。〈元気な女性たち〉、いや〈女性の本質は男性的である〉という逆説的なジェンダー観である。書名となった『青春怪談』の「怪談」の意味がここで浮かび上がってくる。ホラーの意味ではない。明確な区別と思われていた観念、習慣的思考への疑問、区別の曖昧さへのとまどいが「怪談」なのだろう。この書名、ネーミングが卓抜である。男性性とは何か、女性性とは何か、現代にまで続く問いかけがあり、現代にこそいっそう重要さを増してくる問いかけである。もっとも、獅子文六の短い随筆「怪談余語」を読むと、『青春怪談』のテーマは「ケチンボ」に徹する美青年を描きたかったとある。この主人公は戦前の『金色青春譜』の登場人物の一人でもある。それはともかく、獅子文六は敗戦以後の日本の文化や風俗、そして世界の大きな変化を含めて、時代を奇々怪々と受け止めたのだった(『あちら話こちら話』[45])。

再びの競作、映画版『青春怪談』

映画版『青春怪談』も二社の競作となった。この二本の出来はどうだったろうか。まず市川崑監督の日活版であるが、原作をうまくまとめており（脚本は和田夏十）、せりふにもスピード感があって、慎一と千春の自己主張や信念がきびきびと伝わる。原作の慎一はとびぬけた美男子という設定なので、どうやら上原謙の若き日（戦前の？）をイメージしているらしく、三橋達也が当てはまるかどうかは疑問であるにしても、北原三枝のほっそりした体とやや中性に見える髪型や服装、クールで感情抑制のきいたイメージは原作に近い。父親役の山村聰は適役に見え、男やもめ生活が長く、再婚の意志などさらさらない堅物男性。白髪まじりの紳士、「ロマンス・グレー」の魅力で、中年女性の蝶子が恋をしてしまうのも納得がいく。その蝶子役の轟夕起子、宝塚少女歌劇から引き抜かれて映画デビューしたのが一九三七年。明るく美しい娘役でスクリーンに登場して以来一八年が経ったとはいえ、『青春怪談』のときでもまだ三七歳だったが、老け役の四九歳を演じたのである。恋を経験しないで結婚、夫を早く亡くした天心爛漫の女性という役柄だから、この若さでもよかったのだろう。原作ではやや太めの女性、当時の轟夕起子本人も肥満気味、まさにぴったりのはまり役だった。映画の終わり近く、東京の向島百花園を散策する蝶子と鉄也。恋心を打ち明けて迫る蝶子、池を背に圧倒される鉄也。一途の恋を悲観して池に入って

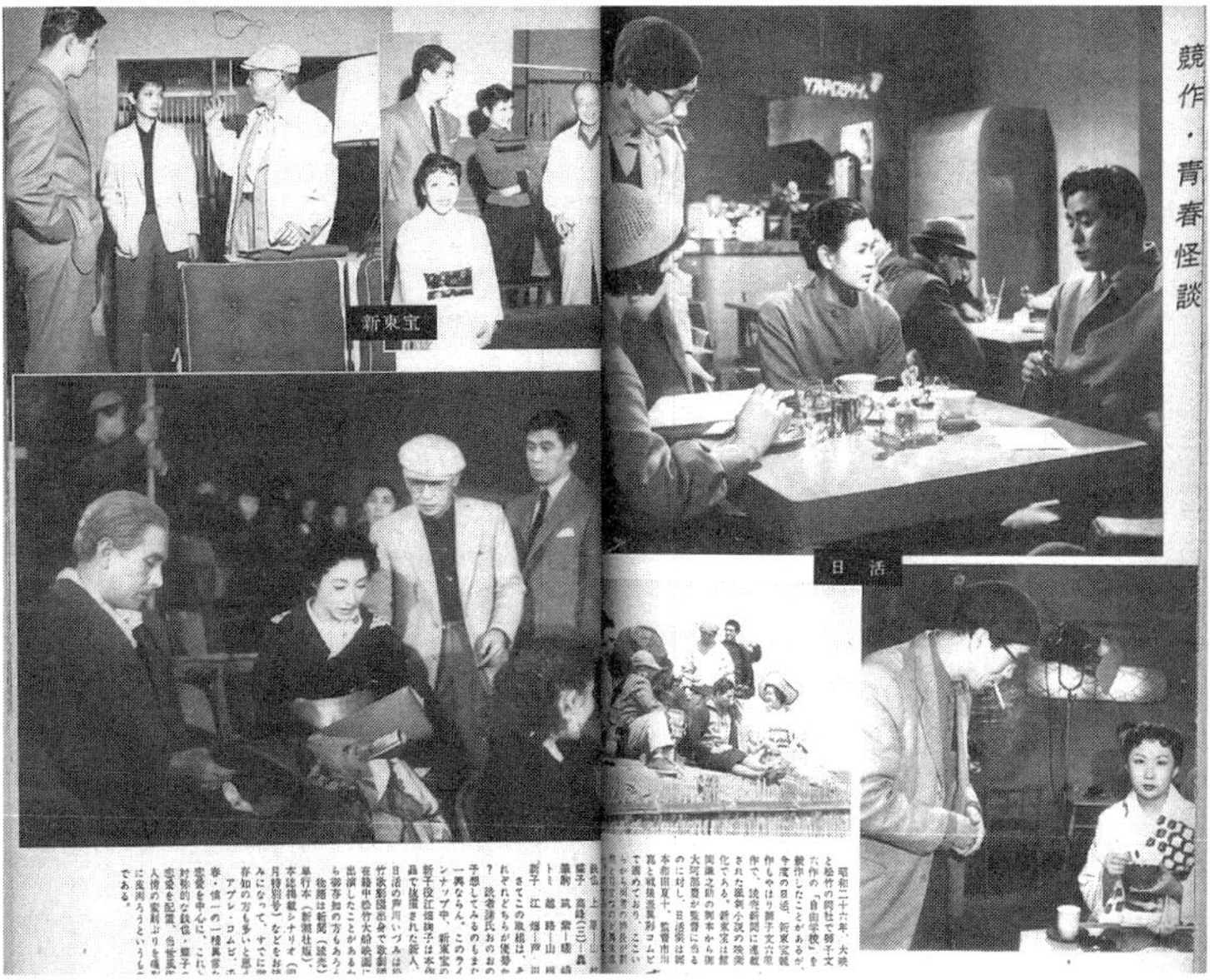

図⑫　映画『青春怪談』競作記事（『キネマ旬報』1955年4月下旬号）
右は日活、左は新東宝

行く蝶子、驚いて池に入って引きとめようとする鉄也。二人がもつれて、山村はもう観念して再婚を決意、轟が山村に倒れかけて、山村は「うーん、重い」のひと言、ここが傑作。この場面とせりふ、原作にはない。

現実の轟夕起子は、監督のマキノ正博と結婚していたが離婚、島耕二監督との再婚もごたごたが続き、またも離婚、病気のために四九歳で世を去った。『青春怪談』の幸福な結末とは異なり、現実の彼女には悲しい幕が下りた。

阿部豊監督の新東宝版はどうだろうか。若い二人を宇津井健（当時二三歳）と安西郷子（同二〇歳）。親同士を上原謙（同四六歳）と高峰三枝子（同三六歳）。親二人は戦前からの大スタ

図⑬　映画『青春怪談』広告
（『キネマ旬報』1955 年 4 月下旬号）

ーであり、知名度の高さで若い二人を凌駕していたが、映画では若手コンビも張りきって負けてはいない。ただし、「美男すぎるのが唯一の欠点」という役柄を演じる宇津井健は、体格は立派だが日活版の三橋達也よりもさらに疑問符が付く。しかし、むだのないシナリオ（舘岡謙之助）とスピーディなせりふや若い身のこなしが、容貌への疑問を回避している。大阪松竹歌劇団出身の安西郷子は、ボーイッシュ度は北原三枝よりも上か、宇津井に「おい」などと呼びかける。上原謙こそ、かつての「美男俳優」、この映画では実年齢よりも老け役で地味なメーク、宇津井に花をもたせようとしたのか影が薄く、日活版の山村聰が存在感を示した。主役（？）ともいうべき高峰三枝子は轟夕起子の実年齢とほぼ同じ。「四九歳でも美人で女性らしさを充満」する役としてふさわしかったかもしれないが、「天真爛漫で恋を夢見る少女」、しかも家事が一切できない「馬鹿な女」、こちらは轟夕起子のほうがふさわしかった。轟夕起子が肥満体であったことも、原作のイメージに近い。高峰三枝子は『自由学校』の何でもできて聡明すぎる役の方が合っている。もっとも、作品中の「馬鹿な女」というせりふは軽蔑語ではなく、むしろ「可愛い女」の意味である。ラスト近く、向島百花園の場面は、ユーモア度の高さで日活版が圧勝か。新東宝版でも〈完全な男性性と完全な女性性はない〉というメッセージが強く出ており、いまなお通用する現代的問題を提起するが、これは原作の主題でもある。

獅子文六映画の評価

一九五〇年の『自由学校』の新聞連載、続く単行本化、舞台化、映画化の競作など、いわば国民的人気作家となっていた獅子文六。『自由学校』が公開された翌年五月の連休中、この映画が大きく当たったことから、映画界は〈黄金週間〉を発見した。この和製英語〈ゴールデンウィーク〉はその後一般に広がり、長く使われて定着したので、獅子文六は〈ゴールデンウィーク〉の名称の祖父（？）といえるかもしれない。『自由学校』以後、映画化された作品を挙げていくと、順に『やっさもっさ』（松竹）、『青春怪談』（新東宝と日活）、『大番』四部作（東宝）、『夫婦百景』正続（日活）、『広い天』（松竹）、『かくれた人気者』（松竹）、『予科練物語　紺碧の空遠く』（松竹）、『特急にっぽん』（東宝）、『バナナ』（松竹）、『娘と私』（東京映画・東宝）、『箱根山』（東宝）、『可否道』より　なんじゃもんじゃ』（松竹）と、原作は計一二作品、映画化は一七本になる。著者や小説の知名度が高いゆえの映画化ではあるが、どうしたことか、映画として評価が高かったものは戦前も含めてきわめて少ない。一つの目安として『キネマ旬報』のベストテンを参考にすると、ベストテン内に入った作品は一本もない。『てんやわんや』『自由学校』『やっさもっさ』『バナナ』など、獅子文六原作ものでは数多く映画化に携わった渋谷実監督も、戦前は『母と子』(一九三八年)、戦後は一九五二年の『現代人』(脚本は猪俣勝人のオリジナル)、『本日休診』(井伏鱒二原作)、一九五四年の『勲章』(脚本は橋本忍・内村直也のオリジナル)、五七年の『気違い部落』(きだみのる原作)と、獅子文六原作以外の映画作品でベストテンに選ばれている。戦前・戦後のベストテン入選監督では、阿部豊、市川崑、川島雄三、吉村公三郎らが獅子文六作品を監督しているが、彼らの『自由学校』(吉村)、『青春怪談』(阿部、市川)、『特急にっぽん』(川島)、『箱根山』(川島)も、話題作にはなったが、高い評価は得ていない。

獅子文六小説の特徴といえば、特異でエクセントリックな人物群像、流行を茶化した世相描写、諷刺性、それを明るい調子で支える会話の妙とユーモラスな文体、落語の話芸、通俗喜劇を含むフランス近代劇のエスプリ(機智)、そして大正から昭和初期のモダニズムの明るさ、楽天性などがあげられる。私生活では早く父を亡くし、また妻を二度も亡くした経験があるとはいえ、陰りや暗さをほとんど作品に表わさない作家だった。渋谷実も川島雄三も人間観察においては皮肉や意地の悪い視点を持ち、人間の見栄やエゴイズムをみつめる斜に構えた姿勢があって、日本映画には珍しい〈毒のある笑い〉を画面に挿入したが、獅子文六のユーモアに冷笑はなく、読者は素直に楽しめたのだろう。ピリリと辛味のあるユーモアは短編集『南国滑稽譚』にあり、同書刊行の直後から新聞連載を始めた『てんやわんや』にもその辛味はいくぶんか残っている。

では、観客の入りはどうだったのだろうか。『てんやわんや』の興行データは不明だが、『自由学校』は原作人気と松竹・大映の競作が話題になり、両社とも営業成績はきわめてよかった。社内の相対比較になるが、松竹版は一九五〇年九月から翌年八月までの封切配収が第二位、封切後の一〇番館まで含む配収では第一位、総合成績で同社のトップ作品となった。大映は松竹よりも配給館（上映館）の数がかなり劣るので、『自由学校』の配収合計では松竹に及ばずとはいえ、自社作品中ではやはりトップの成績を上げている（『映画年鑑　一九五二年版』）。

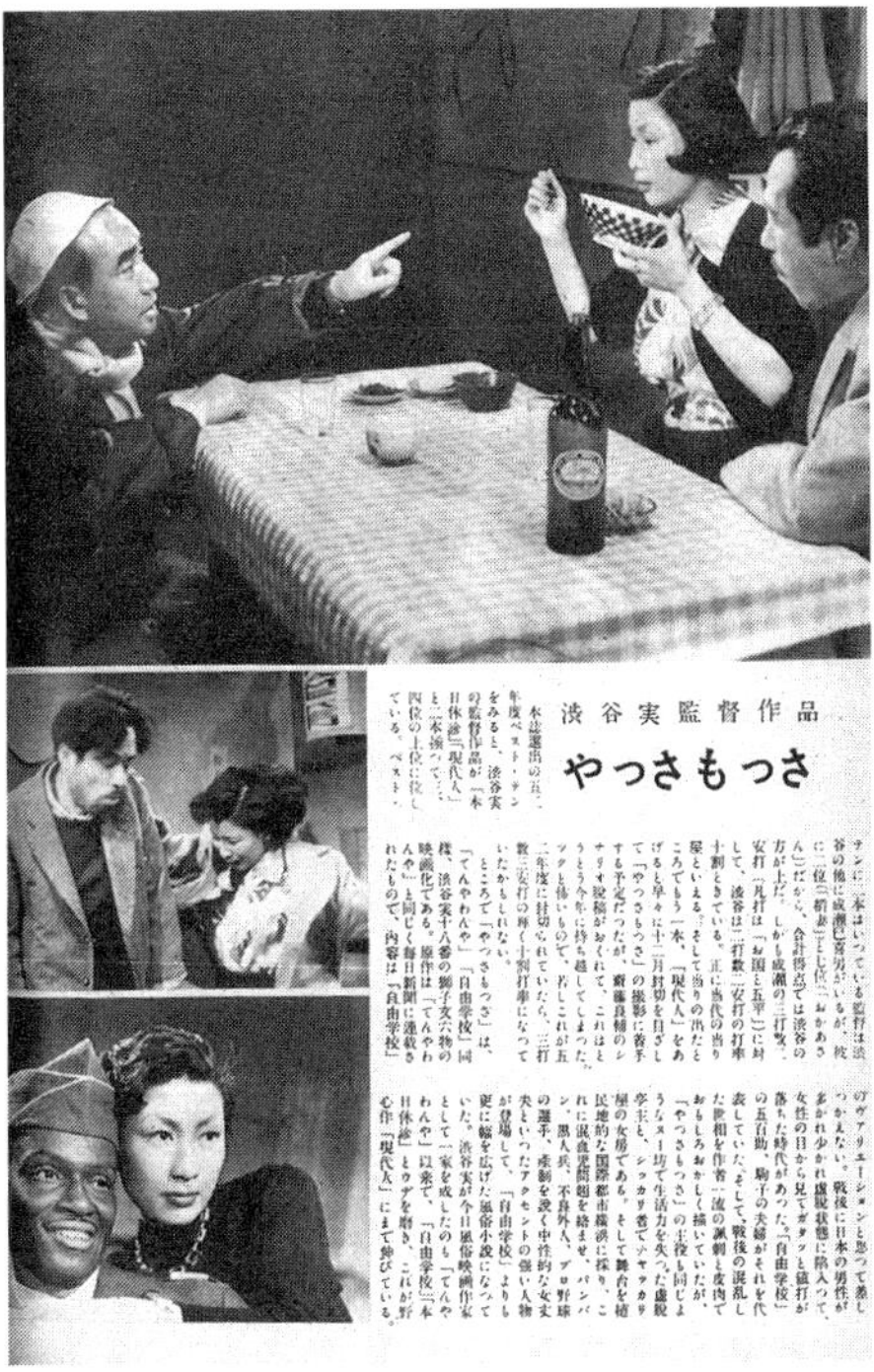
渋谷実監督作品

やっさもっさ

本誌選出の五二年度ベスト・テンをみると、渋谷実の監督作品が「本日休診」「現代人」と二本揃って、四位の上位に位している。ベスト・テンに二本はいっている監督は渋谷の他に成瀬巳喜男がいるが、彼は二位（「稲妻」）と七位（「おかあさん」）だから、合計得点では渋谷の方が上だ。しかも成瀬の三打数二安打（凡打は「お国と五平」）に対して、渋谷は二打数二安打の打率十割ときている。正に当代の当り屋といえる。そして当りの出たところでもう一本、「現代人」をあげると早々に十二月封切を目ざして「やっさもっさ」の撮影に着手する予定だったが、齋藤良輔のシナリオ脱稿がおくれて、これはとうとう今年に持ち越してしまった。ちょっと惜しいもので、若しこれが五二年度に封切られていたら、三打数三安打の輝く十割打率になっていたかもしれない。

ところで「やっさもっさ」は、「てんやわんや」「自由学校」同様、渋谷実十八番の獅子文六物の映画化である。原作は「てんやわんや」と同じく毎日新聞に連載されたもので、内容は「自由学校」のヴァリエーションと思って差しつかえない。戦後に日本の男性が多かれ少なかれ虚脱状態に陥入って、女性の目から見てガタッと値打が落ちた時代があった。「自由学校」の五百助、駒子の夫婦がそれを代表していた。そして、戦後の混乱した世相を作者一流の諷刺と皮肉でおもしろおかしく描いていたが、「やっさもっさ」の主役も同じようなヌー坊で生活力を失った虚脱亭主と、シッカリ者でチャッカリ屋の女房である。そして舞台を植民地的な国際都市横浜に採り、これに混血児問題を絡ませ、パンパン、黒人兵、不良外人、プロ野球の選手、柔剛を装く中性的な女丈夫といったアクセントの強い人物が登場して、「自由学校」よりも更に幅を広げた風俗小説になっていた。渋谷実が今日風俗映画作家として一家を成したのも「てんやわんや」以来で、「自由学校」「本日休診」とウデを磨き、これが野心作「現代人」にまで伸びている。

図⑭　映画『やっさもっさ』写真記事（『キネマ旬報』1953年2月上旬号）

ほかには、渋谷実監督の『やっさもっさ』も興行成績は良好だった。戦後の混血の孤児院経営をめぐる物語で、獅子文六自身は『てんやわんや』『自由学校』と並べて「敗戦三部作」と呼んだ。しかし、ユーモア小説の味わいは前二作のほうがはるかに高く、映画版（淡島千景と小沢栄の共演）も出来がよいとはいえない。ユーモア小説というより、獅子文六の別の作品系譜、『大番』『バナナ』『箱根山』など〈商売・企業もの〉に入れてよいかもしれない。

新東宝と日活の競作となった『青春怪談』は一九五五年四月一九日の同日封切り。新東宝版の監督・阿部豊はハリウッド帰りで、サイレント期の日活モダニズムの牽引者。主要俳優は前述したように上原謙と宇津井健、高峰三枝子と安西郷子。日活版の監督は新鋭の才人・市川崑、俳優は山村聰と三橋達也、轟夕起子と北原三枝。当時の興行の目安は浅草の封切館だったから、そこでの週計をみると、日活版（浅草日活、併映『花のゆくえ』）は新東宝版（浅草千代田館）の四倍近くの観客数を獲得している。製作会社の歴史と映画館の違いがこの差をつくったのだろう。

映画化特急

前述したように、一九五〇年代から六〇年代にかけて、作家としての獅子文六は絶好調にあり、映画化作品も数多い。すべてがユーモアあふれる小説とはいえないにしても、世相活写のなかにユーモアやピリッとした諷刺が基調にあり、作家としての認知度と地位は大いに高まった。ユーモア作家として先人の佐々木邦は一九六四年、八一歳で他界、一〇歳若いだけの獅子文六は快調にみえても、実は病魔に襲われながらの執筆が続いた。あと二本の映画を駆け足でみてみよう。

映画『特急にっぽん』（川島雄三監督、一九六一年）は、東京・大阪間を走る特急こだま内の食堂車で働く女性たちの群像喜劇で、原作は『七時間半』。一九六〇年『週刊新潮』に連載後、同年に新潮社より単行本化された。原作は題材をよく調査しており、いま読んでも楽しく読めるが、男女間の風俗喜劇に終始しているので、後半から単調になり、感銘はさほど残らない。映画版はコック見習いのフランキー堺を主人公に、列車内のライバル同士に団令子と白川由美。原作に比べせりふと地の文で展開する違いはあるが、ドタバタ喜劇調が強められ、また原作にある「全学連」や「首相同乗」への諷刺は削除されて、過剰なまでに見た目のおかしさやアクションに頼っている。その乱調ぶりは、川島雄三監督としてもよい出来ではないだろう。

獅子文六原作で映画化された最後の小説は『可否道』(46)である。これは、茶道ならぬ可否《かひ》道、つまり〈コーヒー道〉に熱中する人々を描き、一九六二年から六三年にかけて『読売新聞』に連載され、新潮社で単行本化された。映画化の題名は『「可否道」より なんじゃもんじゃ』（一九六三年）で、井上和男監督、白坂依志夫脚本。主人公はテレビの脇役やＣＭで重宝される元新劇女優のモエ子（森光子）、彼女はかなり年下の新劇装置家（川津祐介）と同棲し、経済的には彼女が彼を食べさせている。新劇界の人々は、台頭してきたテレビの通俗性を嫌悪しており、テレビ業界で潤っているモエ子も本心は同じである。作者の獅子文六は新劇団の代表的存在の一つ、文学座創設期から関わった岩田豊雄としての経験を活かしながら、新劇界への諷刺の目を忘れてはいない。一方、インスタント食品ブームが広がる時代に、インスタント・コーヒーを敵視する「コーヒー通」を登場させ、もちろん戯画化された人物たちがうんちくを傾ける。コーヒー通の〈通人〉に加東大介、モエ子の若きツバメを奪ってしまう新人類女優に加賀まり子と、役者たちはまり役である。

大新聞や週刊誌、女性誌など、大きな読者数を相手にした獅子文六の小説は、男性と女性、どちらの読者でも興味を持つように、男女の描写が巧みで、髪型や化粧、衣装や食事など、細部へのこだわりもさりげなく見せながら、肩ひじ張らず軽快に読ませていく。知名度の高い原作、現代風俗のおかしさなどから、獅子文六作品が映画化しやすかったのはうなずける。大衆小説とその映画化は、サイレント時代から切っても切れない深い関係を続けてきた。個々の出来栄えはどうあれ、総体としての大衆小説は映画界に大きく貢献し、観客を吸引し続けてきたのである。

Ⅳ 明日も青空［源氏鶏太］

『現代の文学 30　源氏鶏太』
（河出書房新社、1964 年）

図①　ハロルド・ロイド

サラリーマン映画と小市民映画

サラリーマン映画は、敗戦後の日本の立ち直りと高度経済成長への進展に伴って作られていった。そのため登場人物と俳優と観客の間の距離が近く、観客に親近感を与え、大きな気晴らしをもたらした。一般に、人気があってシリーズ化されていく映画群には、観客の夢、願望、憧れ、カタルシス、現実逃避が反映されるものが多いが、サラリーマン映画はきわめて庶民的なユーモア、くすぐりや共感の笑いをみせる作品だった。源氏鶏太《げんじけいた》（一九一二―一九八五）の原作『ホープさん　サラリーマン虎の巻』（山本嘉次郎監督、一九五一年）、『ラッキーさん』（市川崑監督、一九五二年）、『三等重役』（春原《すのはら》政久監督、一九五二年）等々のサラリーマン映画には、サイレント末期から浮上してきたすぐれた映画群、すなわち小市民映画との関連を見出すことができる。

一九二〇年代初めに松竹キネマが蒲田撮影所で製作を開始した頃、現代劇には継子ものなど、まだ新派映画の影響が濃厚であったが、女形ではなく本物の女性、つまり映画女優の採用とアメリカ式の撮影法を採り入れて、より現代生活に即した新たな風俗を前景化していった。たとえば、島津保次郎監督の『日曜日』（諸口十九《つづや》主演、一九二四年）、野村芳亭監督の『カラボタン』（「カラーボタン」、正邦宏主演、一九二六年）など、若い給料生活者をコメディ・タッチで描く小品が登場して、そのスタイル、帽子とメガネ、明るい笑いにはアメリカのハロルド・ロイドの影響が指摘された。ロイドはチャップリン、キートンと並ぶ三大喜劇王の一人で、当時の日本でも作品が次々に公開されて大きな人気を得ていたからである。ロイド・スタイルの影響は、麻生豊の新聞連載漫画『只野凡児』（『朝日新聞』夕刊、一九三三―三四年）とその映画化『只野凡児　人生勉

図②　漫画『只野凡児』第2巻（1930年）表紙

図③　映画『只野凡児　人生勉強』続編（1934年）

強』正続（木村荘十二監督、藤原釜足主演、P．C．L．、一九三四年）にも見ることができる。その頃、蒲田映画には島津保次郎に続く現代喜劇の才能が現れた。もちろん小津安二郎である。当時の小津については、Ⅱ「佐々木邦」およびⅥ「日本映画のユーモアと諷刺」の章でいくらかふれておいたので、ここでは省くことにする。

サラリーマン作家の登場

一九五二年のベストセラー『三等重役』の著者・源氏鶏太（本名・田中富雄）は、佐々木邦より三〇年近くのちに生まれた。富山の商業学校を卒業後、一九三〇年、大阪の住友合資会社（のちの住友本社）に入社し、経理畑で長年サラリーマン人生を送っている。一方、佐々木邦の前半生は大学の英米文学教師のかたわら文筆活動を続けた。世代差が大きいだけでなく、両者の経歴や生活環境にも大きな相違がある。

源氏鶏太は初期にはいくつかのペンネームを使っており、作者自身の記憶がはっきりしないものもある。年譜(47)では一九三四年「村の代表選手」が『報知新聞』のユーモア小説に入賞して初めて活字になった、とある。入社五年目、短編「あすも青空」が『サンデー毎日』に掲載される。この物語の主人公名が「源氏鶏太」。大阪のレヴュー団「青空ボーイズ」の制作仲間たちの青春模様を「ぼく」の視点から描いている。著者自身の若さもあり、文章や物語に初々しさがあるが、まだ習作といった趣だ。題名が暗示する明るさとは違って、結末に「寂しい青空」が余韻として残る。のちに好短編を数多く書いていく源氏作品の味わいが、このやや寂しい〈余韻〉にあるのはたしかだろう。本格的な執筆開始は、戦後『オール読物』(一九四七年三月号)に投稿採用された「たばこ娘」である。これは毎朝の出勤途上、貧しい娘から闇煙草を買う男の物語で、チェーホフばりの佳作である。「たばこ娘」以降、「随行さん」「目録さん」(いずれも一九五〇年)で直木賞候補となり、翌年の『英語屋さん』で直木賞を受賞。まだ住友本社に勤めながらのサラリーマン作家であった。一九五六年に退職し、作家に専念できた源氏鶏太は、多様な新聞・雑誌に矢継ぎ早に短編を発表していく。その作品数の多さから著者の全貌をとらえるのは容易ではない。

図④　『初恋物語』(1952年)カバー

図⑤　『英語屋さん』(1959年)箱

サラリーマンの浮気心――小説「浮気の旅」と映画『浮気旅行』

源氏鶏太初のサラリーマン小説は、短編「浮気の旅」（『スタイル　読物版』創刊号、一九四九年）とされるが、この短編以前に六十数編の短編と、長編になるはずの連載もの（多くが未完か）を発表している。これらを題名だけから推測してみると、戦後に〈中間小説〉と呼ばれた風俗小説が多い。膨大ともいえる源氏鶏太小説群[48]のなかから、本書ではサラリーマン小説に注目していきたい。それは『ホープさん』や『ラッキーさん』のような日本映画史に残る作品の原作であるだけでなく、前述の『三等重役』が源流となる娯楽映画のヒット・シリーズ〈社長シリーズ〉を生みだしたからでもある。

小説「浮気の旅」の主人公は大阪の会社員・風早信太《かざはやしんた》で、勤務十数年目の三九歳、見合結婚をして一男二女がある。原作によれば「家庭ではよき父であり、よき良人《おっと》であり、会社においては敏腕ではないが、まア勤勉な社員である。要するに、そこらにいくらでも見うけられた平凡なサラリイマンの一人だと思えばよさそうだ[49]」とある。この家庭持ちで平凡なサラリーマンの心に、秘かな浮気願望が芽生えている。ある日、重役室へ呼ばれた彼は、元社長が住む信州へ出張を命じられる。絶好の機会とばかり、信太はバーの女給・克子を出張旅行へ誘う。彼女なら「安心して浮気のできる女、浮気をしても危険の無い女、浮気の限度を知っている女、と信太は何となしに信じこんでいる」。ところが、信太と克子は現地でうっかり一緒の姿を元社長夫人に見られて夫婦と間違えられ、元社長の山荘へ二人とも招かれるはめになる。そこで老夫婦の生活にふれ、夜に寝室へ引き下がった二人はなんとなく浮気心がしぼんでしまう。物語の結末はあいまいなまま、余韻だけが残される。

サラリーマンの浮気心をくすぐる出張の旅。のちの映画の〈社長シリーズ〉では欠かせないモチーフの一つになった。源氏鶏太は長年のサラリーマン生活から得た見聞も題材にしたのだろうから、浮気（主に芸者や飲み屋の女性が相手）など、男性読者の空想や欲望としてありそうなことを小説のエピソードにしばしば取り入れた。もっとも、そこでの空想や欲望は、戦後の〈肉体派文学〉が描く直接的な激しい欲望ではなく、淡い願望だった。にもかかわらず、小説の浮気願望の男たちはすべて愛妻家だったり、恐妻家だったりで、妻に不満や不足を感じているわけではない。家庭円満を望みながら浮気心を持つ男たちの弱み、そのずるさと弱さは〈永遠に実現不可能な浮気〉として源氏小説に繰り返し描かれる。なお、この短篇は『ホープさん』『ラッキーさん』『三等重役』など、源氏作品の映画化がブームになったあと、河津清三郎主演で映画化された。『浮気旅行』（杉江敏男監督、一九五六年）がそれで、結局、映画版でも浮気は成就せず、観客はほっとしたり、がっかりしたりしたことだろう。

源氏サラリーマン小説の出発点――「随行さん」と「ホープさん」

「浮気の旅」は主人公一人の出張であり、仕事も退職した上司への記念品渡しという簡単な任務。続く「随行さん」（『オール読物』一九五〇年六月号）になると、社長出張にお伴する重要な役割であり、将来の課長候補として評価される関門だ。この短編こそ源氏サラリーマン小説の出発点といえるだろう。主人公の名は風間京太、「浮気の旅」の風早信太と似た名前だ。「随行さん」では秘かに社長夫人の命を受けて、社長の浮気をなんとか防ごうとする。このエピソードは映画『ホープさん』にも取り入れられていて、社長役が志村喬、随行する社員役が小林桂樹。のちに〈社長シリーズ〉で森繁久彌が演じる社長は軽妙さ、助平心、女性たちや随行した部下とのかけあいの妙など、志村社長よりも喜劇味がずっと増していく。

源氏鶏太原作のサラリーマンもの映画の秀作を挙げると、二つの人物タイプがある。一つは一人のサラリーマンを主人公にした『ホープさん　サラリーマン虎の巻』と『ラッキーさん』。もう一つは戦後派の社長を主人公にした『三等重役』とその系譜。製作はいずれも東宝である。

まず映画『ホープさん　サラリーマン虎の巻』（山本嘉次郎・井手俊郎脚本）の物語をみてみよう。原作の「ホープさん」は『オール読物』一九五一年八月号掲載で、同年一〇月に公開された映画化の早さには驚かされる。物語の舞台は三〇〇人ほどの社員がいる大阪の会社で、主人公は新入社員の万年太郎である。辞令をもらうとき、重役から「君こそ我が社のホープである」と告げられる。太郎は東京の大学で法学士を取得、野球部に所属していたが補欠だった。会社の社員寮に泥棒が入り、一丁羅の背広を盗まれたため、野球のユニフォームで出勤。「服装が第一」のサラリーマン心得が最初から躓く。その後、山で遭難した兄の遺品だと言って、女子社員の宮沢若子が背広を貸してくれた。人事課の重役専用通路を通ろうとする太郎と、通すまいとする老秘書とのおかしな押し問答。重役から会社の野球部員へ「試合で負け続けているライバル社に勝て」と檄が飛ぶ。ある日、太郎が心斎橋筋を若子と散歩中、若子の兄とばったり出合う。実は兄は健在で好紳士だった。さて野球部の対外試合当日、太郎側はピンチとなり、補欠である太郎の出番となる。彼は失敗続きを挽回すべくバッターボックスへ向かい、ホームラン（！）を放つ。このように原作は新入サラリーマンの会社員生活をユーモラスに描いており、個人であれ集団であれ、深刻な問題はない。

映画では舞台が東京へ移され、母親付き添いで入社試験の面接控室にいる主人公・風間京太（小林桂樹）のシーンから始まる。主人公は面接番号よりも勝手に先に面接へ。「野球部ではいつも先を越されて試合に出られなかったので、これからは人の先を越そうと思います」と返答、原作よりもやや積極的な性格づけだ。重役たちへ挨拶に行くと、社長（志村喬）が元気づけるように「君はわが社のホープだよ」と言う。画面転換は軽快で、三木鶏郎《とりろう》による心理を説明するような音楽もよく合って、むだなせりふや運びがなく楽しい展開だ。机を並べる女性社員（高千穂ひづる）とお互いに好意を持つ。野球の試合に社命で参加、ピンチヒッターのシーンも軽妙で、山本嘉次郎の戦前喜劇映画の演出経験が生かされていて快調である。原作には登場しない、エクセントリックでわがままな社長令嬢（関千恵子）の応援ぶりはひときわ目立つ。さらに映画は、前述したように「随行さん」のエピソードを入れて、社長出張にお伴する京太と社長の浮気騒動、追放中だった前社長の復職のニュース、女性社員の父・老秘書課長（東野英治郎）が定年退職する寂しい姿、入れ替わって秘書課に配属される京太、新旧交代の人生の味わいをみせながら幕となる。脚本の一人は井手俊郎。商業美術家、映画館支配人、映画プロデューサーなどを経て、『青い山脈』（一九四九年）、『三等重役』『江分利満氏の優雅な生活』（ともに一九六三年）のシナリオ・ライターでもあり、青春明朗劇、サラリーマンもの、ホームドラマ、成瀬巳喜男作品などで佳作を多く書いた。

サラリーマン応援歌――映画『ラッキーさん』

次に市川崑の映画『ラッキーさん』（猪俣勝人脚本）をみてみよう。源氏鶏太の短編に「ラッキイさん」（『オール読物』一九五一年一〇月号）があり、中年で押し出しの立派な万年平社員が主人公。入社同期の友人は部長になっている。主人公が帰宅すると、自室は会社役員室のように作られていて、〈昇進〉ごとに役職札を付け替える。我が家で〈重役〉となった彼は、妻を相手に重

図⑥　映画『ラッキーさん』（東宝）広告。小林桂樹主演
（『キネマ旬報』1952年2月下旬号）

役ごっこを演じる。妻は秘書役で、一緒に部屋の模様替えもする。お茶を所望して書類に目をとおす。家に風呂のない主人公は銭湯へ行き、そこで八百屋と出合い、重役になったことを告げると、八百屋は口調を合わせるが、実はそれが嘘であることを知っている。妻との重役ごっこまで知っていて、陰で笑う。会社はビルの六階、主人公はエレベーターで昇るたびに、自分の体内から何か大切なものがすっと脱落していくのを感じる。平凡な主人公の滑稽さと人生の哀愁が漂う一編である。

映画『ラッキーさん』は、これが原作と思いがちだが、映画はまるで異なっている。白と黒の矩形のシンプルな組み合わせによるクレジット・タイトルが新しい日本映画を感じさせる。退社後のサラリーマンが群れる飲み屋の熱気をみせ、短いスピーディーな会話で各人を点描し、出世頭の社長秘書（小林桂樹）を中心に、サラリーマン人生の哀歓を軽快に、また戯画調に活写していく。実力派社長がGHQにより公職追放中なので、サラリーマン社長（河村黎吉）があとを継いでいるが、落ち着きがなく貫禄もない社長は浮気に精を出している。小林桂樹の秘書は真面目一点張りの若手社員。短いしゃれたせりふのや

図⑦　山本嘉次郎監督（『キネマ旬報』1953年5月下旬号）

りとり、早いテンポの会話と行動、めまぐるしいほどの展開と笑い。戯画のなかにサラリーマンへの応援歌が聞こえてくる。追放中の社長令嬢に杉葉子、小林秘書に恋をする同僚が島崎雪子、その父で定年間近の凡人サラリーマンが斎藤達雄、河村社長の息子で有望な若手医大教授に伊藤雄之助と、キャスティングも魅力的で、猛烈社員の典型をユーモラスに見せる佳作となった。

映画『ホープさん』と『ラッキーさん』の主人公役は同じ小林桂樹が演じており、職場も秘書課である。より正確には、前者では映画の終わり近くで秘書課への配属となる。したがって、映画の最初から主人公が秘書課にいる『ラッキーさん』は『ホープさん』の続編ともいえる。俳優としての小林桂樹は当時二七、八歳、その実直さ、二枚目ではない、どこか温かみや親しみを感じさせる容貌と体型、要するに人柄の印象が役柄にぴったりであり、以降のサラリーマン映画や〈社長シリーズ〉に欠かせない俳優となった。この二作は後続のサラリーマン映画を導く代表作であるとともに、それぞれ山本嘉次郎と市川崑の作家的語り口（演出スタイルや編集）の特徴をよくみせており、映画的自立性も高い。昭和初期の小市民映画——たとえば小津の『東京の合唱』（一九三一年）や五所平之助の『人生のお荷物』（一九三五年）——に漂う生活の不安感が源氏映画にほとんどないのは、敗戦後の焼け跡から無我夢中で立ち直っていこうとする勤労志向、持たざる世代の明るさと希望がサラリーマンたちの姿に描かれているからだろう。

『ホープさん』と『ラッキーさん』が公開された一九五一年から五二年にかけて、占領下にあった日本は独立国家への道を進む途上にあった。現実の社会では、朝鮮戦争による特需景気、レッド・パージ以後の保守的回帰、合理化による人員整理など、激動の時期は続いており、市川崑は『ラッキーさん』に続く社会戯画的喜劇『プーサン』（一九五三年）、『億万長者』（一九五四年）、『満員電車』（一九五七年）などで、そのような〈混乱日本〉を諷刺していく。

会社は大きな家族――『三等重役』の庶民感覚

原作発表当時、流行語になったことでもわかるように『三等重役』は源氏作品のなかで最も有名だろう。小説は『サンデー毎日』に連載後（一九五一年八月一二日―五二年四月一三日）、毎日新聞社より単行本『三等重役』（一九五一年一二月）として刊行、翌年に『続三等重役』『続々三等重役』も出てベストセラーとなった。長編小説とはいえ、週刊誌の読切連載であったため、エピソードが連なっていく文章は平明でたいへん読みやすい。「三等重役」という言葉の初出は、短編「艶福物語」（『サンデー毎日』一九五一年三月号）のなかにあり、芸者の豆太郎と戦後の成り上がり重役・横山さんとの対話の場面で披露されている。

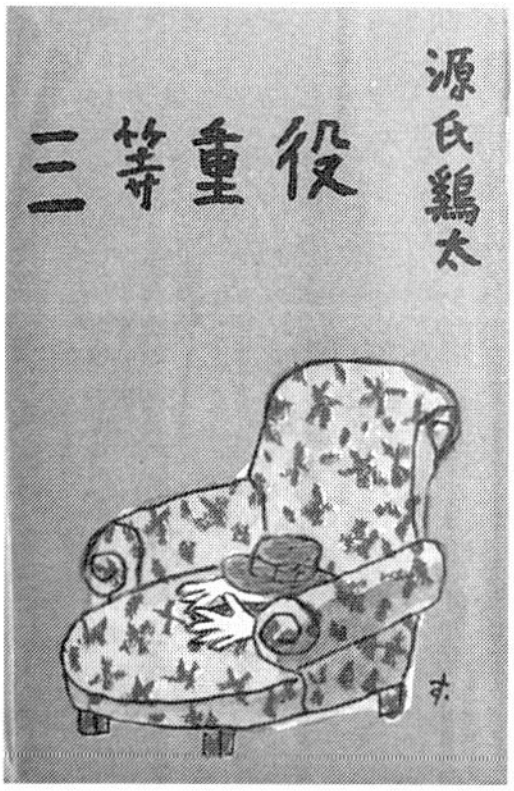

図⑧　『三等重役』（1951年）表紙

「重役にもいろいろあるんだ。僕なんか、まア、三等重役というところだ。」

「あら、重役さんにも汽車みたいに等級があるの？」

「それがあるんだよ。一等重役というのは親の代からの資本家で、生まれながらの重役だ。ところが、平社員時代から将来を約束されていて、所謂幹部教育を受け、重要ポストを渉り歩いた結果重役になったような人は、まア二等重役だ。戦争前の重役はたいていこれで、曾和さん〔前社長〕なんかもこれにあたる。」

「ぢやア、三等重役というのは？」

（中略）

「戦争に負けたおかげで、思いがけなく浮び上ることの出来た僕なんかをいうのだ。したがって、重役とは名ばかりで、収入は社員当時とそんなに変らんのだ。」[50]

物語の舞台となる会社は、たとえれば大きな家、社長は家長、社員は家族である。ただし、源氏作品の基調は〈さようなら、戦前の封建性！〉〈こんにちは、戦後民主主義と元気な女性たち！〉であり、恐妻家たちの本音は〈クワバラ、クワバラ〉（主人公社長の名は桑原）。

源氏鶏太の目は月並み人間、月並み人生へ温かく注がれており、それは『三等重役』の「三等社長」に対しても変わらない。「三等社長」は先代社長を目標に、その器になるべくひたすら努力精進し、社内教育と社員融和、夫婦協調に努めるのである。生活のために働く大多数の凡人たち、彼らへの愛情あるまなざし。上からの目線ではなく、同僚のような仲間的視点、これが源氏鶏太を人気大衆作家に成長させていった要因だろう。単行本化された『三等重役』は続編、続々編、さらには『新三等重役』とあり、映画化もあとに続いた。

源氏作品の文体の特徴は平明でユーモラス、まわりくどい修辞がない。物語も単純明快、そこにはわかりやすい人情の機微と、楽天的な人生観がある。映画シナリオに似た短い会話は、読者としては肩が凝らず軽く読めるし、映画化にも向いている。いま読み返すと気がつくのは、登場人物たちが戦争体験世代であることだ。したがって会社の上下関係や礼儀等にも、軍隊や体育会系的な序列や行動がみられ、のちの高度成長を支える会社人間、企業戦士たちの萌芽がある。全体としては平社員の哀歓がユーモラスに明るく描かれ、登場人物がついみせてしまう本音や失敗に対しても読者の共感と同情を誘うことができる。また逆に、お偉いさんたちの失敗や弱み（たいていは浮気と恐妻ぶりの裏表）には読者が溜飲を下げたり笑ったりと、人間どこでも同じという庶民的人生観が流れている。

小説『三等重役』の人気について、源氏鶏太は次のように回想している。

『三等重役』の受けた理由として、当時、労資の関係がひどく悪くなる傾向にあったが、私は、その逆を書いたことがよかったのではないかと思っている。暗くなる一方の世相に、ある明るさをあたえたことも無関係でなかったろう。

『三等重役』は、当時として一応成功した作品であったと思っている。しかし、私は、受けていることがわかると調子に乗り、いろいろと文章に誇張を加えて書くようになった。そのことでいい気になっていた。しかし、その罰を受けたとでもいうべきか、その後、文章の誇張癖が続き、それと気がついて脱け出すために数年間を要したようにおぼえている。(51)

尾崎秀樹は次のように述べながら、戦後派重役を応援した。

戦前派首脳陣がカムバックする昭和二十六年前後には、三等重役の淘汰はほとんど終了していた。無能な戦後派重役は影をひそめ、生存競争に生き残った経営者はいずれも、戦前派にはないプロフェッショナル・マネジャー的性格を持っていた。

源氏鶏太の「三等重役」は、こういった状況を土台にして新しい人間像（企業家像）をえがこうとしたところに、人気の秘密もあったのではないだろうか。

（『大衆文学の歴史』下〈戦後篇〉八二一―八二三頁）

映画『三等重役』

映画『三等重役』と原作を比べてみると、原作では結婚適齢期の社長令嬢が、映画では模型飛行機や組み立てラジオの好きな少年に変更されている。この少年は一人息子で、両親との年齢差が大きい。原作から採られたエピソードは、第一話「追放解除の旋風」、第二話「仲人第一号」、第七話「マダムと女房」、第八話「男性パーマネント・ウェーブ」、第一一話「オール女性の敵」、『続三等重役』から、第一五話「東京エレジー」、第一八話「ボーナス異変」、第二三話「初旅九州路」など。映画のオープニングは原作同様、南海産業の位置づけをナレーションといくつかのショットで見せていく。ついで、小高い丘の上にある社長宅（豪壮ではなく木造の普通の家）の縁側に立つ少年が模型飛行機を飛ばすと、ふんわりと庭に着地、カメラは人物の足元から、体操をしている父（社長）の全身像へと移り、なかなかいい始まり方である。このシーンは終幕とほぼ対称型をなしており、社長の家庭的雰囲気と人柄を印象づける。

図⑨　映画『三等重役』（1952年）。河村黎吉のしかめっ面、左は森繁久彌、右は小林桂樹

映画の成功は、原作の持つ温かみ、ユーモア、会社と家族の結び付きをうまく描いたこと、河村黎吉（桑原社長）、森繁久彌（人事課長）、小林桂樹（社員）ら主要俳優たち、小川虎之助（前社長）、進藤英太郎（別会社社長）、沢村貞子（桑原社長夫人）ほか脇役陣のはまり役にあった。なかでも主役の三等重役（戦後の成り上がり社長）を演じた河村黎吉は、その長い俳優歴の最後を飾る当たり役となった。小心者なのに背伸びした大物ぶり、お人好しなのに無理をしたしかめっ面、どこかおっちょこちょいのワンマンぶり——この憎めない「三等社長」の演技により、河村は毎日映画コンクールで演技特別賞を受賞している。映画『三等重役』が戦前の小市民映画の佳作『人生のお荷物』をいくぶん想起させるのは、後者が定年間近の父親（斎藤達雄）と少年の息子とを対比させ、遅くできてしまった息子への後悔とうっとうしさ、将来の不安と子供への憐憫、こうしたこもごもの父親の感情を描いており、その名残りが『三等重役』にも感じられるからだろう。もっとも、『三等重役』の親子関係には暗さや不安はほとんどなく、『人生のお荷物』よりずっと明るい雰囲気を持っている。

筆者は映画『ホープさん』『ラッキーさん』『三等重役』を高く評価するが、当時の批評を『キネマ旬報』誌にみると、批評家たちはいずれも欠点を挙げ、評価はまちまちだった。たとえば『ホープさん』の双葉十三郎評は「作品の性格がまったく不明」「要するにすこぶるフヤけた一篇」（一九五一年一二月上旬号）と酷評している。『ラッキーさん』の上野一郎評は「底の浅いのが惜しまれる」と述べつつ、「しかし、普通のサラリーマン喜劇としては相当に面白く出来上っている」とやや好意的（一九五二年三月下旬号）。『三等重役』の登川直樹評は「この脚色は、エピソードの積み重ねが緩慢であったし、演出もテンポがゆるんだために、ひきしまった痛快さは少しも出なかった」（一九五二年六月下旬号）と否定的だった。現在の日本では、〈グローバル経済〉の掛け声とともに、会社は、社員とその家族のため、そして消費者のためにあるというよりも、まさに重役と投資家のための〈拝金資本主義〉に操られている。IT革命と資本の流動化、世界化（グローバル化）、成長競争の激化ゆえだろう。『ホープさん』『ラッキーさん』『三等重役』などには――いわばムラ社会の名残でもあろうが――人間中心の会社が有する家族の温かみが感じられる。

シリーズ化されたサラリーマン映画

小説人気を受けた映画版『三等重役』は製作側も予期しない大当たりとなり、公開年度の六月第一週は興行収入が第四位、翌週から一位に躍り出ている。『キネマ旬報』（一九五二年八月上旬号）は特集記事「興行価値の分析――〈三等重役〉の場合」で観客分析を行った。その調査によると、観客層の多数派は若いサラリーマンと学生、しかも男性が八〇パーセント近くを占めていた。すぐに『続三等重役』（鈴木英夫監督、一九五二年）が製作された。続編では人事課長・森繁の役割が大きくなり、森繁の一人芸である、役人を接待しての芸者遊び（裸で風呂に入る宴会芸

図⑩　映画『三等重役』パンフレット

の湯けむりは、小林桂樹と伊豆肇が隠れてふかすたばこの煙）や、森繁が門限後に帰宅、家に入れてくれない妻へ嫌がらせの賑やかな踊りをするなど、のちの三木のり平的お座敷芸が披露される。前作同様、河村黎吉社長も出ていたが、そのワンマンぶり、カラ威張り、それと裏腹の哀感、努力、社員への思いやりなどは背景に後退し、他社の社長役の進藤英太郎の浮気（相手は藤間紫）のエピソードの比重が大きくなっている。おそらく、社長の河村黎吉本人の病状が悪化していたのだろう、同年暮れには胃癌で他界している。若いときから芝居の世界に入り、サイレン映画時代からトーキー時代へと、芸歴の長い役者だったが、亡くなったときはまだ五〇代半ばだった。

　河村黎吉急死のあと、『続三等重役』から四年たって『へそくり社長』（千葉泰樹監督、一九五六年）が公開され、森繁久彌が跡を継いで社長となった。この映画では、社長室に先代の桑原社長（河村黎吉）の遺影が飾られ、その写真が森繁新社長ににらみを効かせることになる。森繁の「へそくり社長」は、恐妻家ぶり、芸者遊び、お座敷芸（ドジョウすくい）、浮気の失敗、秘書（小林桂樹）の献身的随行など滑稽味と女遊びが増して、のちの〈社長シリーズ〉の原型がこれで固まった。社長室の壁に掲げられた先代社長の写真から、カメラが右へパンすると額入りの桑原社長訓「仕事に惚れろ　金に惚れろ　女房に惚れろ」が目に入る。以降、『続へそくり社長』（千葉泰樹監督、一九五六年）、『はりきり社長』（渡辺邦男監督、同年）は森繁が社長、『新・三等重役』（筧《かけい》正典監督、一九五九年）の四部作[52]では専務役に降格（？）となり、珍なる活動をする。その第二作『新三等重役　旅と女と酒の巻』（筧正典監督、一九六〇年）では、小林桂樹は雪村いづみと結婚して、猛烈社員へと変身しつつあり、専務・森繁久彌も仕事の鬼となり、人事の把握、老獪さ、人情味、遊び上手の芸達者、独身ゆえの浮気っぽさなど、硬軟併せ持つ人間として成長（？）したように見える。

『へそくり社長』と『はりきり社長』はそれぞれ正続ともに笠原良三のオリジナル脚本となっており、源氏鶏太の原作とは異なる位置づけであるが、物語や俳優たちの顔ぶれから察して、源氏原作から題材を借りているとしか思えない。『はりきり社長』では、自転車会社のワンマン社長は愛妻家で恐妻家の森繁、秘書は表面真面目な小林桂樹。会社が「ミス・サイクル」を全国公募し、社長以下、審査員となってグラマラスな若い女性（中田康子）に目を見張る。とくに社長と営業部長（三木のり平）がメジャーを持って女性のサイズを測りはじめるところから喜劇性が強まる。女性とお色気がからむと、森繁のおかしさにがぜん拍車がかかる。

なお、シリーズ化されたサラリーマン・社長喜劇とは異なる映画もある。源氏鶏太原作『総務部長死す』は、猪俣勝人脚本の『重役の椅子』（筧正典監督、一九五八年）のタイトルで、池部良主演で映画化された。会社での仕事、家庭における妻子への愛情、そしてよろめきの一瞬を描き、人生の断面を感じさせる佳作である。会社の総務部長が急死したため、誠実でやり手の次長・船田（池部良）は家族旅行を中止して、その対応に追われる。船田は、部長にかつて愛人きみ子（淡路恵子）がいて子供までもうけていたことを知って驚くが、遺族（夫人と娘）には伏せておく。船田は密かにきみ子の事後処理、つまり生活費を持参しているうち、きみ子と同じアパートに住む若い娘の英子（団令子）に勝手に惚れられてしまう。社内の派閥間の人事抗争、やっかみ、追従、疑心暗鬼などもあり、船田が元部長の愛人問題の処理をしていくうち、英子の積極的な誘惑から、危うく自分も同じ穴に陥ろうとする状況を描く。次長としての船田の冷静な客観的姿勢と責任観、清潔で公平な立場、真面目な家族思いなど、浮気問題が絡むのは似ていても、『重役の椅子』の池部良は喜劇調とはほど遠く、河村黎吉、森繁久彌、小林桂樹らの路線とはまるで異なる雰囲気の主演者となっている。

日活『青年の椅子』（西河克己監督、松浦健郎脚本、一九六二年）も源氏鶏太原作である。主演は石原裕次郎で、芦川いづみが共演。会社内の陰謀を主人公が体を張って解決する熱血サラリーマンものである。

サラリーマン小説の映画化といえば、この時期にはもう一つ、中村武志原作の『サラリーマン目白三平』が登場、これもいくつかが映画化された。東映で『サラリーマン目白三平』正続（千葉泰樹監督、一九五五年）、東宝で『サラリーマン目白三平　女房の顔の巻』（鈴木英夫監督、一九六〇年）、『サラリーマン目白三平　亭主のため息の巻』（同）。両社の映画ともに笠智衆が主演した。さらに山口瞳原作の『江分利満氏の優雅な生活』（岡本喜八監督、小林桂樹主演、一九六三年）などがあり、これら文芸ものとは別に〈サラリーマン〉を冠した映画が続々と作られた。

そのなかで東映の『目白三平』についてふれておきたい。この映画は温かいユーモアに満ちた、庶民の哀歓を伝える佳作である。出演は笠智衆と望月優子の夫婦役。年齢設定は前者が四五歳、後者が三五歳、俳優たちの実年齢は五一歳と三八歳。サラリーマンものであるが、源氏鶏太原作より家庭描写の比重が大きく、ホームドラマに近い。庶民のつましい生活をユーモラスに点描していき、笑いと家族の情愛がほのぼのと客席を包みこむ。時代の世相、風俗、環境がていねいに取り込まれており、いまとなれば当時の日本人の生活の断片がつまった貴重な家庭劇である。ラストに読み上げられる国鉄職員の投稿詩が、「雨ニモ負ケズ」の戦後版にふさわしく、日本人の勤労観、働くことへの倫理観を表して感銘を与える。続編は正編の二番煎じだが、水準に達している。原作とはやや異なる印象を与えつつ、庶民のつましい経済生活が同じようによく伝わる。

原作を超えた映画『青空娘』

増村保造監督の初期作品に『青空娘』（白坂依志夫脚本、大映、一九五七年）がある。これは第

図⑪　小説『青空娘』（春陽文庫、1966年）カバー

一作『くちづけ』（同年）で注目された増村の新人監督時代の二作目であるが、少女小説を再構築した映画としていまなお魅力を放っている。当時のアイドル雑誌『明星』に連載（一九五六年七月―五七年一一月）されたこの少女小説の原作者こそ、源氏鶏太である。

原作は〈継子いじめもの〉であり、また、瞼の母を探す〈母もの〉でもあり、会社社長の息子に愛される〈シンデレラもの〉でもある。母を探して苦労する娘、白馬の騎士としての社長の息子、彼に預けた靴が最後の幸福を象徴するハッピーエンド。文章はいつもに増して平易でわかりすいが、ご都合主義の物語は偶然の出合いの連続で、陰影や奥行きを欠いている。前述のように、源氏鶏太は一九五一年、『英語屋さん』などで第二五回直木賞を受賞、同年の連載『三等重役』で人気作家となり、筆一本で生活していく自信がついたのか、一九五六年一月末で二五年余に及ぶ会社勤務に終止符を打った。『青空娘』執筆の頃は、いくつもの原稿依頼を抱えてきわめて多忙な時期だったと推測される。文章と物語構成はすきまだらけだが、アイドル雑誌の若い読者層を念頭に置いたからだろう。

映画版『青空娘』もまた、少女小説か少女漫画の趣を与えるのは同じであるにしても、ヒロインに若尾文子を得た増村演出は、生き生きとして元気溌剌な、まさに〈青空のようなさわやか娘〉を誕生させた。原作のご都合主義や、すれ違いと偶然の出合いで進む物語展開はうまく処理され、戦後大映が得意ジャンルとした継子いじめや母もの映画の湿っぽさは微塵もない。身分や男女の社会的違いを超えたはっきりしたもの言い、運命や環境にめげず男たちにも負けない元気印の明るい少女。このような女性像はそれまでの日本映画にはなく、増村保造が意識的に造形したヒロインだった。シナリオ・ライターの白坂依志夫は、この時期の増村作品の『暖流』（一九五七年）、『巨人と玩具』（一九五八年）、『最高殊勲夫人』（一九五九年）ほかに大きく貢献しており、その協力は増村晩年の『大地の子守唄』（一九七六年）、『曽根崎心中』（一九七八年）にまで続いた。

図⑫　映画『青空娘』DVD ジャケット
（角川、ヘラルド映画、2006 年）

　源氏鶏太が人気作家として地位を得た一九五〇年代から六〇年代にかけて、前述したように会社は大きな家、社長は家長（ただし戦後風の）、社員は家族であり、会社に定年まで勤めるのが男性サラリーマンの一般的な生き方だった。そして、安定した生活を支えるには家庭を守る女性が必要だった。したがって職場の女性は男性社員にとっての〈花〉であり、女性社員もまた職場は一時の滞在先でしかなく、最終就職は結婚であった。『三等重役』の社長は結婚の仲人役に熱心であり、またほかの源氏作品にも〈結婚〉を主題とする小説が数多くある。

増村保造が取り上げた源氏鶏太原作『最高殊勲夫人』もその種の物語である。この原作にはやや趣向があって、いわばシンデレラ三姉妹の物語だ。とはいうものの、その書名の魅力とはうらはらに、物語はあまりにもつくりごとの世界であり、読者の心に訴える力が乏しい。小説『最高殊勲夫人』は、いわば玉の輿をめぐる少女小説でしかなく、いまでは少女漫画のほうがその社会性、複雑さ、繊細さにおいて源氏作品をはるかに凌駕してしまった。映画版も増村・白坂コンビの工夫むなしく、また若尾文子の奮闘むなしく、この裕福な登場人物たちをスクリーンに再創造することに失敗している。

源氏鶏太原作から離れると、占領下ではＧＨＱの推奨路線でもあったため、男女の平等が強調され、働く女性が好ましく描かれる作品があった。それでも、アメリカ映画にさえ〈結婚がゴール〉は多くのメロドラマ、青春映画の結末にあったから、とくに女性観客の願望、憧れを煽ったことだろう。現代では、恋愛の成就が結婚なのか、そして異性愛だけが唯一の定型であるのか、疑問を持たれる世でもあり、源氏鶏太の描いた家族像、会社像は消えつつある。

その源氏鶏太は〈ユーモア作家〉と呼ばれることを一時嫌った。作家として出発した当初、彼の短編にはアイロニーやペーソスがあり、ユーモアだけが前面に出ていたわけではない。のちの回想で彼はこう述べている。

小説とは、この人生を描くことだ、といっていいと思っている。ところでこの人生において、ユウモアは不可欠である。ユウモアとは、この人生の潤滑油の役目を果しているし、また、食物の薬味のようなものである。もし、この人生にユウモアがなかったらおよそ無味乾燥、殺伐、喧嘩沙汰の絶え間がないだろう。先にも書いたようにユウモアとは悲しみの裏返しだともいえる。悲しみを笑いにおきかえる技術と知恵である。(53)

このように、ユーモア作家のラベルを貼られたために、著者自身が変容しつつ社会に合わせていった面もあるだろう。佐々木邦は、マーク・トウェインが「一般社会よりは一段高い道徳観を持っていて、世間を覚醒しようという願望を懐いている偉大なるユーモリストの一人であった」と述べたが、のちにみずからは「ユウモアは雅量である。おれも弱い人間だと思えば、人生のこと皆笑える」と述べている。佐々木にとってユーモアが「弱い人間への雅量」、許容の心であるとすれば、源氏にとっては「悲しみの裏返し」となる。アイロニー、ペーソス、悲しみの裏返しとしてのユーモア。

源氏鶏太原作の映画化作品は八〇本近くにもおよび、ラジオドラマ、テレビドラマ、舞台まで含めるとその作品の流通度は突出していた。源氏鶏太が戦後日本の高度成長期を代表した人気作家、流行作家、大衆作家であったことは間違いない。

ほかにも、源氏原作の映画化作品として、高倉健主演の東映映画『東京丸の内』（小西通雄監督、一九六二年）は、サラリーマンの結婚までを描く平凡な作ではあるが、重役連の政略結婚話を蹴って、個人同士の結婚を貫く物語。高倉健は製品企画課の設計技師、趣味は登山の山男という役柄。相手役は佐久間良子である。同じく、石原裕次郎主演の『堂堂たる人生』（牛原陽一監督、一九六一年）、正義感一直線で、個人同士の恋と結婚を描く裕次郎の『青年の椅子』（西川克己監督、一九六二年）、小林旭主演の『意気に感ず』（斎藤武市監督、一九六五年）など、一連の日活映画には企業内葛藤や陰謀のドラマが描かれていく。源氏鶏太は、その後の経済小説、企業小説への橋渡しをした作家ともいうべきだろう。

Ⅴ　庶民のおかしさと哀しみ

［井伏鱒二］

『現代日本文学館 29　井伏鱒二』
（文芸春秋、1967 年）

井伏文学のユーモア、ナンセンス、ペーソス

これまで論じてきた作家たち、夏目漱石、佐々木邦、獅子文六、源氏鶏太の四名に比べるとき、井伏鱒二《いぶせますじ》（一八九八―一九九三）に〈ユーモア小説〉と呼べる代表作はあるのだろうか。短編や詩、訳詩にはユーモラスな作品がたしかにある。では、長編・中編の小説に〈ユーモア小説〉と誰もが認めるものがあるのだろうか。そこはかとなくユーモアを感じさせる小説はいくつもある。映画化された原作の多くにはそれが感じられる。「井伏鱒二没後十年記念　井伏文学の笑い」と題された展覧会が二〇〇三年一〇月に広島県のふくやま文学館で開催されており、「井伏文学の笑いについて」のシンポジウムと講演会も行われた。そこでは映画『簪《かんざし》』『集金旅行』『本日休診』の三本も上映された。その展覧会図録に目を通してみると、当時館長だった磯貝英夫の「まえがき」に、「言うまでもなく、笑いは、井伏文学の最も重要な要素の一つであり、井伏鱒二は、笑いを芸術に昇華させた作家として特筆される存在である」と述べている。

一般にも、井伏鱒二をユーモア作家、あるいは現実に距離を置く諷喩《ふうゆ》作家とみる人は多い。それはおそらく、彼の出世作「山椒魚」[54]（一九二九年）があまりに有名だからであり、国語の教科書で読んで知った人も多いからだろう。しかし、その「山椒魚」、はたしてユーモア短編といいきれるだろうか。その基調はどこか悲しく、寂しい味わいがする。孤独な山椒魚が哀れであり、

読んでいて切なくなる。この短編は寓意として読めるので、これまでさまざまな解釈が披露されているが、井伏文学初期のテーマを〈幽閉〉とみる象徴的短編にもなっている。

河上徹太郎は早くから井伏鱒二に注目してきたが、「山椒魚」についてこう述べている。

「山椒魚」の持つ詩情と寓意は、一読明らかである。一匹の山椒魚が山間の渓流の岩窟で、つい頭でっかちになって外へ出られなくなってしまう。それはボードレールがよく使った、詩人の人間的失格の喩えだが、然しもっと辛辣で、もっとユーモラスである。何故ならこれは絶対に見物人のいない喜劇であり、絶対に救い手のない悲劇だからである。つまり、正真正銘の孤独である。

（河上徹太郎「解説」、『井伏鱒二集』現代日本文学全集四一、四三二頁）

辛辣でユーモラス、喜劇にして悲劇。この相反する要素は井伏文学のいくつもの作品に当てはまる。詩情、寓意、孤独、哀れでユーモラス……初期の短編「鯉」「屋根の上のサワン」、あるいは詩の数々、あぐらをかいて雪崩に乗った熊の「なだれ」、水たまりにこぼれ落ちた佃煮の「つくだ煮の小魚」、歳末の借金取りを避けて屋根の上でのんびり過ごす「歳末閑居」、煙管《きせる》のヤニをむりやり口に詰め込まれた「蛙」などの詩[55]。「蛙」では、目を白黒させた蛙が田んぼで胃を洗う姿に読者は大笑いをすることだろう。このユーモア詩の一編は、どこかマーク・トウェインのユーモア短編「賭け蛙」（または「ジム・スマイリーの跳び蛙」）を思い出させる。「賭け蛙」でも、蛙はウズラ撃ちの弾をお腹一杯、むりやり飲み込まされるからである。

「山椒魚」には、山椒魚や蛙たちのイメージ、その形象と、文体の持つ語り口にユーモラスな一面がたしかにある。しかし、いくらユーモラスでも映画化はされていない。なにしろ、出演者（?･）は大きな山椒魚と蛙の二匹だけ。アニメーションだったら映像化できるはずと、ネット検索をしてみると、切り紙アニメの佳作をYoutubeで見ることができた(56)。

井伏鱒二が初期の短編を発表していく頃、すなわち一九二〇年代半ばから三〇年代初期（大正後期から昭和初期）にかけて、時代小説を筆頭に、探偵小説、通俗小説（たとえば菊池寛）、ユーモア小説などを含む〈大衆小説〉が台頭して人気を博し、かたや〈純文学〉の領域には自然主義とは別の耽美主義、あるいは心境小説、新感覚派、新興芸術派、モダニズムの作品が発表された。一方で、それらいずれにも対抗する〈プロレタリア文学〉が勢いを増していた。プロレタリア文学運動が絶頂に達するのは一九三〇年前後である。井伏鱒二は純文学の位置にいたといえるが、はたしてどの傾向に属していたのか、明確な位置づけは曖昧になる。友人の作家たちがプロレタリア小説へ移ってしまったあとでも、彼はプロレタリア系列には加わらず、一九三〇年前後はモダニズム系の雑誌『文芸都市』の同人であった。

彼を〈モダニスト〉と呼ぶにはためらいがあるにしても、ユーモアやナンセンスの作家とみなした評者たちはいた。河上徹太郎は「井伏君のナンセンス」で、「如何にも彼はナンセンス作家である」と断定している（『作品』一九三一年九月号）。河上の一文は井伏の『仕事部屋』（一九三一年）刊行祝いの席上で述べられたので、全体の論旨は曲折しており、つかみにくいが、井伏文学を正当に評価する批評的尺度がなかったとき、「ナンセンスとは人工的に造型された言葉の持つ逆説的な笑である」と定義して、井伏文学をそこから読み取ろうとしたことに注目しておこう。河上徹太郎の定義は、同時代の批評家・小林秀雄が戦後に書いた一文「現実と小説と映画」のなかで、原作と映画を比較しつつ、井伏の小説『貸間あり』にふれた言葉へと反響している。「これは、作家が、言葉だけで、綿密に創り上げた世界であり、文章の構造の魅力を辿らなければ、這入って行けない世界である。作者は尋常な言葉に内在する力をよく見抜き、その組み合わせに工夫すれば、何が得られるかをよく知っている」（『文芸春秋』一九五九年八月号）。河上徹太郎に戻ると、彼には井伏論がいくつもあり、その一つ「香気あるユーモアとペーソス」も短い文章ながら、井伏文学の特色を簡潔に伝えてくれる。その色彩性、風土性、冷酷ではない冷厳の冷たさ、はにかみと内面性、ナンセンス作家と呼ばれてもあえて否定しない茫漠とした表情、戯作気質の詩人等々（『文学の旅一四　山陽・瀬戸内海』）。

井伏の『本日休診』は、戦後の第一回読売文学賞を受賞したが、そのときの選考委員となった正宗白鳥も、「この作家にはユーモアがあるが、そのユーモアが人を笑わせるもの、朗らかに人を面白がらせるものではなくって、くすぶっている。人生のおのずから持っているユーモアがもやもやとくすぶっている。これはこの作者の特色で、小説がたゞの読物でなくって一つの芸術となるのである」と評している（「異色あるユーモアと諷刺」、『読売新聞』一九五〇年五月二七日朝刊）。

安岡章太郎も井伏鱒二の新刊『小黒坂の猪』（一九七四年）にふれた個所で、「そういえば、井伏鱒二自身の文章も、これはゲラゲラ笑うものではないが、おかしいからおかしい、としかこたえようのないものであるに違いない。こんど出た『小黒坂の猪』（筑摩書房）なども、どの文章を取っても皆、絹ごしの豆腐のようなおかしさがある。そのおかしさをウマくすくい取ろうとしても、みんな箸からこぼれ落ちてしまうようなおかしみである」と、おもしろい比喩を使っている（「おかしみに就いて」、『文芸』一九七四年一一月号）。

このように、井伏文学のユーモアはかなり曖昧であるが、各評者たちが述べてきた通り、また私たち一般読者が読んでもユーモアを感じるように、たしかに独特のユーモアが存在するのである。哲学者の木田元は〈ユーモア〉という言葉よりも、むしろ〈滑稽〉という言葉を使って、井伏の『丹下氏邸』に大笑いをしたこと、井伏文学のなかで何よりも『丹下氏邸』が笑いのベストだと述べている。(57)だが、このようにさまざまな受け取られ方がある井伏文学の笑いを、もっと積極的な井伏の姿勢とみる佐藤嗣男のような文学研究者もいる。

被使役者の、庶民、民衆の笑いと涙を見出し、そこにつながる己れを発見したとき、井伏は笑いを喪失したいわゆるおつにすました純文学はいうに及ばす、従来のプロ文（プロレタリア文学）とも違った己れの道を笑いの文学、「ユーモア文学」に見出して行ったのだということではないでしょうか。ますます過酷さを増していく検閲下にあって体制に屈することな

く、批判精神を失わずに、未来の可能性を模索していく文学の道を貫くために(58)(後略)

井伏鱒二と映画の接点

本書でこれまでに取り上げた作家たちに比べると井伏鱒二原作の映画は多いとはいえないが、当人は自作の映画化をどう思い、どのような感想を持っていたのだろうか。そもそも彼は映画をどれほど見ていたのだろうか。このような疑問に対して、彼の明確な発言や文章はあまり見当たらない。井伏と同時代の文士たちのなかには、志賀直哉、谷崎潤一郎、横光利一、川端康成、稲垣足穂、尾崎翠等々の小説家たち、萩原朔太郎、室生犀星、北川冬彦ほかの詩人たちが映画に大きな関心を寄せていたこと、なかには谷崎や川端のように実際の映画創造に関わった人々がいたこともよく知られている。一方、井伏鱒二は映画にそれほど強い関心は持っていなかったように思えるが、詳細な「井伏鱒二著作年表(59)」に目を配ると、映画とわずかな接点がみえてくる。

まず、『文芸都市』(一九二九年二月)に発表された「エロティシズム　マンハッタン・カクテルを見る」なる小文。井伏は、珍しくも映画の試写会に招かれて、アメリカ映画『マンハッタン・カクテル』の感想を書いている。いや、たぶん「書かされた」のだろう。この映画については四人の執筆者、飯島正、井伏鱒二、舟橋聖一、崎山正毅《さきやませいき》が寄稿しているが、井伏の感想「エロティシズム」は、崎山のわずか八行の感想に次いで短く、あっけない。井伏はこの映画から、映画における女性のエロティシズム効果を考え、「エロチシズムといふものは不思議である。実生活ではこのイズムに疲れた人でも、作品や絵画や映画のうちではこのイズムに興味を持ちたがる」と述べ、文末に「飯島君に対しては恐縮であるが、僕はタイトルもよく読めなかったし、元来映画のことには甚だ疎いので、映画マンハッタン・カクテルの批評は止しにします」とあっさり逃げてしまった。「タイトルもよく読めなかった」とは、まだ日本語字幕が付く前の試写、英語版を見たのだろうか。トーキー初期のサウンド版だった可能性があり、会話のみが英語字幕で出ていたのかもしれない。『マンハッタン・カクテル』は女性監督ドロシー・アーズナーによるハリウッド映画で、アメリカでは一九二八年公開、ミュージカル舞台出身のナンシー・キャロルが主演した。映画通の飯島正はさすがに同監督の前作『モダン十誡』や『近代女風俗』などと比較しながら、『マンハッタン・カクテル』には些細な不満も残るが、その他の個所の流暢さ、俳優のよき演技によって救われており、とくに女優たち、ナンシー・キャロルとリリアン・タッシユマンが素晴らしいと、作品を楽しんでいる。かたや舟橋聖一は、この映画よりも先に見た英国映画『紅涙秘帖』のほうにかなりの文字数を費やして、みずからの女優の好みとエロティック・シーンに魅かれたことを告白している。

フランス文学やロシア文学を好んだ井伏ではあったが、もともと旅と釣りが好きな彼にとって、映画、とくに洋画は大きな関心を引かなかった。『文芸都市』の刊行は短期間で終わったにしても、毎号のように雑誌『映画評論』や『映画往来』の一頁大の広告が載っていたから、井伏は目次や筆者の傾向から映画情報を横目で眺めていたに違いない。

　興味深いのは、井伏鱒二の友人に松竹キネマの俳優・石山龍児がいたことだ。石山龍児は早稲田大学の学生ではなかったが、井伏の下宿近くに住んでおり、石山がまだ映画界に入る前からの付き合いがあった。当人に関する井伏の思い出は、そのひどい貧乏暮らしなど、いくつかの回想記のなかで何度も顔を出している。石山龍児は演劇や映画の演技に興味を持ち、ドイツ語の文献を手本に顔の表情術を研究、一九二〇年には帰山教正《かえりやまのりまさ》の映画芸術協会に参加して、『幻影の女』の端役に出て松竹蒲田へ入社、時代劇『裏切られ者』（清水宏監督、一九二六年）ほかに石山龍嗣の名で多数の作品に出演した。映画俳優としての道を進み始めた石山は、まだ鬱々としていた井伏を「荒涼たる野辺の人」と呼び、井伏を慰めようと蒲田撮影所に招いたようだ。井伏の短い随想「場面の効果」（『創作月刊』一九二九年五月号、本号で廃刊）と、それが収録された『なつかしき現実』（新鋭文学叢書、改造社、一九三〇年）に、石山に関する最初の思い出が出ている。井伏が石山の演技する酒場の場面を見学していたとき、監督から客の一人になるよう頼まれて出演することになった。ほかのエキストラが洋服ばかりだったから、たまたま和服で来ていた井伏が監督の目にとまったらしい。むろんせりふはなく、女給役の女優か

図①　短編集『なつかしき現実』（1930 年）表紙

ら本物のビールを次々にサービスされて、酒好きの井伏はとても気分がよくなり、泥酔するほど飲んでしまった。完成後に井伏が浅草の映画館でこの映画を見ると、自分の姿を弁士が「あやしげな女は、敗残の失業者にさへも媚びと節操とを押し売りにしたのであります……」と語ったので、狼狽した井伏はそそくさと映画館を出てしまったという。この映画を特定できて、フィルムも残っていれば、「エキストラの井伏鱒二が酒場で酒を飲む」場面を見ることができるかもしれない。石山は「情熱の何とか」という映画の主役になった云々とあるが、その映画の正確な題名と詳細は不明である。発表年月を手掛かりに作品を探してみても、「情熱……」の題名を持つ蒲田映画で現代もの、しかも石山龍嗣の主演ないし準主演という条件に合うものがない。のちの井伏の回想「早稲田鶴巻町」（一九五五年）でも映画題名はなく、「その監督は牛原虚彦という人であった」とある。この記憶が正確なら、最も近い作品は『大都会　労働編』（一九二九年五月一八日、浅草電気館封切）となるが、石山の名は主役どころか主要配役にも記載がなく、目下はフィルムで確認することもできない。

一九三〇年には短編「先生の広告隊」が発表され（『中央公論』九月号）、この題材は小津安二郎監督の『東京の合唱』（一九三一年八月）の逸話へ転用された。盗作とか無断使用とかの問題は起きなかったようだ。井伏鱒二が知らなかったとすれば、映画の方から井伏作品へ接近したことになる。

それでも、昭和初期に井伏鱒二が案外映画を見ていた様子は「蒲田の石山龍児のことなど」

(『キネマ旬報』一九三五年三月二一日号)に書かれている。そこで「所在なきのあまり、また外出して家に帰りたくないときなどテケツ〔チケット〕を買って見て来るのがおきまりである」と述べているように、ぶらりと映画館へ入ることはあったようだ。大げさな前ぶれ広告に引かれて映画を見ると失望が多く、期待せずに入ると意外におもしろかったりした。作品名は挙げていないので、何を見たのか判然としないが、日本映画はつまらないと言う映画通の友人たちに比べて、自分はむしろ邦画も好きで、気楽なチャンバラものもおもしろいと、時代劇を楽しく見たと言う。のちの回想記(『半生記』)には、中学時代の剣術は二級までの「棒振り」程度であったが、実際の剣術を見るのは好きで、新国劇の沢田正二郎のチャンバラの巧みさ、戦後は早慶の剣道試合の実見、不満ながらテレビのチャンバラ番組を見たことなど、やはり剣道とチャンバラには関心があったことがわかる。

前にふれた短編集『なつかしき現実』には、この書名と同じ題名の短編は収録されていない。この題名は前年の『文芸都市』(一九二九年八月号)の「巻頭言　なつかしき現実」から採られており、井伏の小説の特質をうまく伝える言葉ではないだろうか。井伏は「現実といふものは甚だ愚昧なる風貌を装っているが、彼女は必ずしも愚昧ではない。そんなにでもしていなければ、やりきれない多くの理由があるらしい」と、現実を擬人化(女性化)して書いている。全体は抽象化したもの言いで明瞭ではないが、当時流行のプロレタリア文学、あるいはその対極のモダニズム文学などを念頭に置きながら、現実をどのようにとらえたらよいのか、自問自答の悩みが浮かんでくる。『文芸都市』の同人にはモダニズム派も多かった。しかし、井伏はどのような〈イズム〉にも身をゆだねず、渓流にひそむ山椒魚か、誰も泳がないプールに棲む鯉にでもなろうとしたのだろうか。この時期にぶらりと映画館へ、邦画を見に立ち寄っていたことになる。

映画『多甚古村』と『簪』

井伏鱒二原作で戦前の映画化四作品は原作の刊行順と同じ順で製作・公開されているが、戦後は必ずしもそうではない。本書では映画化作品の製作・公開順に取り上げることにする。まず、最初の映画化二本、『多甚古村《たじんこむら》』と『簪《かんざし》』をみてみよう。多くの井伏作品がそうであるように、この二本の原作でも、ユーモアや笑いがあからさまに仕組まれているわけではない。

映画化の第一作は『多甚古村』（今井正監督、八田尚之脚本、東宝、一九四〇年）。原作はいくつかの雑誌に分けて書かれた連作で、一九三九年に河出書房より出版された。村の駐在警察官（独身）の日記のかたちをとり、日々の出来事を綴る報告文学（ルポルタージュ reportage）である。日中戦争下であるが、村には小さな事件や相談事が頻繁に起きて、警官は多忙である。原作では実在の巡査日記から採ったエピソードが数多く使われており、とくにユーモア小説というわけではない。この映画は今井正監督の三作目で、映画検閲の厳しい状況下、銃後の警察官の熱心な奉公精神を淡々と描く人情ものでもある。主役の警官には、脇役や軍人役が多かった清川荘司が扮しており、二枚目でも英雄的でもなく、地味な風貌と体格、普通の人である。映画の結末は、河原で喧嘩をする二つの中学校の生徒たちが、主人公警官の仲裁により、戦時下の若者の心得を説教されて一同が和解する。これは原作にはないので、まさに当時の国策に沿う終わり方である。映画もユーモラスとはいえないが、俳優陣に新劇の面々が出ており、三島雅夫、宇野重吉、滝沢修ほか、彼らの若き日の姿をかいま見ることができる。

図② 映画『多甚古村』(1940年)

これとは別に、村の物語で思い出すユーモラスな映画に田坂具隆《ともたか》監督の『爆音』(日活、一九三九年)がある。村人が国に軍用機を献納する国策映画で、中国人には反感を持たれるだろうラストシーン(いずれ中国を爆撃するかもしれない、上空を飛んで行く軍用機)があるにしても、作品自体にはユーモアと、のんびりした田舎の空気が満ちている。主人公である好人物の村長さんを演じた小杉勇の演技と、田坂具隆の演出、伊佐山三男の撮影、三者の呼吸がうまく噛み合った映画である。原作とシナリオはラジオドラマの公募に入選した伊藤章三で、もともと〈耳で聴くドラマ〉が原作だった。戦争の影さえなかったら、戦前ユーモア映画の佳作と心置きなく呼べただろう。

井伏鱒二原作の映画には『南風交響楽』（高木孝一監督・脚本、河津清三郎主演、南旺映画、一九四〇年）もある。これは短編の三作「丹下氏邸」「銀座と牧ちゃん」「襖絵」から構成された映画とされるが、フィルムの所在がわからず、筆者は未見。当時の批評では、井伏文学の人生観、社会観がその行文に茫漠としてあり、「そこから一つの真実を恬淡として吐露して行く味わいは、余程の達人でないと映画化は至難とせねばならない」と、作品の出来栄えには納得していない（水町青磁評、『キネマ旬報』一九四〇年八月一一日号）。興行的にも、低俗さを救ってはいるが、小品に止まった、と書かれている。

映画『簪』（清水宏監督、長瀬喜伴脚本、松竹、一九四一年）も原作は井伏鱒二。小説では「四つの湯槽《ゆぶね》」(60)と題された中編で、物語は山間の温泉宿の湯治客同士の出来事と会話から成り立ってい

図③　小説「四つの湯槽」挿絵

図④　映画『簪』VHSビデオジャケット。田中絹代と笠智衆

る。とくに、湯治客の一人、口うるさい「先生」の屁理屈が奇矯であり、彼に対応するほかの客の異見や同調、宿の亭主、番頭らの困惑ぶりがおもしろく語られていく。事件の発端は戦争で左足に貫通銃創を受けた元兵士が、温泉宿の湯槽で右足の裏に簪を突き刺してしまう。この簪の落とし主は誰だったのか、湯治客たちが詮索するうちに、持ち主はすでに宿を発った芸者であることがわかり、その当人が東京から謝罪に戻って来る。人物たちの描写と彼らの会話がユーモラスともいえるが、多くの井伏作品がそうであるように、ことさらユーモア小説として明確にジャンル分けする必要はない。

映画版はその題名『簪』が表すように、簪で怪我をした男（笠智衆）と、芸者（田中絹代）に焦点を合わせて、随所に監督の清水宏的風景——河原で遊ぶ子供たち、リハビリで両足歩行を訓練する男、何度も登場する按摩たち、芸者の孤独感——が挿入される。おそらく山梨の下部《しもべ》温泉と熊野神社だろう、そこでロケーション撮影をしていると思われる。ここはほかの小説でも、井伏鱒二がしばしば言及している湯治場である。ラストシーンは常連の湯治客たちが宿を去り、一人残った芸者が、神社へ向かう石段を登って行く寂しい姿で終わる。映画は、身延参詣の講一行のなかにいる芸者二人（田中絹代と川崎弘子）の描写から始まるので、スター女優の田中絹代に焦点を合わせており、怪我をした元兵士が中心である原作から視点をずらしている。当時の批評では、傷病兵への尊敬が欠け浮薄である、主人公は芸者か妾か、想像させるだけで生活が不明と、時局ゆえの辛口採点だった（中岡孝正、『日本映画』一九四一年一〇月号）。原作の結末は、主人公の元兵士の手に残った簪、その簪に仕組まれた耳かき、それを外すと珊瑚の玉から芥子粒《けしつぶ》のように小さな骰子《さいころ》が出てくる。彼は息を殺してその骰子を見つめ、ここで終わる。ユーモアはなく、感傷と淋しさ、主人公の言う「情緒」が読者にも突き刺さる。

バスの旅、ローカル線――『おこまさん』と『秀子の車掌さん』

井伏鱒二の原作をユーモラスに仕立てた最初の映画、それは『秀子の車掌さん』（成瀬巳喜男監督・脚本、南旺映画、一九四一年）である。原作は映画題名とは異なる『おこまさん』。これは『少女の友』に連載後（一九四〇年一―三月）、短編集『おこまさん』（輝文館、一九四一年）に収録された。原作の「おこまさん」はもちろん主人公、一九歳の娘の名前であり、貧弱なバス会社が一台だけ所有する、旧式バスの車掌である。バスは甲府から富士吉田へ向かう途上の峠一帯を走るが、別の業運盛んな会社が流線形の「優秀車」で客を吸収するため、おこまさんが勤めるバスは客もまばらである。車掌も運転手も給料がひどく安いうえ、大雨や雪が降ると運休になって給料はもらえず、それぞれ副業で生活の糧を得ている。おこまさんは靴が買えないほどの低賃金なので、足元は塗り下駄ばき、手には軍手をして切符を切っている。しかし健康的で明るく、客にはとても親切である。彼女は何とか客足を増やそうと、バスのなかで名所案内をしてはどうかと会社に提案し、その原稿を路線途中の宿に泊まっていた東京の小説家に依頼する。名所案内の原稿を得たおこまさんと運転手は、ちょっとした事故を起こし、その結果、幸いにも保険会社から下りた金で車を修理して新しくすることができた。おんぼろ会社内のごたごた騒ぎをよそに、二人は楽しくバスを走らせて行く。大きなドラマはなく、必ずしもユーモア小説とは呼べないが、ほのぼのとして読み心地のよい短編である。当時の言葉でいえば〈明朗小説〉に入れてよいだろう。

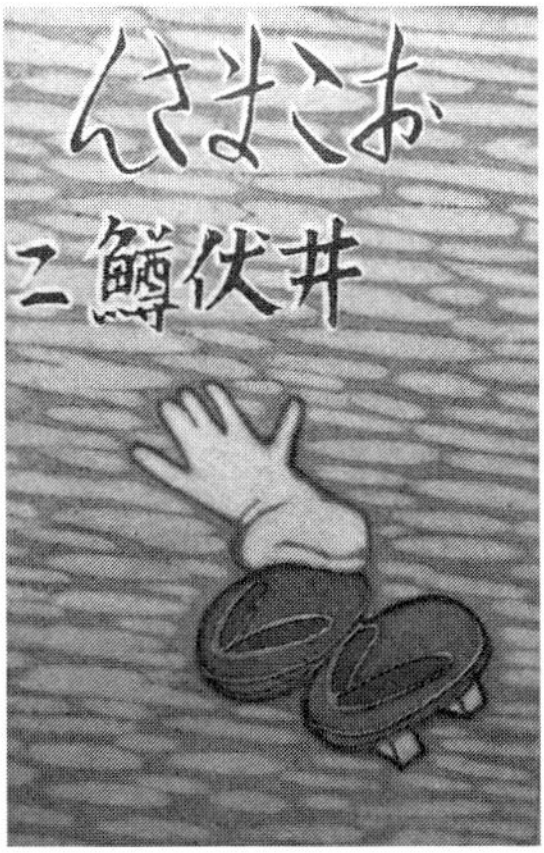

図⑤　短編集『おこまさん』（1941 年）表紙

図⑥　同挿絵

　おこまさんから名所案内の原稿を依頼された作家とは、井伏鱒二のことである。彼は、現在も実在する休憩所・天下茶屋に滞在して執筆していた時期があり、ここに井伏を尊敬していた太宰治が遠慮しながら合流、二人で一緒に山に登ったりしている。天下茶屋は一九三一年に完成した御坂隧道《みさかずいどう》入り口近くにあり、戦後に新隧道ができたあと、路線バスは通らなくなった。この天下茶屋は太宰治が『富士百景』のなかで滞在記を書いており、いまでは井伏の『おこまさん』よりも、太宰の『富士百景』が有名になっている。『おこまさん』には、文中で「三文小説家」と自称する男が宿泊する宿の名前も地名

図⑦　映画『秀子の車掌さん』（1941 年）

も書かれていないから、地元では太宰の『富士百景』のほうをありがたく思っているかもしれない。とはいえ『富士百景』では、そこからの富士山展望が風呂屋のペンキ絵のように、あまりにぴったりしすぎて落胆したという最初の印象を太宰が語っている。その後、三か月ほどを過ごすうちに、彼の富士山への印象はさまざまに変わっていく。

　映画『秀子の車掌さん』の題名には、主演の人気女優・高峰秀子の名前が付けられた。当時、彼女はまだ一七歳だったが、幼児期からすでに多くの作品に出演しており、少女スターとして大きな人気を得ていた。『秀子の応援団長』（千葉泰樹監督、南旺映画）も前年に公開されていた。いわば当時の〈アイドル〉的少女スターだった。原作に「中老の運転手」とある俳優は藤原釜足で、当時三四歳。戦時下の当局から俳優名が「釜足」ではけしからんと注意を受け、終戦までは「鶏太」に変えていたので、この映画のクレジットには「藤原鶏太」とある。釜足ならぬ藤原鎌足は大化の改新の重要人物、歴史上の人物を茶化す名前などもってのほかのご時世だった。

　映画の冒頭では、走るバス内の前部に運転手と車掌、つまりバスガールのおこまさんを後ろから視野に入れて、ほぼまっすぐの道を画面奥へと進んで行く。おこまさんが履いている運動靴は古くて穴だらけ。乗客はいない。やっと一人の男が乗り込んでくると、荷物がやたらと多く、鶏までも積み込んでくる。おこまさんは困った表情をするが、運転手は仕方ないという顔つき。次の停留所では小さな子供たちをぞろぞろ連れた母親らしい女が乗り込んでくる。おこまさんは途中でバスを止めさせて飛び下りると、駆け足でわが家へたどり着き、母親へお土産の着物地を渡し、下駄に履き替えて、また駆け足でバスへ戻って行く。この往復はやや遠景から横移動のカメラで滑らかにとらえられていて、おこまさんならぬ高峰秀子の若い躍動感と田舎の大きな木々、家々、広々とした畑と空がさわやかな開放感を与える。実はここまでの冒頭の場面は原作にはない。だが、原作に叙述された地方の雰囲気をうまく表現しており、原作との違和感を与えない。文字ではなく視覚で表現しなければならない映画で、観客の関心を引き付ける導入部であり、脚本（成瀬巳喜男）と撮影（東健）の工夫が成功している。

このようにカメラが前や横に移動しながら、軽妙に村の様子を紹介していくのは『爆音』もそうであって、文字とは異なる視覚的ユーモア味とでもいえる。また、〈地方の旅〉は井伏自身が好むところでもあり、『集金旅行』はその代表作だろう。戦前の映画では、列車の旅を主題にした作品が思い浮かばないが、短い距離のバスであれば、清水宏監督の『有りがたうさん』（川端康成原作、一九三六年）があり、上原謙扮する運転手と乗客のほのぼのとした交流を描いている。『秀子の車掌さん』は、短い距離ではあるが移動する旅の映画でもあり、名所案内の文章作成とその練習を見せながら、都会の観客にも地方の観客にも親近感を抱かせる題材となっている。ただし、当時の批評を読むと、バスガールと運転手の努力が盛り上がらず、一向に観客の共感を呼び起こさない、結末が不徹底で「心境的小品」にとどまった、と評価は低かった（大塚恭一、『映画旬報』一九四一年一〇月秋季特別号）。日中戦争が泥沼化して、「大東亜戦争」へ入る直前でもあり、文学作品からの影響を受けながら、日本映画の特徴の一つとみなされた「心境映画」は、細部の描写に優れていても、その低回趣味がすでに批判されていた。

町医者と戦争の傷痕——映画版『本日休診』

井伏鱒二原作で戦後最初の映画化、それは『本日休診』（渋谷実監督、斎藤良輔脚本、一九五二年）である。この原作もユーモア小説というわけではない。一九四九年から翌年にかけて『別冊　文芸春秋』に連載され、すぐに単行本化された（文芸春秋新社、一九五〇年）。戦争で息子を亡くした産科医・三雲八春が主人公である。医院は戦災で一旦焼失、院長だった主人公は戦後の再建時に独身の甥を院長に招き、自らは顧問として院長を後見する役に退く。医院は東京の蒲田駅近郊にある。物語は、主人公の元院長を除く医院一同（院長や看護婦たち）が休診日に、保養のため温泉地へ出かけたあと、「本日休診」の看板を掛けたにもかかわらず、留守を預かる主人公に次から次へと事件や急患が訪れ、多忙な一日が始まる。ふだんから主人公は、庶民とりわけ貧しい人々の病気、ケガ、お産などに対応し、往診にもすぐに出かける。警察医でもあり、症状の重い患者も引き受けるので、院長より忙しそうにしている。原作は敗戦後まもない蒲田界隈や多摩川辺の庶民群像——工員、漁民、日雇い、遊び人までを含む階層——の日常をスケッチしており、『多甚古村』の系譜にあるとみてよいだろう。『本日休診』は第三者の視点から描写されており、日記風に一人称で淡々と綴った『多甚古村』よりも、物語・文章ともに興趣があり、味わいが増している。町医者を中心に世情を映す人情読みものでもある。

映画の冒頭では、出征して気が狂った男（三国連太郎）の奇嬌な言動を入れて、戦争の精神的傷跡を観客に思い出させる。この男は随所に登場して、ラストシーンでも重要な、そして強い余韻を残す役割を担うが、『本日休診』の原作には登場せず、井伏の戦前作「遥拝隊長」と、「白毛《しらげ》」の川釣りの場面から採られている。ことにラストシーンは映画が独自に付け加えており、筆者が感心したのは、井伏鱒二の世界と違和感が

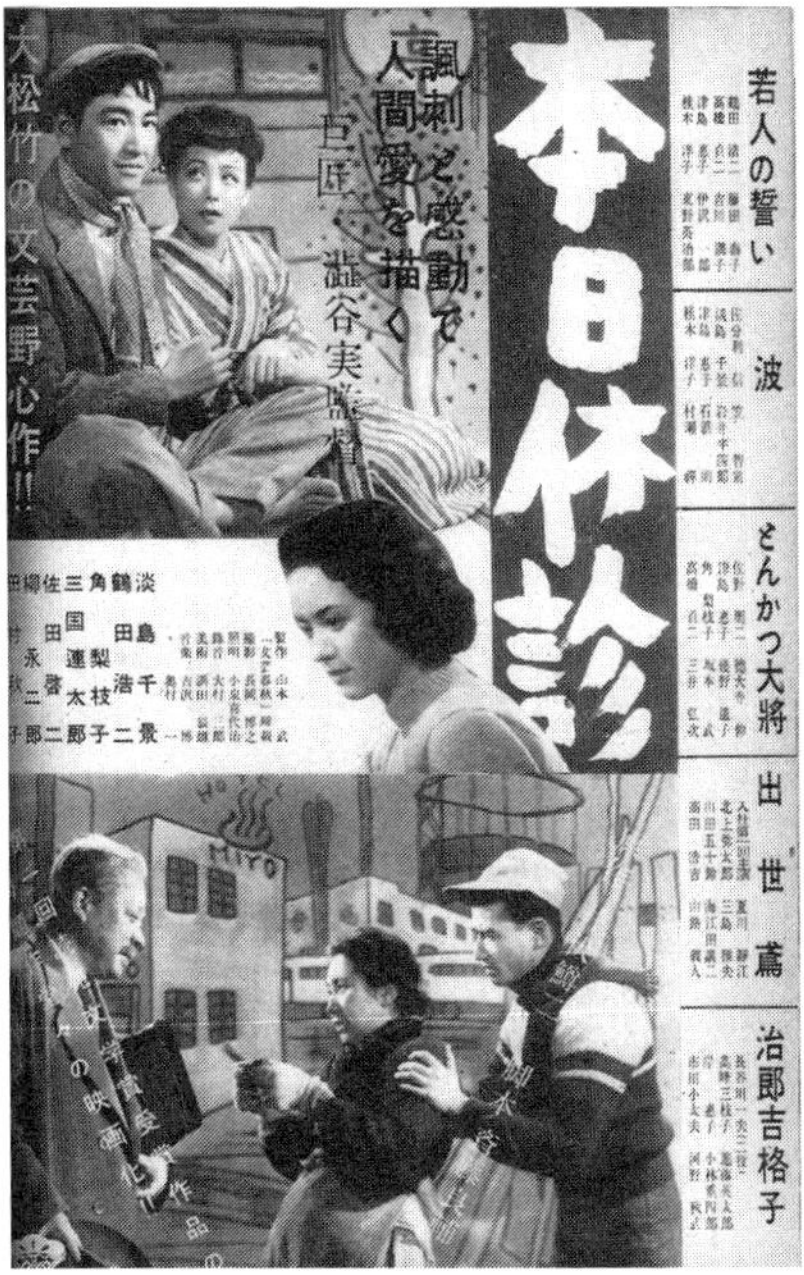

図⑧　映画『本日休診』（松竹）広告（『キネマ旬報』1952年2月上旬号）

なく、映画作品としても破綻がなかったことである。狂人である男は周囲の人々を整列させて、恩賜のお菓子と錯覚した饅頭のひと切れをみんなに分け与える。このとき、主人公の医師はとっさに夜空を見上げて、「隊長、航空兵であります。父もいる、母もいる、兄弟もいる、やっぱり故郷に帰還したのだ！」と指を差す。みんなが空を見上げると、満月の下を雁の群れが並んで飛んで行く。この美しくも抒情的で、しかも寂寥感漂う場面は井伏の短編小説の代表作の一つ「屋根の上のサワン」を想起させ、胸を締めつける。脚本の斎藤良輔、渋谷実監督作品では獅子文六原作の『てんやわんや』『自由学校』に続く『本日休診』、そのあとにまた同『やっさもっさ』、ほかに原作小説の脚本が多数ある松竹専属のライターだった。この作品は記者投票によるブルーリボン賞の脚本賞を受賞した。

主人公には柳永二郎が扮して、三雲医院の人情味あふれる医者をみごとに演じた。新派の舞台俳優として経験を積み、映画出演作にも悪玉から善玉まで脇役としての佳作が多いが、『本日休診』では主役であり、当人の年齢（当時五六歳くらい）、容貌、恰幅ともまさにぴったりのはまり役だった。映画ゆえに、観客を呼ぶには華やかさ、若さも必要だろう。佐田啓二、鶴田浩二、淡島千景、岸恵子の面々が顔をそろえ、田村秋子、中村伸郎、十朱久雄、長岡輝子、多々良純ら、脇役の芸達者たちが周りを固めている。ユーモアや笑いをねらった原作ではないし、映画もことさら笑いを誇張している場面は見当たらない。むしろ、哀れで悲しいエピソードの数々が綴られ、そこから人間喜劇の諸層もみえてくる切ない人間喜劇。当時の批評では、双葉十三郎が「成功した風俗喜劇」として高く評価した（『キネマ旬報』一九五二年四月特別号）。双葉はこの映画がヒューマニズムを売りものにしておらず、東奔西走する職業人・老医師の「自然発生的なヒューマニズム」であることにも好感を寄せた。ただし双葉は、映画の主人公が八春医師なのに、別の短編「遥拝隊長」から採った元軍人（狂人）のエピソードが幅を取り過ぎたことに疑問を抱きながら、「題名から切離してみると、この狂人はなかなかいい。三国連太郎の人柄にもよることであろうが、非常にパセティックな感じがつよく印象にのこる」と、この挿入場面を受け入れた。興行価値欄には「久しぶりに実力をそなえた力作であり、配役もにぎやかで、封切は上乗の成績、名実ともに最近のヒットというべし」とある。『てんやわんや』『自由学校』を経て、渋谷実監督はこの映画で毎日映画コンクールの監督賞を受賞、『キネマ旬報』ベストテンの三位入賞と、演出力に脂が乗ってきた。

松竹の『本日休診』と『集金旅行』の間に、日活の『東京の空の下には』が公開された（蛭川伊勢夫監督、岸松雄・蛭川伊勢夫脚本、宇野重吉・三橋達也出演、一九五五年一月）。井伏鱒二の原作は『吉凶うらなひ』（一九五二年）。当時の批評では双葉十三郎が「最もすぐれているのは脚本である」と述べて、具体的に指摘している。また、主人公の易者を演じた宇野重吉がなかなかいい雰囲気を出していることにもふれ、主役も成功したと言う。題材のおもしろさに対して、監督は力量不足だったとも。これはフィルムの所在が不明、ビデオ化もされていないので、筆者は未見であるが、撮影用台本（題名は『吉凶うらない』）を読むことができた。易者が主人公（原作では学生が主人公）に替えられたことをはじめ、原作との相違が大きいので、原作は題材のいくつかを与えた程度でしかなかったように思える。

汽車の旅、ローカル線――『集金旅行』

原作『集金旅行』の物語の語り手は一人称の「私」。「私」はアパート「望岳荘」の主人から将棋の手ほどきを受けている。主人の女房はすでに元住人の男と逐電しており、後妻に美人を探したいという願望むなしく、主人は急性肺炎で頓死、小学一年の男の子だけがアパートの負債とともに取り残される。これから先の物語は映画と原作はほぼ重なっている。孤児の引き取りに身寄りが名乗り出ないため、少年を哀れんだ住人たちは、過去に家賃を踏み倒して逃げた連中から借金を取り立てようと計画をたてる。アパートの負債を返済し、合わせて少年の養育費を賄うためである。「私」が未納金取り立て役を引き受けてしまったのは、いずれにしろ、自費で地方の旅をしたいと思っていたからだ。住人である中年の美人女性も、自分の慰謝料取り立てのついでがあるからと名乗り出たので、「私」は困惑しつつ、一緒に集金旅行をすることになる。原作は一九三七年四月、同じ題で版画荘から単行本が出ている（初出は前年の『文芸春秋』誌に分載）。映画化されたのはほぼ二〇年後の戦後のことになる。

映画『集金旅行』（中村登監督、椎名利夫脚本、松竹、一九五七年）では開巻早々に「集金旅行」

の大きな文字が現れ、キャスト、スタッフの名前が続き、その間、背景の画面一杯を聖徳太子の千円紙幣が占めて、軽快な音楽（黛敏郎作曲）がテンポよく流れていく。映画の冒頭では、原作にない筋がいくらか加わっている。つまり、アパートの家主（中村是好《ぜこう》）とアパート住人の男（佐田啓二）が一緒に競馬場で夢中になっており（原作では将棋に夢中）、馬券が当たった家主は、帰りの場外市場で女房への手みやげに安物の下着を買う。二人がアパートへ戻ると、家主の女房は小さな男の子を置いたまま、アパートの若い男と駆け落ちしていた。家主は女もの下着（シミーズ）を身に着けてやけくそになり、憤死してしまう。男の子は親父が母に買ってきたブラジャーを手に遊んでいる……。このように映画では、寝取られ亭主（コキュ）のおかしさと哀れさと急死の騒ぎとが泥臭く描かれる。この追加場面を井伏は好まなかったかもしれない。

図⑨　映画『集金旅行』（松竹、1957 年）パンフレット

映画では、佐田啓二が集金の男を、その連れは中年女ではなく若い女性となり、岡田茉莉子（当時二四歳くらい）が演じている。男の子の母親探しも旅の目的に

加えて、少年同伴の奇妙な疑似三人家族の旅となる。原作との一番大きな違いは、美人の連れを中年女から若い女へ変えたことと、少年の母親探しが後半の山場になっていることだ。原作では男女の二人旅なのに、二人の関係には一切ふれない不思議な状況が続く。映画では間に子供を入れたため、男女の問題はとりあえず棚上げされたかたちとなり、同じ蚊帳のなかで三人が寝る場面でも、子供が寝言を言ったりして興ざめの男は、蚊帳の外で寝てしまう。

松竹グランドスコープと名付けられたシネマスコープの大型画面（横に長い画面）とカラー撮影を生かして、中国地方から最後は四国徳島の阿波踊りの乱舞まで、地方色に富む風景の変化が観客の目を楽しませたことだろう。テレビ放送が始まってはいたが、一般への普及はまだまだであり、カラーテレビも東京オリンピック（一九六四年）まで待たねばならず、映画全盛の時代だった。原作と映画、細部の違いは多々あるにしても、映画出演者に桂小金治、大泉滉、伊藤雄之助、市村俊幸、トニー谷、花菱アチャコら、喜劇に達者な役者たちを並べて、いかにも娯楽映画らしく、井伏鱒二の世界よりも明るさを増し、笑いを誇張させながら、子供が母親と再会する涙腺刺激の場面さえも付け加えて、人間世界の哀歓を見せている。小説中の人物たちの特異性や変人ぶりは、原作では文字を通して読者の想像力へ訴えるわけだが、映画では俳優たちがみずからの身体や口舌を通して具現化するので、彼らの演技の見せどころともなり、その良し悪し、好悪は観客の判断に委ねられる。映画の出来栄えは、当時の日本映画としては平均点ぐらいだろうか。

旅の集合と離散――『駅前旅館』

小説の『駅前旅館』は一九五六年九月から翌年にかけて一年間ほど雑誌『新潮』に連載され、完結後に新潮社から単行本化された。主人公は東京・上野駅前にある旅館の番頭・生野次平。戦後まもなく番頭となった彼が回想する一人称の小説である。主人公の生い立ちと育ちには陰りがあり、「私」の語り口には屈折した心情や自己卑下とともに、番頭としての意地や商売人ゆえの抜け目なさもある。小説は私的回想、述懐のかたちをとりながら、みずから接したさまざまな人間群像、とりわけ駅前旅館に泊まる修学旅行の生徒たちや女子工員たちの生態、同業の番頭仲間たちとの浮気慰安旅行など、戦後風俗の一面を活写する。客に対する愛想笑いと丁重な物腰の裏に、番頭には冷徹な観察と皮肉の目があり、語り口には諧謔と自嘲が交錯する。主人公をとりまく主要人物に、旅行案内業〈添乗員〉の万年学生〈万年さん〉、同業の番頭たち、芸者から女子工員の引率者へ変身した女性〈於菊〉、旅館近くの飲み屋・辰巳屋のおかみなどがいて、於菊と辰巳屋のおかみ、二人の女性は主人公と艶っぽい関係になりつつ、男女として結び付かないままに終わる。

映画版『駅前旅館』〈豊田四郎監督、八住利雄脚本、東京映画製作・東宝配給、一九五八年〉は主人公に森繁久彌、番頭仲間に伴淳三郎、万年さんにフランキー堺、於菊に淡路恵子、辰巳屋のお

図⑩　映画『駅前旅館』写真記事（『キネマ旬報』1958 年 7 月下旬号）

かみに淡島千景、生徒引率の教師に藤木悠、ほか左卜全、草笛光子、多々良純、森川信、山茶花究《さざんかきゅう》、浪花千栄子ら芸達者そろい。「喜劇」と銘打たれるのはシリーズ化される次作『喜劇駅前団地』（久松静児監督、一九六一年）以降であるが、映画『駅前旅館』はまさに〈喜劇〉そのもの、シネマスコープのカラー映画、当時の豪華版でもあり、日本映画全盛期の活気あふれる作品となった。この前年に公開された松竹の『集金旅行』も喜劇性が誇張された娯楽映画であったが、笑いのなかに旅情と地方の特色ある風物を見せる〈旅行映画〉でもあった。かたや『駅前旅館』は大都会に集散する団体旅行の喧騒、その爆発するようなエネルギーを描いた人間喜劇の傑作となっている。そこには敗戦の衝撃を経て、高度経済成長期に入った日本の国民的高揚感と、日本映画の観客数が頂点に達していた映画業界の高揚感とが重なっていた。全国の映画館は入り切れない観客であふれ、後方の立ち見も通路も人で一杯、ドアが閉まらないほどの混雑状況、まさに映画館が爆発寸前、これは若き日の筆者の体験でもある。

映画は原作の人物たちやエピソードの数々を取り入れながら、原作とはまるで異なる〈狂騒喜劇〉へと一変した。その典型が添乗員の万年さん、フランキー堺が仏教信者の講の一行にねだられて「ロックン・ロール」（原作ではマンボ）を踊る場面だろう。宿泊中の女子高生たちに踊りを習いながら、高揚していくフランキー堺と女子高生たち、そこへ講連中の踊り念仏の動きが加わって、旅館の一室はすさまじい喧騒状態と化す。画面一杯にあふれる老若男女の躁と狂乱、これほど井伏文学からほど遠い世界はないだろう。ゆったりしたユーモアや屈折した諧謔味など吹っ飛んでしまった。おまけに、啖呵を切って番頭職を辞した生野次平の森繁は、馬車で山梨の昇仙峡への田舎道を走り、そのあとを追う別の馬車には辰巳屋の淡島千景が乗っている蛇足ぶり。森繁、伴淳三郎、フランキー堺、三者の掛け合い芸の絶妙さは見ものである。二人の女性（淡路恵子、淡島千景）と森繁の艶っぽいやりとりも見事で、ここには原作の味わいがいくらか残っている。

同じ豊田監督の『夫婦善哉』（織田作之助原作、一九五五年）、『猫と庄造と二人のをんな』（谷崎潤一郎原作、一九五六年）、『雪国』（川端康成原作、一九五七年）、『如何なる星の下に』（高見順原作、一九六二年）など、男女の色恋、見栄と本音、情緒纏綿《てんめん》の描写が共通している。このような文芸映画の脚本を担当したのはいずれも八住利雄、数多くのシナリオを手掛けたベテランである。映画『駅前旅館』は好評を博したことから、〈喜劇〉を強調してシリーズ化され、井伏鱒二の世界から飛び立ってしまった。〈喜劇　駅前シリーズ〉は全作二三本、うち豊田四郎は『駅前百年』（一九六七年）と『駅前開運』（一九六八年）を監督している。

都会の共同体幻想――『貸間あり』

原作の『貸間あり』は、敗戦からちょうど三年目の一九四八年八月末、東京の鎌倉文庫社から単行本が出ている。短編や随筆も多い井伏鱒二にとっては長編であるが、『集金旅行』『本日休診』『駅前旅館』がそうであるように、中編に近い長さなので読みやすい。舞台は東京の荻窪界隈、戦後の住宅難を背景にしており、大きな屋敷のいくつもの棟や部屋が細分化されて貸間となっており、そこに間借りする人々の物語である。主人公と思われるユミ子は戦時下にマレーへ軍の病院の看護婦として派遣されたが、実際には報道班に回されて邦文タイプライター、さらには酒保の仕事をやらされ、敗戦により復員者として帰国する。物語は、ユミ子がマレーで知り合った作家の宇山を訪ねて、どこか住むところはないだろうかと相談をする場面から始まる。宇山は自分が執筆用に借りていた「青柳アパート屋敷」の貸間をまた貸しする。そこでユミ子が出合う住人たちの日常生活、共同生活のような付き合い方が客観的に叙述されていく。家主は隠居部屋に住む一人暮らしの老人、といっても、朝飯は共同の食卓につくので、孤独ではない。間借り代の集金その他、家主に代わる世話役は若手の「五郎さん」が担当していて、ユミ子は五郎さんに心魅かれていく。ほかに、ユミ子の隣室にはコンニャク製造業の洋さん、別棟二階には闇屋のヤスヨ女史、学生兄弟、離れには三人の旦那を通わせている若いお千代さんなどなど、計一八人ほどが住んでおり、隠居老人を除けば、それぞれ苦労しながら日々の糧を得ている。多くの人々が貧しかった戦後生活、とくに東京のような都会ほど、住宅、食料、生活用品が不足していた時期である。後半では、お千代さんの悲劇が起きたり、代理受験を依頼された五郎さんが九州へ行ったきり帰京できなくなった顚末など、ユミ子が取り残されたまま結末を迎える。

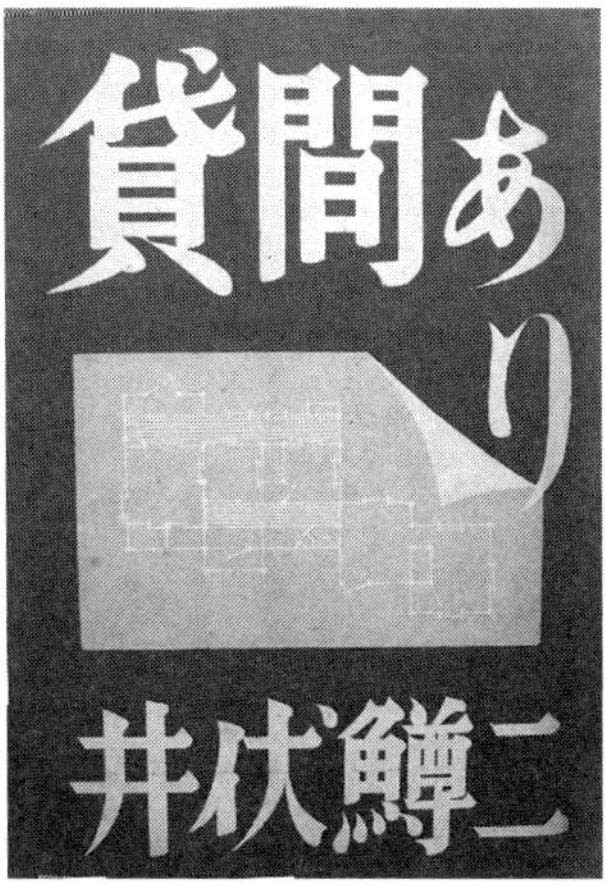

図⑪　『貸間あり』（1948年）カバー

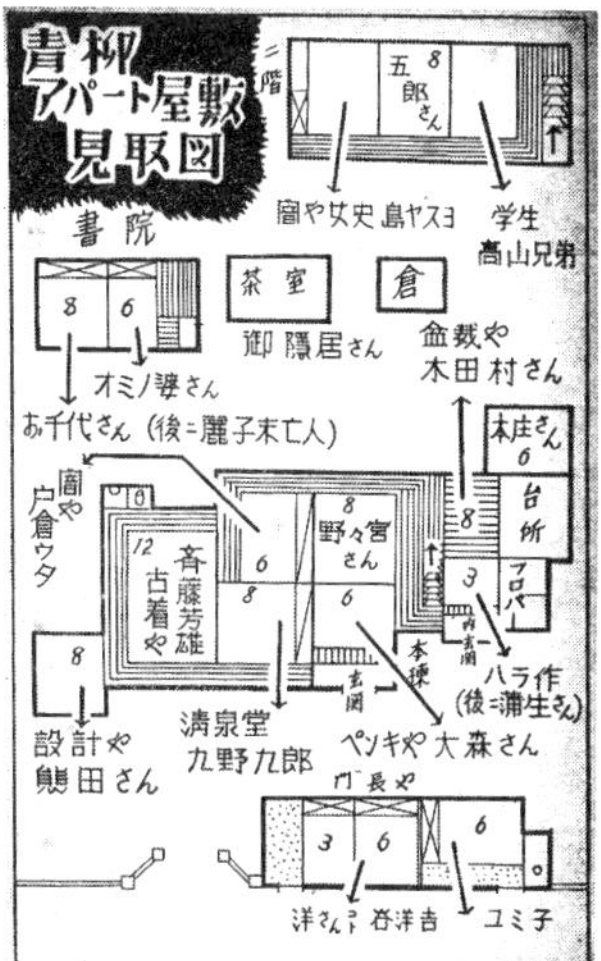

図⑫　『貸間あり』付録の「青柳アパート屋敷見取図」

『貸間あり』は庶民の物語でありながら、一風変わったエピソードが連なっていく点で、『集金旅行』のアパートの住人たち、家賃未払いのまま去った元住人たち、あるいは『本日休診』の患者や家族たち、『駅前旅館』の番頭や旅行案内人、周辺の女性たちなど、近隣共同体ないし疑似共同体の人々をめぐる物語の系譜にある。もっとも、原作の刊行順でいえば『貸間あり』は戦後の最初だから、戦前作まで遡ると、『多甚古村』「四つの湯槽」（映画『簪』）、『おこまさん』（映画『秀子の車掌さん』）、『貸間あり』『本日休診』『駅前旅館』となる。「一風変わったエピソード」とはいえ、庶民一人一人には各自がこだわる生活様式があり、思考があり、めいめいに独自の人生があることはいうまでもない。短編も合わせて、井伏文学の底流には庶民――柳田民俗学風に〈常民〉と呼ぶ人もいるが――各自の人生の断片、そこに鬱屈する哀しみとおかしさが共存している。このおかしさは声高の笑い、爆笑や哄笑ではなく、声には出ない笑い、読者の心の耳に静かに聞こえる笑いでもある。

映画版『貸間あり』の評価

映画版の『貸間あり』（川島雄三監督、川島雄三・藤本義一脚本、東宝、一九五九年）、これはもう原作から遠ざかること、はなはだしい。獅子文六が「原作料は我慢料」と言ったことを思い出す。井伏文学の小さな笑いは、映画版『集金旅行』から『駅前旅館』へ次第に誇張され、風俗喜劇、そして騒々しいドタバタ喜劇へと移行していくが、映画『貸間あり』では、原作の影がかすんでしまい、監督・川島雄三作品へと大化けしてしまった。原作の有無にかかわらず、映画は映画として自立すればよいのだから、登場人物やエピソードの相違をあげても仕方ないが、井伏文学の映画化と受け止めてみると、映画版が下卑たドタバタ喜劇になってしまった印象はぬぐえない。当時の批評でも、フランキー堺が多淫な女に繰り返し挑まれる場面を例に挙げながら、「正視するに堪えぬほどである」「井伏鱒二の小説を材料にしていながら、これはまた何というひど

図⑬　映画『貸間あり』写真記事
（『キネマ旬報』1959年6月下旬号）

い脚色、演出だろう」「原作に現れる、とぼけた哀しいユーモアに包まれた愛すべき好人物は全然影をひそめ、恥ずることを知らぬ、あつかましい厭な人物ばかり登場する」「川島雄三は、とほうもない下品な、痴呆的作品を作り上げてしまった」と、同監督の評価の高い『幕末太陽伝』に比べて落差の大きかったことに呆れている（戸田隆雄、『キネマ旬報』一九五九年七月下旬号）。

原作では、アパート屋敷の舞台は東京・荻窪界隈にあり、「貸間あり」の札が下がる書店は阿佐ヶ谷の設定であるが、映画では舞台が大阪へと大移動、通天閣がやや遠くに見える高台、アパート屋敷はその崖っぷちにある。五郎さんにはフランキー堺が扮し、さまざまな道具、器具や小物がぎっしり詰まった部屋は、まるで現代の平賀源内でもあるかのような町の発明家的雰囲気である。ユミ子役には淡島千景が扮し、陶芸家の役柄。原作では会社勤務のタイピスト、夜は大道易者の副業を周囲から勧められて四苦八苦の独学中という設定とはまるで異なる。原作ではコタツが重要な役割をはたしており、五郎とユミ子の微妙なふれあいがそのなかで行われ、ユミ子の心をときめかすが、映画のユミ子はきびきびした態度を見せ、五郎に対しても臆することはない。原作のひかえめな慕情は見られないのだ。

ラストシーンは、まさに映画独自の挿入場面であり、洋さん役の桂小金治が古びた屋敷の前、通天閣を望む高台の崖っぷちから立ち小便をする、「サヨナラだけが人生だ」とつぶやいて。このせりふは、中国の于武陵《うぶりょう》による五言絶句「勧酒」から井伏鱒二が訳した一行（結句）であり、『貸間あり』の原作にはない。訳詩だけを掲げておこう。

コノサカヅキヲ受ケテクレ
ドウゾナミナミツガシテオクレ
ハナニアラシノタトヘモアルゾ
「サヨナラ」ダケガ人生ダ(61)

酒を詠んだ詩であり、際限なく酒を飲み続けた井伏鱒二と川島雄三は酒でつながってもいる。この立小便のシーンはまさに川島雄三の露悪趣味で、ここで映画が終わる。といっても、このシーンには一抹の寂しさと爽快感がないまぜになっており、映画の締めくくりとしては意表を突くが、下卑た画面には見えない。原作が刊行された一九四八年は、敗戦後の閉塞感と解放感のなか各人必死の生活設計でやりくりしており、国民全体の貧しさ、根なし草のごとき東京流民の哀しさと健気などが集約されたアパート屋敷であった。映画が公開された一九五九年になると、すでに戦後の神武景気から岩戸景気へと経済は上昇気流が続き、映画業界も絶好調、電化製品が家庭へ浸透しはじめ、映画にはテレビさえ登場している。原作では、故郷に帰ったお千代の自殺がアパート仲間に手紙で暗示され、代理受験で苦境に陥った五郎も帰京できないと手紙で明かされる。このように、原作には人生の鬱屈や哀しみが色濃く流れているが、映画ではむしろ庶民の生のエネルギーが満ちあふれ、発散している。川島雄三はのちのインタビューで次のように語っている。

ずいぶん非難されて困りました。井伏さんの作品はだいたい好きなんです。今までの作品で自分が考えてきたことと同じで、日本の敗戦感と、人間の生きる悲しさを出したつもりが、どぎつく、きたない感じだ、と原作者の井伏さんにもおこられました。たしかに、人間の汚さ、色気を、図式的に出しすぎたきらいはあります。しかし、小生としては悲鳴をあげていることが理解されなかったのは、悲しく残念です。汚さの中で、自分の悲しみを出したかったのに、反対に解釈されてしまった。作者としての自分が泣いていることが、ちっともわかってもらえなかった。そういうところで、逆に日本の貧しさを考えます。ちょっとイヤになって酒を飲む回数がふえたように思います。

（今村昌平編『サヨナラだけが人生だ——映画監督川島雄三の一生』二四七頁）

「作者としての自分が泣いていることが、ちっともわかってもらえなかった」とは意外な感じがする。この映画から川島監督の「泣く心情」が推察できるだろうか。井伏作品には作者当人が「泣いている」主観的表現はほとんどなく、『貸間あり』でも描写は客観的であって、挿入されるわずか二通の手紙——お千代と五郎からアパート屋敷の住人へ送られた別々の二通——にしか主観は反映されていない。今村昌平は、前掲書『サヨナラだけが人生だ』に「タコとナポレオン」という奇妙な題の文章を寄せている。タコは川島雄三の小学校時代のあだ名、ナポレオンは川島の父親が口にした「英雄」で、誰もが知る名前。今村昌平は川島雄三の突然死（一九六三年）から書きはじめ、未亡人とともに遺骨を納めに川島の実家、青森県下北を訪ねた折、川島家の詳細な経歴を聞かせてもらった。ここで明らかにされたのは、川島雄三についてそれまで噂されてきた小児麻痺ではなく、家系に伝わる遺伝の問題であった。助監督として川島雄三の死まで深く付き合った今村昌平は川島を冷静に観察し、ときに冷たく突き放してもいる。その冷静な観察はのちの回想「田舎者の太陽傳」（磯田勉編『川島雄三　乱調の美学』）でも明らかだ。一方で、川島を「何人かに取巻かれてオダを上げている彼の姿に、闊達な男性的な明るさを見ると同時に、いつもさしている孤独の影を見ない人はなかったであろう。／川島雄三はしかし見事に生きた。〈遺伝と死の〉恐怖はたしかに例えようもなく重かった。それでも彼は四十五年の一生を精一杯生き切った」（『サヨナラだけが人生だ』三三頁）と、その生きざまを偲んでいる。今村昌平が見抜いたように、『幕末太陽伝』の居残り佐平次は『貸間あり』の五郎さんへ、フランキー堺の身体を通して生き延びたのであり、居残り佐平次と五郎、二人の活発な生活適応力は川島雄三の父親の姿と重なってくる。ただし、両者とも画面と物語から遁走してしまう。『幕末太陽伝』の助監督・今村の問いに対する監督・川島の返事は「積極的逃避」だったという。消極的か積極的か、井伏鱒二の人生も〈逃避の旅〉が重要な意味を持っていた。せっかく入った早稲田大学で、ロシア文学の片上伸教授から「不愉快な冗談ごと」を受け、逃れるべく帰郷、そこでも居場所なく因ノ島へ旅に出たからである。

井伏作品の映画化はほかに『珍品堂主人』（豊田四郎監督、八住利雄脚本、一九六〇年）、『風流温泉　番頭日記』（青柳信雄監督、長瀬喜伴脚本、一九六二年）、『黒い雨』（今村昌平監督、今村昌平・石堂淑朗脚本、一九八九年）がある。『珍品堂主人』の原作は一九五九年、『風流温泉　番頭日記』の原作は短編「掛け持ち」で一九四〇年、『黒い雨』は一九六六年に書かれた。『珍品堂主人』は主演級の森繁久彌、淡島千景、淡路恵子、柳永二郎、脇役の山茶花究らの好演もあり、原作の雰囲気を残しつつ、男女の色気を強く漂わせ、カラー・フィルムの彩りで華やかさを増し、料理と骨董の世界を楽しめる映画となった。『風流温泉　番頭日記』は原作の釣りと旅館を基本材料に、原作とはだいぶ異なる逸話や女性たちを登場させて味付けを大きく変えた。主演の掛け持ち番頭役に小林桂樹。『黒い雨』は、実在の人物の日記を基に、姪の縁談がうまくいくようにと、叔父が被曝日記を書いていく平凡な庶民の物語。映画では森繁久彌と中井貴恵《きえ》が叔父・姪を演じた。むろん、ユーモア小説ではない。しかし、ユーモア文学とも受け取れるほかの小説のなか、『籤』の傷痍軍人、映画『本日休診』に組み込まれた「遥拝隊長」、『貸間あり』の敗戦で復員帰国したユミ子など、戦争の影はあちこちにみられる。『黒い雨』はその暗い影を正面から取り上げたともいえる。井伏文学のユーモア、物語の表面ではなく底に流れるかすかなおかしみといったものは、原作かどうかにかかわらず、映画にも類似の作品があるだろうか。いや、なかなかみつかりそうにもない。

ユーモア小説と映画にさす戦争の影

これまで、日本のユーモア小説とその作家たち、そして日本映画との関係をみてきた。取り上げた小説はいずれも代表作や当時の人気作であり、映画化の対象にもなった作品である。扱う時代は明治半ばから昭和の戦後復興期、高度経済成長の入口に達した頃までとした。時代は近い過去になるが、ユーモア小説が読者に伝えたもの、映画作品におけるその解釈と変化、批評や観客の反応を眺めてみた。

こうしてみると、各作家に戦争の影が見え隠れするのは、彼らが生きてきた時代との関わりゆえだろう。漱石には、日露戦争の〈勝利〉に浮かれる世の中への嫌悪感があり、それは『吾輩は猫である』でも吐露されるのだが、『三四郎』では、熊本から列車で上京途中の三四郎が相席の男に「是からは日本も段々発展するでしょう」と言うと、男はすまして「亡びるね」と応える。漱石の不安を掻き立てたのは戦争だけではなく、その元を作り出した近代西洋文明であり、それを受け入れて突き進む近代日本の姿である。戦前の映画版『吾輩ハ猫デアル』で、山本嘉次郎監督は漱石の「日露戦争」を第一次世界大戦へと移して、「個人主義的な観念の中にまごまごしているうちに世界はドン〳〵進んで行って了う」「低徊趣味の男の悲劇」としてとらえ直した（本書四五頁）。ちなみに、『ホトトギス』誌における『吾輩は猫である』連載第一回目と、ロシア軍が旅順で降伏した年月は同じ一九〇五年（明治三八）一月。第一次世界大戦は一九一四年（大正三）七月に勃発し、一八年（大正七）一一月に停戦、この頃、漱石は病気に苦しみ、一五年末には死去している。

漱石自身はあずかり知らぬ映画『吾輩ハ猫デアル』が製作・公開されたのは一九三六年（昭和一一）四月、当時の日本では軍部の力と横暴が増すばかり。日本軍は満洲事変を機に中国を挑発、満洲帝国をすでにでっちあげていた。ナチスによるユダヤ人の市民権剥奪、イタリアのエチオピア侵略が一九三五年、映画公開直前の三六年二月には、二・二六事件が起きている。P.C.L.映画製作所や山本嘉次郎個人に明確な政治的イデオロギーがあったわけではなく、国家主義や全体主義とも無縁であったはずだが、国内外に緊迫する状況があって、監督にこのような〈漱石像〉、いや〈苦沙弥先生像〉が浮かんだのだろう。とはいえ、肝心の映画では、丸山定夫の〈まごまごしている先生〉の気弱さと寂しげな表情が観客の共感を呼んだのではないだろうか。少なくとも、はるかのちの観客の一人、筆者にはそう見えた。広島で被爆死した丸山と劇団の悲劇が知られているから、なおさらそう見えたのかもしれない(62)。

佐々木邦はマーク・トウェインや夏目漱石を先駆者とみて、ユーモア文学に世の警醒の役割をみながら、実際には現世の規範を超えず、若者を励ましつつ現世とうまく折り合う物語、少年小説や家庭小説を多く書き続けた。ただし、三〇年代以降は検閲と統制の強化が進むにつれ、体制と妥協せざるを得なかったと推察される。戸坂潤に「有閑サラリーマン文学」と呼ばれた所以である。日中戦争下の一九三八年、約四〇名の大衆作家たちを動員した〈大日本文学研究会〉（または〈日本文学研究会〉）が結成されたとき、佐々木邦は発起人の一人で、参加者には獅子文六の名もあったという。[63] ここでの佐々木邦の役割や心境は不明だが、作家同士の会合では軍部の悪口もずいぶん出たというし、次男が戦死しても靖国詣でを拒否して、遺族年金すら受け取らなかったから、彼は戦後になってやっと、国家に強制された犠牲はもうたくさんだという意思の表明ができたのだろう。

獅子文六は岩田豊雄の本名で『海軍』（一九四二年度、朝日文化賞）や『海軍随筆』を書き、海軍報道部嘱託も引き受け、戦後に批判される汚点を残した。ユーモア作家がこれほど国民精神高揚に資する小説を書いたことは、いくつもの喜劇映画に才能を発揮した山本嘉次郎監督が『ハワイ・マレー沖海戦』（一九四二年一二月三日公開）で、国民を熱狂させたことと似ている。山本監督は続いて『加藤隼戦闘隊』『雷撃隊出動』を監督、戦後は批判されたにもかかわらず、戦犯とはならなかった。この点でも獅子文六と同様である。『海軍』の原作には凛とした緊迫感があり、文章にも無駄や遊びがない。個人の伝記ではなく、「海軍」の伝統を描きたかったと著者が述べているように、映画の淡々とした描写も原作に近い。小説、映画とも海軍省の支援を得て取材、あるいは撮影されており、未曾有の戦争が進行中であることへの緊張感が感じられる。緒戦の大勝利がもたらした「感激と厳粛な感慨」は当時の一般人、知識人、文化人を含むおおかたの心情の反映だったのだろう。

戦後、戦争協力者として名前が出た獅子文六ではあったが、戦争末期に疎開した四国の愛媛で得た素材と経験を元に、ユーモア小説家として復活した。そこには敗戦が日本にもたらした旧規範の転換が驚きの目で、皮肉っぽく、また楽しく語られている。「てんやわんや」の状態は敗戦日本だけでなく、獅子文六の精神状態でもあっただろう。彼がみた旧規範の大転換、とくに男女のジェンダーの問題は現代でも進行中である。もっとも、前述した田添一幸は、占領下の日本にはジェンダーのゆらぎが生じたが、独立後の高度経済成長期に、男たちは企業戦士として、女たちは家族と家庭を守る主婦として、ジェンダー観が再編成されたとみるので（注43参照）、ジェンダーのゆらぎは現代に再び浮上したというべきかもしれない。

ところで、戦前・戦中にいくらかの小説を書いたとはいえ、戦後に本格的作家として出発した源氏鶏太に戦争の影は筆者にはあまりみえない。本書で取り上げた源氏作品は、戦争の影よりも、やはり敗戦がもたらした強い女性（その逆の恐妻家たちも）、そして作者の希望としての、会社員と重役の和やかな関係が基調となっている（現実には労使紛争が多発したが）。高度成長を支えた企業戦士への応援歌でもあるが、源氏の小説のサラリーマン世代は戦争体験者がほとんどであり、新入社員の若きホープたちも大半が軍国少年だったはずである。国家への滅私奉公から会社への奉仕・協調への転換。戦後に強くなった女性でも、源氏鶏太の世界では男性への協力・随伴にとどまった五〇年代から、六〇年代以降には男性と対等のパートナーへと変わっていく。『堂堂たる人生』や『青年の椅子』で演じた、芦川いづみの役柄はそれに近いだろうか。

井伏鱒二には明らかに戦争の影がある。というより、戦争体験者、目撃者、観察者として、戦争そのものをみつめた人である。一九四一年（昭和一六）一一月、陸軍に徴用されて南方に向かう航行中、「大東亜戦争」開始を知った。マレー半島のシンガポールへ入り、記事、文章を『東京日日』『大阪毎日』などの新聞へ送り、ほぼ一年間の勤務後、帰国した。ユーモア小説ではないから、本書ではふれなかったが、山下奉文《ともゆき》将軍にどなられた体験にふれた、なにやらユーモラスでもある短編「悪夢」（一九四七年）、従軍文士として派遣先へ向かう途上の逸話を連ねた「犠牲」（一九五一年）など、戦後に書かれた文章からでも、井伏鱒二が『海軍』や『ハワイ・マレー沖海戦』などの高揚からはほど遠い位置にいたことがわかる。戦争は彼にとって「悪夢」だったかもしれないが、井伏鱒二は「戦争をくぐることで、その散文的な認識の目が一層深まり、ゆるぎない作家精神を確立」させたと文学研究者の東郷克美はみる。戦争をくぐったことが、のちの『黒い雨』を準備させた（東郷克美『井伏鱒二という姿勢』一六四—一六五頁）とすれば、それが反映された映画はやはり『本日休診』であるに違いない。「遥拝隊長」を大胆に、そして違和感なく別の原作に溶け込ませてしまった。映画の結末で、戦争の哀しい影が浮き彫りにされ、いつまでも心に残る。

このように、本書で取り上げてきた作家、小説、映画には、世代的なこともあり、なんらかのかたちで戦争の影が見え隠れしている。ユーモア作家が明るさのなかに、ときに辛辣、皮肉、ペシミズムをかいま見せるとすれば、それは彼らがこの世の影を忘れていなかったからだろう。

Ⅵ 日本映画のユーモアと諷刺

「木下恵介フェア」パンフレット
(松竹シネサロン)

喜劇映画とユーモア映画──斎藤寅次郎、伊丹万作、小津安二郎

ユーモア文学とその映画化作品から目を移して、喜劇映画の視点から日本映画史を概観してみよう。日本映画の興隆期と絶頂期は大正時代後期、とくに関東大震災以降から戦後の高度経済成長の始まった頃（一九二〇年代から六〇年代初頭）までであり、各社が撮影所システムのもとで大量に映画を製作して、観客数が上昇し続け、映画が娯楽の王様になった時期である。商品として大量に生産されていった映画には、多様な題材が入り込み、いくつかの大きなジャンルが形成されていった。

喜劇映画群に絞ってみると、笑劇、滑稽劇、喜劇の監督はいても、〈ユーモア映画監督〉はいなかったし、個別作品に〈ユーモア映画〉という呼び方も定着しないままだった。観客は喜劇を楽しんだから、むろん、ユーモアや笑いを得意とする監督、ユーモアを体現するのが巧みな俳優たちはいた。ここで、監督の斎藤寅次郎（寅二郎、一九〇五─八二）と伊丹万作（一九〇〇─四六）、小津安二郎（一九〇三─六三）の三人をサイレント映画時代から戦前のトーキー初期喜劇、または笑いの映画の代表になってもらおう。

斎藤寅次郎は、スラップスティック（ドタバタのギャグ）を基本に、日本で最も多くの喜劇映画を撮り続けた監督である。おかしな身体運動や視覚的な大騒ぎを見せる映画であった。この

監督には失われたフィルムも多く、とりわけサイレント映画で現存するのはわずかに『モダン怪談　壱〇〇、〇〇〇、〇〇〇円』(斎藤達雄主演、一九二九年)と『石川五右衛門の法事』(渡辺篤主演、一九三〇年)、初期のサウンド版では『子宝騒動』(小倉繁主演、一九三五年)と『爆弾花嫁』(編集のみ参加、監督は佐々木啓祐、一九三五年)など、松竹時代のいくつかで、いずれも家庭用小型映画のフィルムから修復されて現代に蘇った。

一九三〇年前後には〈エロ・グロ・ナンセンス〉の言葉が流行した。その大衆性、観客数の大きさから検閲は映画に対して最も厳しかったので、当時の映画は〈エロ〉も〈グロ〉もたあいない表現しかできなかったが、〈ナンセンス〉映画は斎藤寅次郎喜劇が代表したともいえる。斎藤寅次郎はトーキー時代には東宝で、榎本健一主演の『エノケンの法界坊』(一九三八年)、古川緑波主演の『ロッパの大久保彦左衛門』(一九三九年)、横山エンタツ・花菱アチャコ主演の『エンタツ・アチャコの新婚お化け屋敷』(同年)ほか、喜劇畑の俳優たちを使ってナンセンス喜劇、アチャラカ喜劇を作り続けた。

ナンセンスの趣向は、時代劇必須の〈殺人場面〉を嫌う伊丹万作監督が時代劇に仕掛けた〈爆弾〉でもあった。論理やつじつまを超越した画面のギャグ、これに近い領域は漫画であり、ナンセンス映画は微温的なユーモア表現を飛び超えて、漫画的表現にも接近した。伊丹の『国士無双』(部分のみ現存、一九三二年)、『気まぐれ冠者』(一九三五年)、『赤西蠣太』(一九三六年)などはいずれも片岡千恵蔵主演、千恵蔵プロ作品で、当時の時代劇を諷刺するユーモアやギャグ、道化精神に満ちている。このように映画物語からも登場人物からも距離を置く演出スタイル、これをモダニズムの詩人で、映画批評家でもあった北川冬彦は「散文精神」と呼び、伊丹作品を好んだ。「散文精神」といえば、東郷克美が井伏鱒二の「姿勢」にみたものと共通する（本書二二五頁）。ナンセンス映画と井伏作品、井伏の初期にはナンセンス文学とも接点があったことを思い出そう。伊丹万作は病身のため監督業を引退し、戦後すぐに書いた「戦争責任者の問題」（『映画春秋』創刊号、一九四六年八月）は、戦争へと「騙された」多数の国民にも距離を置いてみる散文精神の目だった。『赤西蠣太』は志賀直哉の短編が原作である。テレビ用にリメイクした市川崑《こん》（一九一五―二〇〇八）版（一九九九年）は伊丹万作版にほぼ従いつつ、独自の様式で統一された秀作となっている。すなわち、市川崑監督の気質と伊丹万作とには相通じるところがみられる。

　小津安二郎監督はユーモアあふれる短編・中編や、長編の傑作『東京の合唱』と『生れてはみたけれど』を送り出し、トーキー時代には『淑女は何を忘れたか』を発表した。この日本版ソフィスティケイティッド・コメディは、日中戦争が本格化するなか、有閑階級の夫婦の齟齬をすこぶるユーモラスに描いている。これらには原作小説はなく、原案と脚本には映画人たち、北村小松、野田高梧、小津安二郎らが関わっていた。もっとも、『東京の合唱』のユーモラスな、しかし哀れでもある逸話の一つ、主人公（岡田時彦）が中学時代の体操教師（斎藤達雄）――退職して食堂を開店した恩師――に頼まれて旗広告を担いで街頭を歩く場面、前述したように、これは井伏鱒二の短編「先生の広告隊」から採られた[64]。クレジットに原作者の記載がなく、製作側の暢気さ、いいかげんさと、気づかなかったのか咎めなかったのか、原作者の暢気さ、おおらかさがあったのかもしれない。

小津は戦後の一連の家族映画でも有名だが、〈ユーモア映画〉の監督とも呼べるだろう。ユーモアの裏に皮肉を合わせ持っている点でも、小津作品の笑いには苦みがある。戦後にはオナラを主題にした『お早よう』（一九五九年）があり、遺作『秋刀魚の味』（一九六二年）へと至る家族の物語にも、仲間うちのくすぐりやあてこすり、落語のような会話がよく使われている。しかし、戦後の小津作品のユーモアは、戦前に比べると微弱なものとなった。小さな世界の笑いであり、小津の言葉を応用すれば、良くも悪くも「豆腐の世界」である。とはいえ、『早春』（一九五六年）では主人公（池部良）の不倫が暗い影を落とすこの映画を楽しく見て、チェーホフ的な意味で「コメディ」と呼ぶ評者もいた（戸井田道三「あまりに微温的な――小津安二郎とコメディ」、『映画芸術』一九五六年九月号）。ユーモアを漂わせた小津映画。しかし彼もまた戦争体験者であり、いくつかの映画に戦争の影を見出すことができる。近年の小津研究書にはこの影を追求したものがいくつか出ており、新たな視点をもたらしている。[65]

日常生活の喜劇

〈ユーモア映画〉と呼ぶよりも、〈喜劇映画〉の呼称が映画全般に広く適用できる大きなジャンルである。欧米で〈コメディ〉と呼べば、日本語の〈喜劇〉よりジャンルは広がる。一九三〇年代のトーキー初期、そこにはせりふや発声がかもしだすユーモアや笑いも大きな要素となっていた。松竹は『マダムと女房』(五所平之助監督、一九三一年)で、土橋兄弟による自前のトーキー・システムをどうにか成功させた。〈隣の雑音〉を主題とするこの映画は、猫の鳴き声、赤ん坊の泣き声、目覚まし時計のベル、隣のジャズ・パーティなど、日常生活のさまざまな騒音を背景にしている。滑稽劇やドタバタ喜劇ではなく、かすかなユーモア漂うさわやかな結末を持ち、原案・脚本ともに北村小松、つまり映画オリジナルのコメディである。同じく、五所平之助監督『花嫁の寝言』(小林十九二《とくじ》・田中絹代共演、一九三三年)や『花婿の寝言』(林長二郎・川崎弘子共演、一九三五年)などは、新婚生活を描いたユーモアあふれる喜劇の佳作に入るだろう。林長二郎は東宝移籍後に長谷川一夫へ改名しており、両作ともシナリオ・ライター伏見晁の脚本である。『花婿の寝言』では、朝の出勤前に新婚夫婦のアツアツぶりがいつまでも続き、あげくのはてに夫は「ああ、会社に行きたくないな」とため息をつく。これらの新婚喜劇が公開された頃、満洲事変以降に続く、上海事変、満洲国建設、五・一五事件、国際連盟脱退等々、軍部の拡張主義と右傾化が進み、経済恐慌に続く不況、農村の窮乏も重なっていた。甘いだけの夫婦の描写に徹した、この〈新婚喜劇〉は時代からの完全な逃避映画だったのか、時代へのユーモアをこめた挑戦だったのか、両義的存在にもなりうるが、いずれにしろ商業映画であったから、とりわけ女性観客をねらった、ばかばかしくも甘く楽しいお正月映画(一月に公開)だったと思われる。

当時のトーキー映画には歌と踊りが加わり、〈音楽喜劇〉と呼ぶジャンルが成立している。P.C.L.はとくにこのジャンルに力を注ぎ、初期の『ほろよひ人生』（木村荘十二監督、一九三三年）、漫画の実写化『只野凡児　人生勉強』（同、一九三四年）、そしてエノケンの映画初出演『エノケンの青春酔虎伝』（山本嘉次郎監督、同年）ほかを続々と製作していった。音楽喜劇ではないが、本書で論じた『いたずら小僧』『人生初年兵』『吾輩ハ猫デアル』などもP.C.L.作品である。P.C.L.は一九三六年に東京宝塚およびJOスタジオと合同して、東宝映画配給網を形成、翌年には東宝映画株式会社となる。その後の東宝喜劇は、松竹から移ってきた斎藤寅次郎監督やP.C.L.の山本嘉次郎監督、俳優たちに支えられながら、ロッパ、エノケン、エンタツ・アチャコ等々、人気の喜劇俳優らを主演させた歌入り喜劇路線を活発化させた。芸達者な喜劇映画人たちについては、その身体、容貌、声、身振りや扮装など、存在自体と見かけにもユーモア度が大きいので、むしろ彼らが本来依拠した軽演劇の舞台、そこでの生の表情、呼吸、アドリブ、身振り、テンポなどと映画との比較が重要になる。

次に戦後映画において、ユーモア小説の影響よりも、映画独自のユーモアや笑い、諷刺を作り出した監督をみていこう。

人情喜劇・都会と田園――木下恵介から山田洋次へ

戦時下、菊田一夫の戯曲『花咲く港』（一九四三年）の映画化で監督デビューした木下恵介（一九一二―九八）は、戦後になると、原作に頼らず独自の脚本を多く書いている。『破れ太鼓』（一九四九年）、『カルメン故郷に帰る』（一九五一年）、『カルメン純情す』（一九五二年）、『風前の灯』（一九五七年）、『春の夢』（一九六〇年）。これらはすべて監督自身のオリジナル脚本であり、『破れ太鼓』のみが弟子の小林正樹（のちに監督）との共同脚本である。

最初の木下喜劇『お嬢さん乾杯』（一九四九年）、この脚本は新藤兼人のオリジナルではあるが、完成作の明るさとユーモアは木下恵介の演出によるところ大であろう。日本の小説よりはむしろアメリカ映画の影響が大きく、これについては山本喜久男の研究「木下恵介とフランク・キャプラ」[66]が詳しい。彼はそこで、かつて飯島正が「〔日本の〕喜劇〔映画〕は外国からきたジャンルである」と述べたこと、そして当時の日本で高い評価を得た『お嬢さん乾杯』と『破れ太鼓』が木下恵介によるフランク・キャプラ研究の成果であったことを紹介している。山本は「木下恵介のフランク・キャプラ研究」を確認すべく、キャプラの『或る夜の出来事』（日本では一九三四年八月公開）が『お嬢さん乾杯』に与えた影響と、同じくキャプラの『我が家の楽園』（日本では一九三九年四月公開）が『破れ太鼓』に与えた影響を具体的に比較分析した。彼は「この映画〔『お嬢さん乾杯』〕も階級の違う男女が、お見合い、交際、結婚の道程を共にする物語であり、その間に二人をめぐるさまざまな対立とその克服を機智豊かに描いている」と述べる。つまり、『お嬢さん乾杯』は背景が敗戦直後の日本（東京）へ、そして〈民主化時代の男女〉へと変えられたのである。

戦前の日本では、外国映画――その大半はアメリカ映画――から主人公のキャラクターやプロットを借用して、換骨奪胎してしまうことは、小津も含めて珍しいことではなかった。だが、プロット借用のことよりも、『お嬢さん乾杯』の画面を躍動させているのは、広い道路と空間（実は敗戦後の焼け跡空間）を走るバイクと自動車、自由な男女の髪型と服装、こぎれいなアパートと邸宅、ギターとピアノ、バーのダンスと劇場のクラシックバレエ、熱気あふれるボクシング会場など、庶民と上層階級、その都市文化の混在とダイナミズムを視覚的に見せたことにあるのではないだろうか。戦時下では軍部に批判された欧米文化、とりわけアメリカニズムが戦後

図①　映画『お嬢さん乾杯』（1949年／佐藤忠男『木下恵介の世界』1984年）

の日本映画で復活したことになる。『お嬢さん乾杯』には、短い矢継ぎ早の対話、その切り返しショットや画面転換に心地よいテンポがあった。そして木下忠司の甘いロマンティックなシャンソン風の主題歌「赤い恋のバラ」が反復して歌われるのは、三〇年代のフランス映画、ルネ・クレール監督の『巴里の屋根の下』

我が恋せし乙女

図②　『我が恋せし乙女』写真記事（公開題名『わが恋せし乙女』／『新映画』1946年9月号）

や『巴里祭』の雰囲気を想起させる。つまり『お嬢さん乾杯』は敗戦後の解放感と欧米への憧憬、これらが一体化した和製ロマンティック・コメディなのである。ただし、原節子扮するヒロインが上流階級出身の〈大和なでしこ〉、おしとやかで控えめな女性であるのに対して、『或る夜の出来事』のクローデット・コルベール扮する富裕階級の令嬢は、親に従わない〈じゃじゃ馬娘〉、自我の強い女性である。また『お嬢さん乾杯』では、佐野周二扮する主人公は、男性から女性への一方的な愛ではなく、女性からも対等な愛を要求する。それゆえ、ラストシーンでヒロインは

「惚れております」と、原節子にはまるで似合わないせりふを言わせて、彼のあとを追わせることになる。日本における〈男女の民主化〉はとりあえず、男性から女性へ、そして女性から男性へも呼びかけられたのである。これより前の作『わが恋せし乙女』（一九四六年）も木下恵介の脚本であるが、これはアメリカのサイレント映画『我が恋せし乙女』（一九二三年）の焼き直しだった。[67] 高原を馬で駆け回る男女の姿は、背景のロケーション撮影の牧歌的美しさとともに、観客に〈敗戦日本〉の暗さを忘れさせたという。

木下恵介の喜劇映画には人情喜劇と諷刺喜劇が共存しており、それらは占領下ではＧＨＱの方針に従ったり検閲でもめたりしながら、阪東妻三郎主演の『破れ太鼓』の〈封建的家父長〉を諷刺したホームドラマ（当時〈ホームドラマ〉の呼称はまだない）へ至り、『わが恋せし乙女』から喜劇に傾斜した地方色豊かな『カルメン故郷に帰る』へ、そしてその東京版ドタバタ諷刺喜劇『カルメン純情す』へと至る。また、灯台を守る夫婦愛メロドラマ『喜びも悲しみも幾歳月』（一九五七年）で観客をしみじみさせたかと思うと、同じ主演の佐田啓二と高峰秀子を『風前の灯』（同年）では〈いがみ合う仲の悪い夫婦〉に一変させて、監督みずから自作をパロディ化してしまった。お正月映画として公開された『春の夢』（一九六〇年）では、製薬会社の社長邸宅で突如倒れた焼き芋屋（笠智衆が扮する）を脳溢血のため客間から動かせず、争議中の会社の問題と家庭内のもめごとが、焼き芋屋を布団に寝かせたまま進行する。なにやら渋谷天外、藤山寛美の上方喜劇を思わせる舞台的な諷刺喜劇となった。

図③　映画『カルメン故郷に帰る』（1951年／佐藤忠男『木下恵介の世界』1984年）

図④　映画『カルメン純情す』（1952年／同）

人情劇に諷刺をからませた喜劇は、その後、同じ松竹から山田洋次監督が出て、『男はつらいよ』（第一作は一九六九年）の〈男はつらいよシリーズ〉（または〈寅さんシリーズ〉）へと移っていく。木下恵介と山田洋次の二人には、都会と田舎を背景にした人情喜劇があるが、〈男はつらいよシリーズ〉になると、都会であれ地方であれ、その風物や温かい人情味がドラマを包み込む。落語からのネタもちりばめられ、テキヤの寅さんの口上があざやかで、そのおかしさは大道芸の伝統と重なり、この系譜の喜劇にある笑いは、小説よりも舞台や大衆演劇、大衆芸能、大道芸などとの接点が大きい。旅の風景描写とともに、映画が吸収した民衆芸の魅力が詰まっているのである。

新しい諷刺映画――市川崑『プーサン』の寂しき笑い

戦前の日本で、短編小説や随筆、喜劇映画や時代劇のなかに紛れ込んだ諷刺は別として、諷刺小説や諷刺映画の本格的な登場はみられない。一九二〇年代末から厳しくなる一方のメディア統制と検閲の結果である。この〈諷刺〉という漢語は古くからあり、間接的な〈あてこすり〉を意味するが、政治的な意図の批判も古くから〈落書《らくしょ》〉と呼ばれるものがあって、詩歌、狂歌などでは〈落首《らくしゅ》〉、文学の領域ではむしろ〈諷喩〉の語がふさわしいかもしれない。ここで〈諷刺〉を筆者なりに解釈すると、文人であれ映画人であれ、社会や現実への強い不満、批判、怒りが精神の根底にある人の表現をいう。そこから読者や観客の笑いが引き出される場合も多くあるだろう。その笑いが哄笑か苦笑

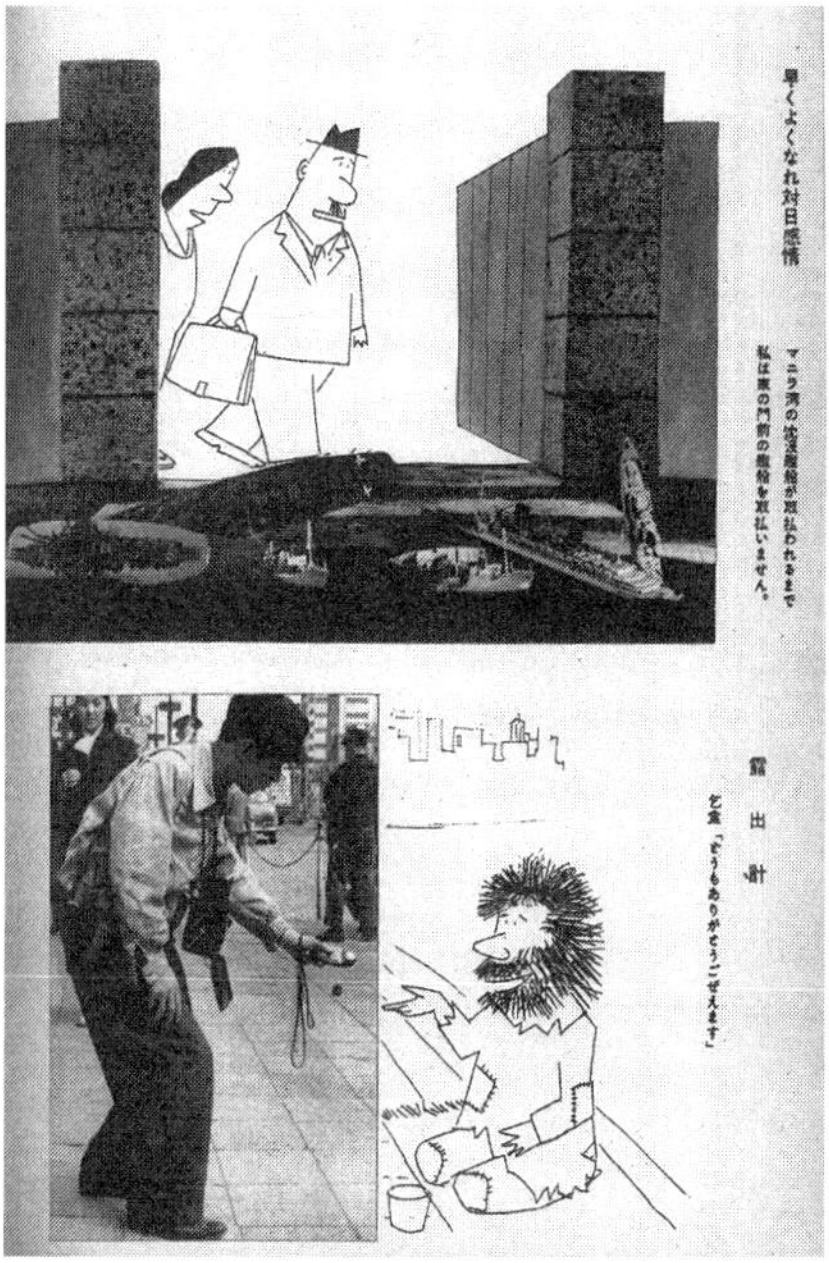

図⑤　横山泰三『世相漫評』。漫画と写真のコラージュ（『サンデー毎日』1954年5月30日号）

図⑥　横山泰三『プーサン』(『毎日新聞』1953年12月29日付夕刊)

か、共感か反発か、驚愕か衝撃かはともかくとして。

敗戦翌年の一九四六年一月、斎藤寅次郎監督による『東京五人男』が公開された。原案はプロデューサーの本木荘二郎、脚本は山下與志一。横山エンタツ、花菱アチャコ、古川緑波ほかの喜劇人たちを主人公にして、都市生活に苦しむ庶民の立場から、食料不足、酒不足、物不足の世に、物資の横流しをする連中、農村の欲深い人々などを槍玉に上げる。喜劇仕立てであり、社会の悪習や反公共的精神を糾弾する〈庶民の正義〉ではあるが、日本政府も困っていた問題を、GHQの方針とうまく合致させた映画であった。戦前の検閲は撤廃されたものの、〈民主主義〉という名の新たな旗の下で、GHQの検閲が始まったからである。

GHQといえば、公職追放は獅子文六原作の『てんやわんや』の背景にあり、男女の平等、とくに女性の自立は同じく『自由学校』の背景にあった。『やっさもっさ』の混血児問題は日米両方に関わる課題でもあった。すべてが渋谷実監督である。この監督には、橋本忍・内村直也によるオリジナル脚本の『勲章』(一九五四年)や、きだみのる原作、菊島隆三脚本の『気違い部落』(一九五七年)など、いずれも諷刺性が強く、木下喜劇とは異なる人間たちのエゴイズム、その偏執ぶりと貪欲を描き出す、愉快には笑えない諷刺映画がある。

戦後日本の諷刺映画で、才気あふれる異色作を送り出したのは市川崑監督だろう。『プーサン』『億万長者』『満員電車』の三部作がそれである。(68) 『プーサン』の映画版は横山泰三の連載漫画『プーサン』と『ミス・ガンコ』を原作にしているが、(69) 男性主人公プーサンが女性主人公ミス・ガンコ（映画では「カンコ」）の家に間借りしている設定に変えて、二人を接近させた。原作漫画の単純な線描による顔とは異なるが、プーサン役は伊藤雄之助、カンコ役は越路吹雪、両者ともぴったりのはまり役に見える。

図⑦　横山泰三『ミス・ガンコ』（『サンデー毎日』1951年9月9日号）

映画冒頭は未明の東京の薄暗い大通りを、急ぎ足で出勤する男（プーサン）がトラックにはねられるシーンから始まる。プーサンは大学予備校の数学教師で、八年前に妻を亡くしていまは独り身、税務署に勤めている風吉（藤原釜足）の家で間借りをしている。風吉の娘カンコは銀行勤めで、自己主張のはっきりした気の強い女であり、その母（三好栄子）は婚期の遅れそうなカンコの縁談ばかり気にかけている。プーサンは風采もぱっとせず、気が弱く、世渡りが下手である。物語は彼のカンコへの淡い想いと、縁談をめぐる母親とカンコの口喧嘩、プーサンの失業と職探しを中心に、当時の社会状況を織り交ぜていく。すなわち、紀元節復活の動きをめぐる予備校学生たちの議論・口論、朝鮮戦争勃発（一九五〇年）以後の警察予備隊設立から保安隊への移行、自衛隊創設（一九五四年）へと至る過程での左右イデオロギーの衝突、とりわけ一九五二年五月一日の〈血のメーデー事件〉となった〈人民広場〉（皇居前広場）でのデモ隊と警官隊の大乱闘。うっかりメーデーに参加したプーサンは混乱のなかで負傷して、強欲な予備校経営者（加東大介）から給料未払いのまま、クビにされてしまう。戦争はもちろん、暴力が嫌いなプーサンはオロオロしながら職探しに奔走するが、巷には失業者があふれている。彼のケガの面倒をみてくれた医師（木村功）でさえクビになっており、通りを行進する保安隊の列に、プーサンが目にするのは失職した元医師の制服姿である。その医師から勧められたキャベツを頭に乗せようと、間借りの部屋で何度も繰り返すプーサン。カンコは母親が許さない結婚に家出して自殺を試みる。といっても、意気消沈した自殺志望ではなく、あっけらかんと明るい抗議の自殺（未遂）である。プーサンのカンコへの想いは失恋に終わり、やっとみつけた臨時の仕事は、ミシン会社が機関銃製造会社へと転換した、弾薬の発送係だった。電車賃もないプーサンは早朝出勤のため、未明の大通りを徒歩出勤する。その途上でまたもトラックにはねられそうになり、映画冒頭の場面と対照的な画面になるが、彼は負傷を免れ、無人の大通りを観客に背を向けて頼りなげに歩いて遠ざかる。まるで放浪紳士チャップリンのように。黛敏郎の不安げな音楽も秀逸で、作品が描く世情不安、生活不安、行く末不安の主題をいっそう高めている。

もともと市川崑はこの新聞連載漫画のファンであったようだ。彼の漫画観は「描いたらたちまちお上に引っ張られてお咎めを受けるほどのもの、つまり、鋭い諷刺というのは、それほど厳し

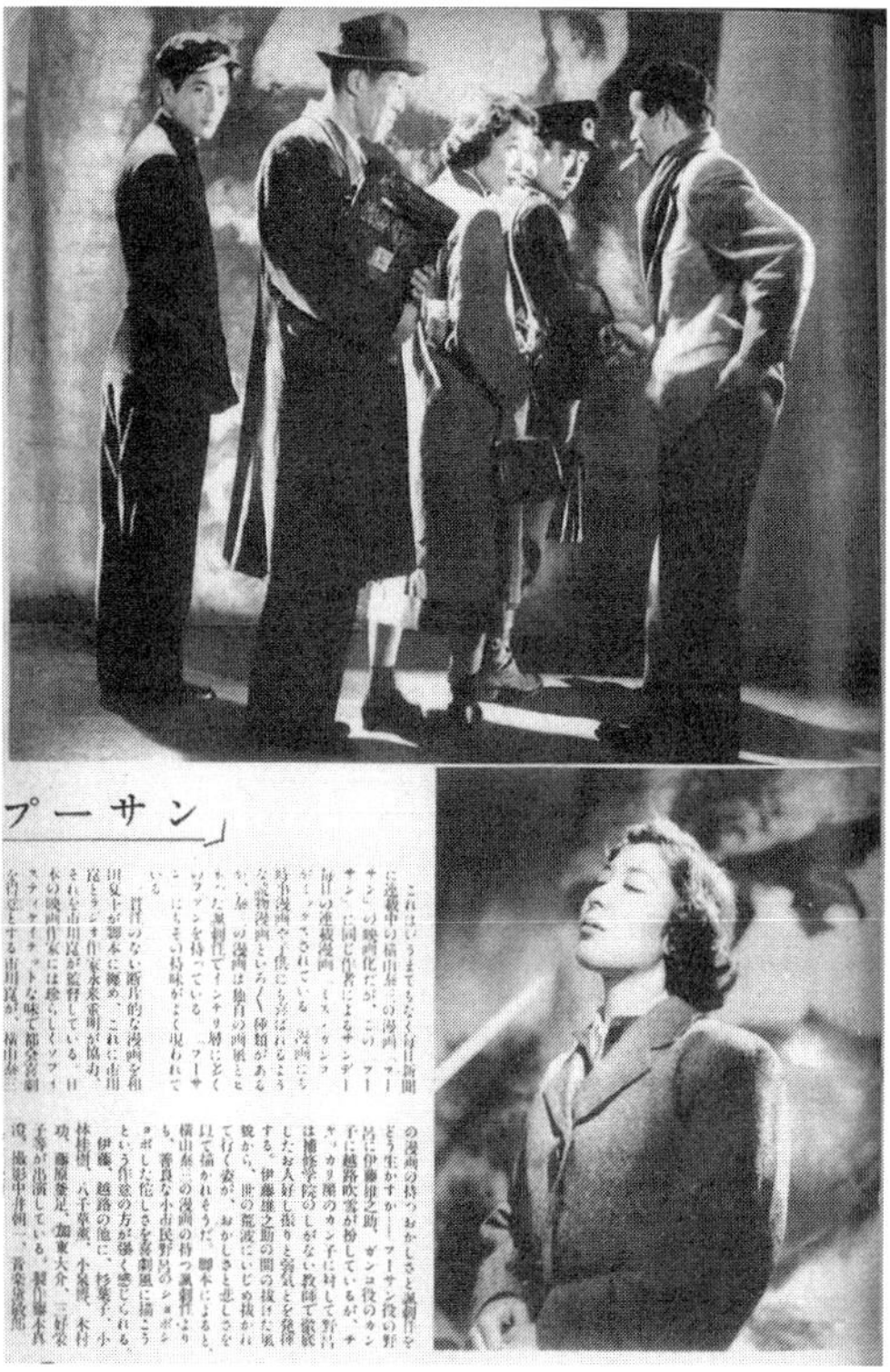

図⑧　映画『プーサン』写真記事（『キネマ旬報』1953年3月下旬号）写真上の左から2人目が伊藤雄之助、右端は市川崑監督、写真下は越路吹雪

いものだというのが僕の解釈でね」と、漫画の役割は笑いだけでない社会諷刺、それも体制諷刺にあると言う(70)。横山泰三自身、一九五〇年に描いたエロティックな漫画が猥褻画にあたるとして、摘発されたことがあったという。映画『プーサン』の脚本は和田夏十、ほかに協力者として市川崑と並んで名前がクレジットされている永来《えいらい》重明は放送作家で、戦後はＮＨＫの専属作家として活躍し、映画の脚本もいくつか書いた人物である。助監督は古澤憲吾、のちの東宝喜劇映画、植木等主演の〈無責任男シリーズ〉〈日本一シリーズ〉で大活躍の監督となる。

『プーサン』が当時の『キネマ旬報』ベストテンに入っていないのは不思議である。同誌の批評は杉山平一が書いており、漫画表現と比較しながら、漫画の効果が映画ではうまく出せず、後半にだれてしまったと残念がった（『キネマ旬報』一九五三年五月一五日号）。市川崑の諷刺喜劇三部作『プーサン』『億万長者』『満員電車』はどれも同誌のベストテンに入らず、市川作品が初めてベストテン入りしたのは『ビルマの竪琴』（一九五六年）だった。当時の映画批評家たちは、笑いや諷刺よりも生真面目な反戦ヒューマニズムを評価したのだろう。『プーサン』には、日本の再軍備をめぐる反対闘争、朝鮮戦争、軍需景気などがめまぐるしくちりばめられているにしても、感傷や抒情性は排除されている。『毎日新聞』では見出しに「ピリリと聞いた皮肉のよさ、生かされた『プーサン』」と、白紙連載の漫画が原作だったからか、作品の特徴をうまくまとめて写真とともに短評を載せた（一九五三年四月一五日夕刊）。筆者は『プーサン』を諷刺映画の傑作だと思う。諷刺作者は必ずしも高みから他者を笑うとは限らない。作者は主人公または登場人物に共感を寄せつつ、作者自身を含む自他の立場を笑いのなかで客観化し、社会のなかでみつめ直す、そのような諷刺の姿勢もある。『プーサン』はまさしくそのような諷刺映画である。

市川崑『億万長者』と『満員電車』

市川崑監督は『プーサン』のあと、一九五三年に『青色革命』（石川達三原作）、『青春銭形平次』（野村胡堂原案）、『愛人』（森本薫原作）を、翌年に『わたしの凡てを』（菊田一夫原作）と原作ものを発表していく。そして同年の『億万長者』では、監督自身のオリジナル脚本に、安部公房、横山泰三、長谷部慶治、和田夏十が協力した。主人公は税務署に勤める真面目な小心者の徴税係である。この主人公は、プーサンが間借りしていた家主の風吉、藤原釜足が演じた税の計算ばかりしていた男を若い独身者に変えたような役柄、

図⑨　映画『億万長者』広告
（『キネマ旬報』1954年11月下旬号）

つまりプーサンを徴税係にしたような役である。この気弱な徴税係を演じたのは、『プーサン』の失業した医師役・木村功である。仕事上、彼は子沢山の貧しい一家からも税を徴収しなければならない。この一家は、傾いた二階建てのボロ家に住んでいる。まるで表現主義の絵にあるようないびつな家で、なんと後方かなたには国会議事堂がそびえている。税務署の署長や上司は、納税者側との宴会、接待、芸者（山田五十鈴）も絡んで、徴税係には汚職騒動が起きる。徴税側と納税側との駆け引き（納税は国民の義務⁉）はいまでも続く葛藤であろう。

ちなみに、坂口安吾原作の映画『負ケラレマセン勝ツマデハ』（豊田四郎監督、八住利雄脚色、一九五八年）では、自動車、バイクの零細修理業者と徴税担当者とのやりとりが、大騒ぎのドタバタ喜劇調で描かれている。経営は赤字なのに納税を迫られ、あの手この手で抵抗する主人公に森繁久彌、薄給の真面目な徴税係に小林桂樹が扮した。ただし、この徴税係は『億万長者』の気弱な徴税係とは違って、冷静、いや冷徹でもあり、納税者への同情はほとんどない。原作（一九五一年）は坂口安吾自身の体験記であり、主人公は小説家である。原作の冒頭には「負カリマセント敵ハ言ウデアロウ　戦闘開始ニ関スル白書　安吾「差押エラレ日記」序ノ巻」とある。日記風の八方破れの文章で、反骨と戯作精神が渦巻き、敗戦へ導いた軍人や官僚への反感はむろんのこと、天皇家の万世一系説を疑うつぶやきさえ飛び交う。ただし、映画では登場人物や職業がまるで異なり、原作の諷刺と毒も薄まってしまった。庶民の物語というより、悪質な脱税を主題に、伊丹十三監督が自身のオリジナル脚本で『マルサの女』（一九八七年）を大ヒットさせたのは、これよりずっとのちのことになる。こちらは意図的な脱税者と女性査察官との闘いを喜劇タッチで描いて社会現象となり、続編も製作された。

『億万長者』に戻ると、ボロ家に間借りして原爆製造に熱中する若い女性（久我美子）、彼女は家族を原爆で失っていた。新劇俳優をめざして演技訓練に励むのは、ボロ家の長男（岡田英次）。彼は彼女の原爆製造が成功したと知るや、徴税係と共に遠くをめざして一目散に逃げて走り去る。『プーサン』の経験があったからだろう、映画は誇張と戯画風描写にあふれており、画面にも渋滞で一杯の自動車、公衆電話に並ぶ長蛇の列、部屋満杯の子供たちなど、〈あふれる人と物〉のイメージが挿入される。サイレント・スラップスティックやマルクス兄弟喜劇、戦後のジャック・タチやイオネスコの不条理演劇などとも共通するイメージだ。ただし、結末はあまりに唐突で観客は呆気にとられてしまうかもしれない。

『億万長者』のあと、『満員電車』（一九五七年）までに、『女性に関する十二章』（伊藤整原作、五四年）、『青春怪談』（獅子文六、五五年）、『こころ』（夏目漱石、同年）、『ビルマの竪琴』（竹山道雄、五六年）、『処刑の部屋』（石原慎太郎、同年）、『日本橋』（泉鏡花、同年）と、市川崑監督にはさらに原作ものが続き、映画の表現としてもさまざまな工夫が凝らされて話題となった。

和田夏十・市川崑のオリジナル脚本による『満員電車』（大映）が公開されたのは一九五七年三月。諷刺喜劇の三作目である。映画の冒頭が秀逸だ。画面には「明治九年　最高学府卒業式」の字幕に数人の卒業生たち。続く「大正二年」の字幕に、前の画面より多い人数の卒業生たち。

図⑩　映画『満員電車』広告
(『キネマ旬報』1957年3月上旬号)

次の「昭和元年」でもさらに増え、「現代は」の字幕に多数の卒業生たち。わずかのショット数で、少数の大学生時代から多数の大学生時代へ移行してしまう。といっても、まだ一九五〇年代半ばだから、〈駅前大学〉[71]へ広がるのはもう一〇年ほどのちになるだろう。四つ目のショットでは「現代の卒業式」が土砂降りの屋外で挙行される。画面一杯を埋め尽くすコウモリ傘はヒッチコックの『海外特派員』(一九四〇年)の有名な階段シーンを想起させるが、当時の日本では未公開だったはず。激しく降る雨のなかで、傘を差して学長の祝辞が述べられ、そこにクレジットの文字が進んでいく。極め付きは記念撮影。雨降りやまず、大勢の卒業生たち、参加者たちがシャッターの一瞬前、一斉に傘を閉じてカメラを向く。主人公は「平和大学」を卒業してビールの大会社へ就職した茂呂井民雄(川口浩)。アメリカで先行したオートメーション生産工程が日本のビール会社にも導入されており、主人公はじめ社員のほとんどが〈個性〉をなくし、〈多数を構成する一人〉、歯車の一個となる。主人公は内面では

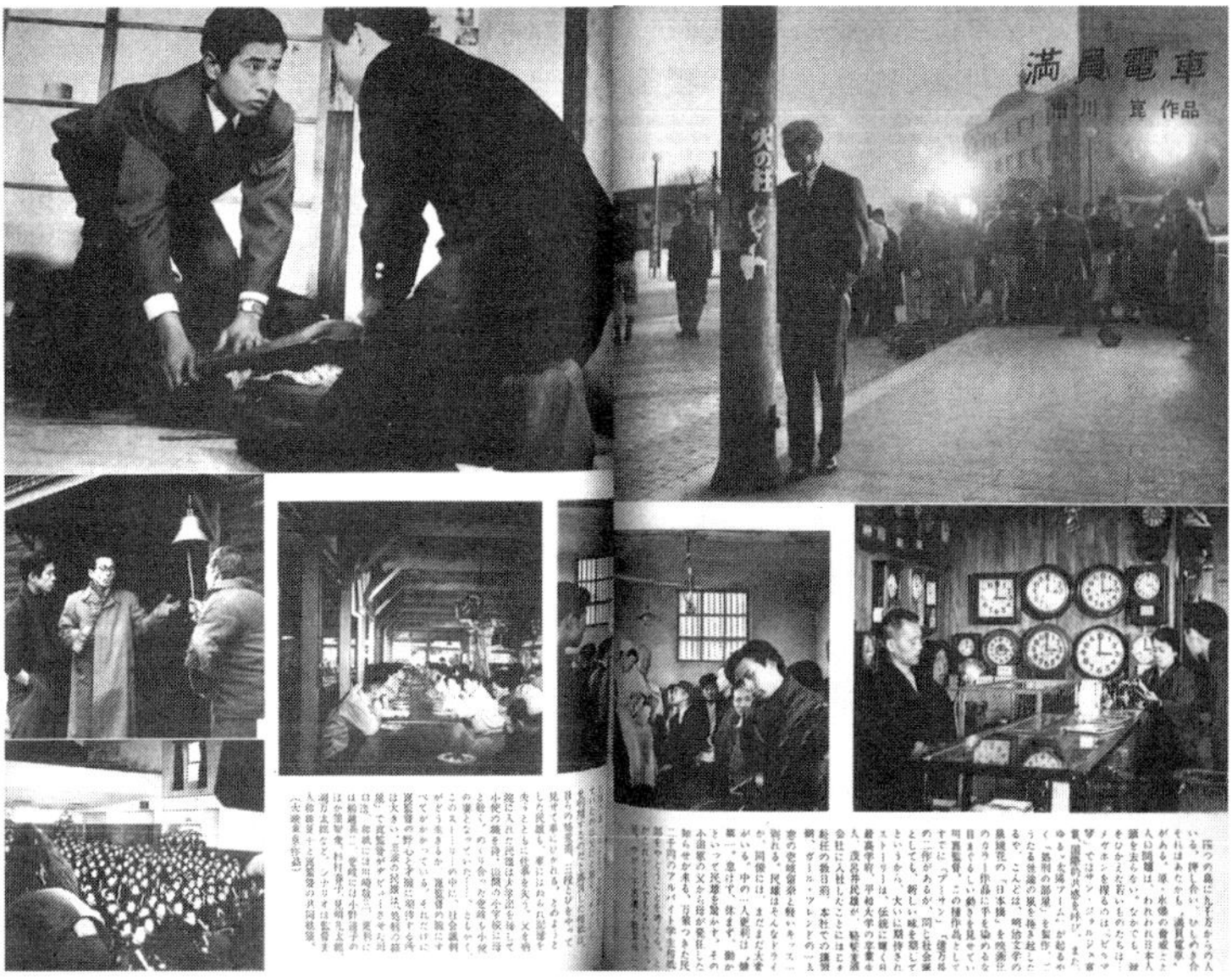

図⑪　『満員電車』写真記事（『キネマ旬報』1957年3月上旬号）

抗いつつ、肉体的には歯痛や膝痛、足痛となり、一夜にして白髪と化す。大会社の一社員として日本の高度経済成長の先端に立つ若者たち、彼らは満洲事変以降の戦時下に育った人々である。主人公の几帳面な父親は精神病院へ入り、そのことを息子に伝える母親もどこか変である。そして主人公は退職して職探し、小学校の小使いになるが、学歴を低く書いた学歴詐称でクビ、それでもめげずに学校裏にボロ小屋を作って母と住む。暴風で板の屋根が剝がれ、彼は必死に板にしがみつく。冒頭のシーンと対照的な、大学の卒業式。大講堂は満杯、廊下まで卒業生たちでぎっしり。一転して、小学校の入学式。「小学、中学、高校、大学と、みなさんの前には前途洋々たるものがあります」という校長の祝辞で、余韻なく画面には「完」の文字があっさりと出る。

視覚的表現の誇張と戯画は相変わらずで、画面を満たす人の群れ、バス、傘、機械、ビール瓶、顔、通勤ラッシュ、時計、精神病院の患者たち等々に対して、主人公が住む社員寮の何もないガランとした室内。この映画では「精神病」や「気違い」という言葉が何度も使われるが、主人公の父親（笠智衆）は息子に「おまえもなるべくここ（精神病院）に入るほうがよい、ここには秩序がある」と言う。騒々しくて神経を損なう現世の生活——病院の外の方が非人間的でおかしな世界である。フィリップ・ド・ブロカ監督のフランス映画『まぼろしの市街戦』（Le Roi de Cœur、一九六六年）でも、戦争の最中に平和な精神病院が舞台となる、この忘れがたい映画を筆者が見たのは一九六〇年代後半、映画『プーサン』を見たのはそのあとだった。

市川崑がさまざまな題材を器用に（あるときは不器用に）手がけることができたのは、多様性を包み込んだ日本映画全盛期の底力だったともいえる。『満員電車』のあとは『東北の神武《ズンム》たち』（深沢七郎原作、一九五七年）。脚本は久里子亭《くりすてい》、これは市川崑と和田夏十の共同名だった。このどん底貧乏村の物語は、川島雄三の敗戦日本諷刺のドタバタ喜劇『シミキンのオオ！　市民諸君』（原作は横井福次郎の漫画、一九四八年）や『グラマ島の誘惑』（原作は飯沢匡の戯曲、一九五九年）と、奇矯さや漫画的誇張の点で好対照をなしている。

脚本家・和田夏十は、ある雑誌編集部から「私はなぜ諷刺シナリオを書くか」と与えられた課題に戸惑っている。この質問は「貴女は何故貴女の様な顔をしているのですか」と問われたのと同じくらい、面くらってしまうと。「なぜ書くのか、なぜ諷刺なのか」に答えるのは難しい、いやできないと彼女は言う。そして彼女は頭を冷やそうと、大きな辞書を繰り、「諷刺」の説明を読む。そこには「①遠まわしに社会、人間の欠点、罪悪などをいうこと。②それとなくそしること。あてこすり」とあり、「諷刺画」については、「機知的、冷評的その他の方法により社会または人の過失、欠陥、罪悪などの諷刺を目的とする絵画」とあった。彼女はますます驚いて、「そんなにむずかしいおそろしげなものを、かつて書くつもりもなかったし、書いたおぼえもなかったから」と言う(72)。

そもそも、和田夏十は映画のこともシナリオのことも、何も知らないまま、シナリオを手伝う羽目になったのである。市川崑作品における脚本家名の「和田夏十」は第四作目の『果てしなき情熱』(一九四九年)から使われているが、この時は市川崑と市川由美子(本名)の夫婦を一人の名前にしたものだった。和田夏十が由美子一人の名として独立したのは第九作目『恋人』(一九五一年)からであり、以後も市川崑やほかの脚本家との共作が多い。ただし、『プーサン』と『青春怪談』は和田ひとりの名で脚色している。彼女はなかなか合理的な考え方の持ち主で、男性的視点には批判的疑問を持っていたから、市川崑作品における男女の性格描写や視点の二面性、そのおもしろさは彼女の貢献によるのだろう。だが彼女は「シナリオの創作過程に監督が参与するのも、大抵の場合、普通のことであります。/その映画にシナリオがどれだけあづかって力があったのか、いくら分析してみても判ることではないのです。どのようにでも考えられる要素がゴ

ロゴロあるからです」と、監督と脚本家を分けて考える批評家へ反論している。(73)

ともあれ、三部作『プーサン』『億万長者』『満員電車』、これらはいま見ても痛烈だ。現代の格差社会の生活不安、詐欺、交通事故、理不尽な殺傷事件などの世情不安、戦争やテロ、原発問題などの社会不安、地震や津波、洪水などの自然災害不安と、不安だらけの私たちの心に突き刺さってくる。映画の公開から六十数年もたっているというのに。

サラリーマンの超現実——古澤憲吾『ニッポン無責任時代』

映画独自の諷刺喜劇には、今井正監督の『にっぽんのお婆あちゃん』(水木洋子脚本、一九六二年)もあり、高齢社会問題が大きな現在、先駆的な喜劇であるが、これはシナリオ・ライター水木洋子のオリジナルである。新藤兼人によるオリジナル脚本には、若い女性(若尾文子主演)のしたたかな生き方を狭い室内だけで描く『しとやかな獣《けだもの》』(川島雄三監督、一九六二年)がある。カメラの視点変化と狭い空間の多様な構図は監督の執拗な目でもあり、男性のエゴイズムを痛烈に衝く作品として、川島雄三の代表作の一つになった。

一方で、古澤憲吾監督の『ニッポン無責任時代』(田波靖男・松木ひろし脚本、一九六二年)は、同趣向の『日本一の色男』(笠原良三脚本、一九六三年)と並んで人気シリーズとなり、一九六〇年代に一世を風靡する。いずれもオリジナル脚本で植木等主演、クレージーキャッツも出演した

〈無責任男シリーズ〉では、以前に源氏鶏太が送り出した労使協調、家族型会社喜劇とは異なり、口から出まかせ、お調子者のサラリーマン——当時の言葉では〈C調人間〉——がゴマすりと奔放な行動で世を渡る。連日の遅刻出勤などものともしない、まさに〈自由出勤〉の自由勤務サラリーマン、第一作の役名は「平均《たいらひとし》」。植木等の「スーダラ節」は映画よりいち早く流行歌となっており、〈無責任男シリーズ〉は敗戦日本から高度成長期の日本へ、日本型〈無責任の構造〉をあっけらかんと謳歌した。主人公はたび重なるクビにもめげず会社を渡り歩き、国会議事堂のてっぺんにまで登りつめる（『日本一の裏切り男』[74]）。過剰なギャグのドタバタ風〈超サラリーマン喜劇〉であり、〈クレージーシリーズ〉では外国まで飛んで行く[75]。〈無責任〉と〈日本一〉の二つのシリーズ作品を数多く監督した古澤憲吾は、『プーサン』の助監督だったが、生活苦にあえぐ誠実で気弱なプーサン的庶民像とはまったく逆で、お調子者の主人公にスイスイと世を渡らせた。

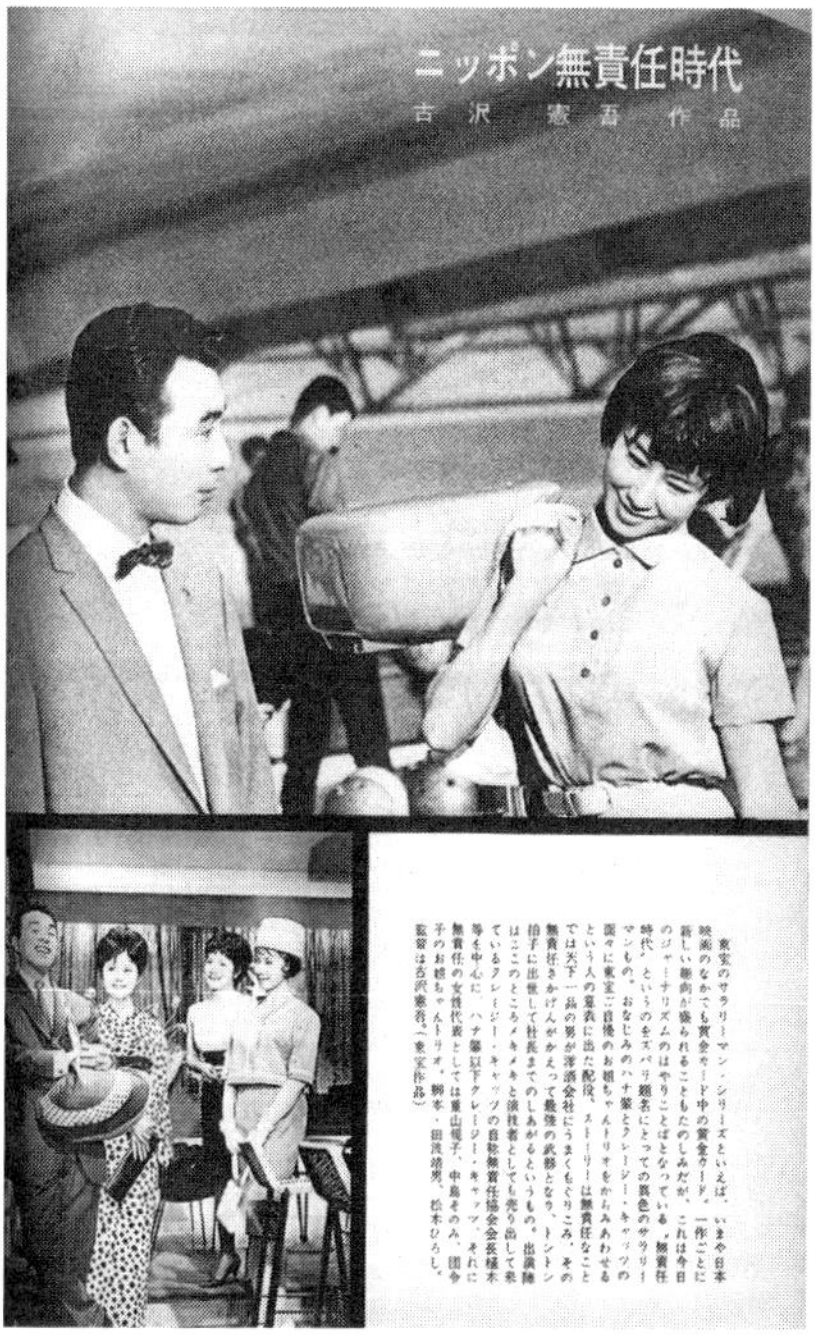

図⑫　映画『ニッポン無責任時代』写真記事（『キネマ旬報』1962年8月上旬号）

主題歌の作詞は青島幸男で、最後の一節「とかくこの世は無責任　こつこつやる奴はごくろうさん」と踊るように歌って、「ハイ　ごくろうさん」でしめる。社会通念とはまったく逆だったからこそ、観客にショックと笑いを引き起こした。

市川崑と古澤憲吾、両監督の諷刺喜劇は作風も題材も大きく異なるが、現代社会の基層を成す庶民や会社員たちの哀しい実存（市川崑）、または活力あるたくましさ、図太さ（古澤憲吾）を描くことで、ユーモア小説とは別の視覚的表現力、身体や音声や歌や音楽も含む動態で〈諷刺の笑い〉をみせたといえるだろう。

最後に、本書の冒頭「〈ユーモア〉という外来語」で名前を挙げた林語堂、彼に再度ご登場いただこう。『生活の発見』の訳者・阪本勝のまえがきによれば、林語堂はみずからを「幽黙《ユーモア》居士」と称していたようだ。「幽黙」はユーモアの中国語訳、現在でも使われている。林語堂は〈ユーモア感覚〉をきわめて重視した人であり、次のような「公式」を提示している。

現実 マイナス 夢＝動物
現実 プラス 夢＝心痛（世に理想主義というもの）
現実 プラス ユーモア＝現実主義（保守主義ともいう）
夢 マイナス ユーモア＝狂信
夢 プラス ユーモア＝幻想
現実 プラス 夢 プラス ユーモア＝叡智

そして現実をR、夢をD、ユーモアをH、右には挙げられていない感受性をSと記号化し、それぞれの段階を高度から低度まで四段階に分けて「疑似科学的公式」を拵えた。[76] 本書冒頭（九頁）

で述べた織田正吉の林語堂紹介はこの数値化された「疑似科学的公式」を踏まえたものであるが、国民性に当てはまるかどうかを別にすると、なかなか興味深い公式だ。ちなみに、いくつかの訳語の原語（英語）を付すと、「心痛」は A Heart-Ache、「幻想」は Fantasy、「叡智」は Wisdom である。「ユーモア」が付された後者四つのうち、最高位は「叡智」であるが、文学や映画の表現領域で、ここまで達する必要はないのかもしれない。それぞれの段階に人間世界があり、多様で魅力的でもあるからだ。

第二次大戦後まもなく、中華民国（台湾）の駐日大使として赴任したジャーナリスト董顕光《くんけんこう》は、林語堂や胡適《こてき》ら国際的中国人の言葉が先入観にあったのだろう、「恐妻に関する世界の笑話」を集めていたとき、日本にそれが見当たらないのは当然だと思っていた。「ユーモアを解さない日本人」のはずだから。しかし、日本人知己――小泉信三や前田多門ら――を通して、日本にも恐妻家たちがいたことを発見、日本人の笑話を『日本のユーモア』（原題『日笑録』）として収めることにした。結論として、董顕光は従来の偏見「ユーモアを解さない日本人」を訂正し、日本にも『古事記』以来、笑いの逸話がいくらでもあったことを認識するに至った――笑話はどこの国にもあると。董顕光は中国の新聞ジャーナリズムの先駆者であり、日中戦争下では蔣介石の下で国際宣伝を担当、アメリカ留学の経験をもとに英語による発信、反日記事の工作に力を発揮した人物である。

詩文というよりも、日本の文芸ジャンルでは川柳にユーモアがあふれているが、俳諧にも芭蕉はじめ小林一茶や夏目漱石に至るまで随所にみられ、近代詩では〈蛙の詩人〉草野心平の詩や、井伏鱒二のユーモラスな詩があり（『厄除け詩集』）、井伏には漢詩の平易な訳詩もある。日本人作家のユーモア度は、個人的座興の場はあずかり知らず、作品に表れた場合、批評家や一般読者が判断することになるだろう。時代の制約があったとはいえ、林語堂だけでなく、かつて評論家の千葉亀雄は「現代〈日本〉は、ついに真正のユウモア文学の本性を発展させる余地を与えない」と述べ（前述「ユウモア文学論」本書七三頁）、喜劇専門の劇作家・飯沢匡《ただす》は「日本演劇に喜劇はなかった」と書き（『武器としての笑い』）、市川崑は「日本映画に喜劇はなかった」と言う（『成城町271番地』）。いずれも、明治以降の外来語とその概念を対象にしているので、日本の歴史や伝統に照らすと「なかった」ことになる。

ユーモアという言葉について、筆者はすでに本書の冒頭で説明した。前章では過去の喜劇映画にもふれたので、ここで演劇のなかの喜劇について、若干の補足をしておきたい。「演劇（Drama/Theater）」「喜劇（Comedy）」「悲劇（Tragedy）」などに関して、西洋演劇史を紐解けば必ず説明されているように、いずれも古代ギリシャの演劇を源流とする言葉と概念である。つまり外来語の翻訳である。これらの言葉や概念が移入される以前、日本では庶民の観客席を指す〈芝居〉が広義の芸能を指し、狭義には歌舞伎を指す言葉として一般に使われていた。明治以降、言葉と概念が日本や中国とは異なる〈演劇〉を新たに西洋から持ち込んだため、それ以前に「なかった」のは当然である。大著『日本演劇全史』の著者・河竹繁俊は『演劇百科大事典』で「喜劇」の項目を担当して、「日本の国民性は由来好笑的・楽天的であったので、喜劇的素質には恵まれていて、古くから「をかし」または「狂言」の語をもっていいあらわされ」、喜劇と呼ばれるに至ったのは明治以後のこと、コメディの訳語としてである、と述べている。そして、『古事記』や『日本書紀』に記された喜劇的要素を示し、具体的には能狂言に残された「喜劇」の性格について次のように説明している。

〔能狂言には〕大名や武家にたいする民衆の抵抗があり、僧侶の腐敗堕落を風刺したものがあり、時代の欠陥をあざ笑ったものがあり、また性格喜劇・社会喜劇・感傷喜劇などと称すべきものもあって、モリエールにみるごとき長編ではなかったにしても、西欧の喜劇に劣らないヴァラエティを示しているのである。[77]

氏の解説は、このあと人形芝居、歌舞伎、俄《にわか》（仁輪加）などの喜劇的要素へと筆がおよぶ。ただし、日本では中世期までは喜劇的要素ないし喜劇は独立して存在したが、近世以降、複合化されてしまい、再び喜劇が独立したのは曾我《そが》廼《の》家《や》五郎《ごろう》の「新喜劇」からであるという。「新喜劇」の誕生は一九〇三年（明治三六）だから、二〇世紀に入ったばかりの、まさに映画草創期の頃でもあった。明治以降の西洋演劇移入から一〇〇年以上が経過した現在、人々がそれらを消化し、同化し、日本化してきたことはたしかだろう。西洋音楽や油絵もまさにその例だし、より高次の概念である〈美術〉や〈芸術〉も同様だ。

ユーモアは笑いを喚起する。とすれば、笑いを喚起する日本の実例には、日常のおしゃべりや口上、神話や伝説、民話や説教、語りの芸や物語叙述、絵画や漫画等々を、いくらでも古い書物や伝統芸能、話芸や絵画のなかに見出すことができる。柳田国男の「笑の本願」や「烏滸《オコ》の文芸」を覗いてみれば、それら豊かな笑いの水脈が絶えず流れてきたことに気づかされる。一方、麻生磯次も日本文学・文化の長い歴史のなかに「笑い」が満ちていたことを例証しながら、日本人は滑稽、だじゃれを生むにはふさわしい国民であったが、「日本文学には深みのあるおかしみが少なく、駄洒落・諷刺・茶番風な道化」が多かったと述べている（『笑いの文学』二三頁）。

本書で論じた漱石以下、五名の作家たちはいずれも近現代文学の領域に属する人々であるが、「深みのあるおかしみ」は夏目漱石と井伏鱒二に、「駄洒落・茶番風な道化」よりもユーモア度の高い笑いは佐々木邦、獅子文六、源氏鶏太にみられるのではないだろうか。「深みのあるおかしみ」を筆者へ引き寄せて解釈すれば、笑いのなかに、この世界の複雑な絡み合い、人生の多様な意味を包み込み、覗かせてくれる文学ということになるだろう。また「ユーモア度の高い笑い」とは、人生諸相のこわばり、視点のこわばりを解きほぐす笑いということになるだろうか。そして「諷刺」は、本書では市川崑作品のなかに優れた例を挙げた。他者を批判して笑う高みの見物ではなく、作者も自嘲のなかに悲観と楽観を混在させながら、読者や観客に自己の状況と合わせて強く共感（ときに反発）させる笑い、それを諷刺と呼びたい。

一方、諷刺は武器にもなる。飯沢匡（一九〇九―九四）の書名『武器としての笑い』は魅力的だ。なにやら戦前のマルクス主義の文化運動、「武器としての〇〇」を想起させるが、この言葉はいまも力を持っている。飯沢は一貫して喜劇を書き続けた劇作家であり、映画『グラマ島の誘惑』の原作戯曲『ヤシと女』（一九五六年）は、文学座で初演された。民芸初演の『もう一人のヒト』（一九七〇年）とともに、戦時下の皇族を主役に諷刺劇を展開した。当人は左翼イデオロギーに固まっていた人ではなく、世間のタブーを笑いのバランス感覚で解きほぐそうとした反骨の人である。戦時下でも『北京の幽霊』（文学座初演、一九四三年）、『鳥獣合戦』（同、一九四四年）など、日中友好や反戦意識を忍び込ませた戯曲を書いている。

「抵抗としての笑い」といえば、池田浩士はチェコのユーモア作家ヤスロフ・ハシェクの連作小説『兵士シュヴェイクの冒険』にふれながら、こう述べている。

〔同書は〕その後、二十世紀最大のユーモア文学のひとつとして、そしてやはり最大の抵抗文学のひとつとして、不滅の生命をたもちつづけることになる。抵抗精神がユーモアの精神と不可分であること、どちらがもう一方から離れても残されたひとつは生きられないことを、二等兵シュヴェイクの物語は教えている。(78)

池田はさらに遡って、ドイツの特異な作家ジャン・パウル（一八世紀後半―一九世紀前半に執筆活動〉のユーモア論を援用しつつ、次のように述べる。

いまある関係を不動の前提としたうえで発せられる笑いは、ユーモアの笑いではない。いまある関係のなかで愚者とされる存在を、そのまま上から笑いのめすような笑いは、ユーモアとは反対のものだ。ユーモアは民主主義者である。笑われるものが笑いの主体になることを、ユーモアは要求する。

単純なことと複雑なことというもっとも基本的な対比さえも転倒させながら、世界のつりあいを破壊し、この世界の愚かさを浮かびあがらせるとき、ユーモアの笑いが生まれるのである。愚かで滑稽で小さな個人が、このとき、巧妙で厳格で巨大な支配秩序と比肩しうる抵抗者となるのだ。(79)

映画『プーサン』を代表に、市川崑作品にはこのような笑いがみられるだろう。ただし、池田浩士が「ユーモアは民主主義者である」と述べているのは、むしろ「ユーモアは民主主義をも相対化する」と言い換えるほうがよさそうだ。価値の転倒者、社会的規範や均衡の破壊者となれば、かつて山口昌男が力をこめて論じた数々の道化者やトリックスターたちに接近する。山口の言葉を借りると、道化やトリックスターたちは世界の〈関節はずし〉をアクロバット的身体運動とともに軽々と行う者たちである。〈関節はずし〉といっても、人間の身体を暴力的には攻撃しない笑いの脱臼である。

サイレント映画時代のスラップスティック・コメディにはこの種の暴力と笑いが満ちている。スクリーンのなかの棒叩き（スラップスティック）、身体同士、あるいは身体と物体の常識外れの絡み合いや格闘は、スクリーンの外にいる観客たちに腹を抱えて笑わせ、まさに彼らの感情と精神を転覆させてしまう。エドガー・アラン・ポーには『跳び蛙』（*Hop-Frog*、一八九四年）という寓話的な短編小説がある。ここでは「ジョーク好きの王様」と取り巻き七人の大臣たちが、奇形の足の道化に「跳び蛙」のあだ名を付けて酷くからかうので、「跳び蛙」は彼らに惨酷な復讐を試みる。優越者集団による弱者への過剰な笑いの攻撃性。かたや、笑われた側からの物理的な仕返し。笑いが精神的加害と被害にも通じることは我々の日常にもあふれている。この笑いは他者を軽蔑するあざけりの笑いであり、卑怯な武器となる。

政治、宗教、世間道徳、自由を縛る規範、口角泡をとばす議論、ののしり合い、つかみ合い、殴り合い、はては本物の武器をとっての戦い、これらを解きほぐすのが笑いへ誘うユーモアの力だと信じたい。とはいうものの、外国の笑話やジョークの翻訳は難しく、読者を笑わせるにはどこかに普遍的な要素と、文化や習慣の共通項がなければならない。小説や映画も同様の難しさを抱えている。

文学の世界はさておき、一見わかりやすく見える映画の場合でも、ユーモア、ウィット、皮肉などに満ちたウッディ・アレン作品を例に挙げると、日本人に彼の作品が十分に理解できるとはいえないだろう。つまり、「おかしい個所をおかしいと笑う」理解力のことである。さらにわかりやすいと見なされる漫画でさえ、一コマ漫画にしろ、複数コマ漫画にしろ、読者にとって他国の漫画を笑えるかどうか、理解力には限界がある。他国どころか、かつて新聞に連載された『プーサン』ですら、当時の社会や文化の文脈を知らない世代にとって、どこにユーモアがあるのか、何を笑うのか、よくわからず戸惑ってしまうこともあるにちがいない。ユーモアには発信側と受容側にへだたりがある。ユーモアが力をどこまで発揮できるのか、他者の心身に傷を与えない武器となりうるのか、そう簡単ではなさそうだ。

本書ではユーモア文学と映画を主題にしたために、漫画のユーモアと笑い、その映画との交渉についてはふれなかった。映画のユーモア、ギャグ、諷刺を検討するとき、漫画との関係も見逃せない(80)が、この話題を広げていくと、もう比較文化や民俗学、社会学、コミュニケーション論、心理学、医学、哲学にまで広がり続けるので、筆者は力むのを止めて、ここでひと休みしよう。力むとユーモアが逃げてしまいそうだ。

ちとやすめ張子の虎も春の雨　　漱石(81)

注

（1）織田正吉『日本人の笑い』NHK市民大学、日本放送出版協会、一九八九年、六頁。林語堂『生活の発見』阪本勝訳、創元社、一九五二年。
（2）C・ネット、G・ワグナー共著『日本のユーモア』高山洋吉訳、雄山閣芸術全書、一九五八年。この訳書には原典が明示されていない。奥付に「著者・高山洋吉」とのみ。
（3）麻生磯次『笑いの文学——日本人の笑いの精神史』講談社現代新書、一九六九年、四九—五〇頁。
（4）『歴博』第一九三号、特集「浮世絵の戯画と風刺画」国立歴史民俗博物館、二〇一五年一一月参照。とくに大久保純一の巻頭文および同「風刺画の流行」。
（5）興津要『転換期の文学——江戸から明治へ』早稲田大学出版部、一九六〇年、四頁。
（6）田川水泡『滑稽の研究』講談社学術文庫、二〇一六年。初版は一九八七年、同社。
（7）『漱石全集』第一〇巻、岩波書店、一九六六年、二二〇—二二一、二三四—二三五頁。
（8）清水孝純『笑いのユートピア——『吾輩は猫である』の世界』翰林書房、二〇〇二年、三四—三七頁。
（9）Ernest A. Baker, *A descriptive guide to the best fiction, British and American, including translations from foreign languages; containing about 4500 references; with copious indexes and a historical appendix*, London& New York, 1903
（10）原著匿名版（私家本）『人間とは何か？』（一九〇六年）は著者の死後、一九一七年に著者名を出して公刊された。中野好夫訳『人間とは何か』（岩波文庫、一九七三年）は一九〇六年版を原典にしている。
（11）『漱石全集』第六巻、岩波書店、一九六六年、四〇三頁。
（12）岩本憲児『幻燈の世紀——映画前夜の視覚文化史』森話社、二〇〇二年。同「軽快な俳諧としての映画」、池内了編『寅彦と冬彦』岩波書店、二〇〇六年。岩本憲児「寺田寅彦——物理学者の映画論」、『サイレントからトーキーへ——日本映画形成期の人と文化』森話社、二〇〇七年。

(13) 飯沢耕太郎『「芸術写真」とその時代』筑摩書房、一九八六年、六―七頁。
(14) 『漱石全集』第二巻、七四〇頁。
(15) 『漱石全集』第一四巻、一八〇頁。日付は明治三四年(一九〇一)三月九日。
(16) 『漱石全集』第一六巻、六一五頁。
(17) 漱石の子供を年齢順に列挙すると、筆子、恒子、栄子、愛子、純一、伸六。雛子は二歳前に急死。
(18) 『漱石全集』第一一巻、三四七―三四九頁。日付は明治四四年(一九一一)八月。
(19) 『漱石全集』第一三巻、三九九頁、日付は明治四二年七月四日。
(20) 篠本二郎の回想は以下に収録。小宮豊隆「腕白時代の夏目君」、『漱石全集　月報』昭和三年版・昭和一〇年版、岩波書店、一九七六年。月報の日付は昭和一〇年(一九三五)一二月。
(21) 山本嘉次郎「『坊っちゃん』と『吾輩は猫である』の映画化に就て」、『漱石全集　月報』前掲書、第六号、二五八頁。月報の日付は昭和一一年(一九三六)四月。
(22) 『漱石全集　月報』前掲書、二五〇頁。月報の日付は昭和一一年(一九三六)四月。
(23) 和田利男『漱石のユーモア』(人文書院、一九四七年)は『漱石文学のユーモア』(めるくまーる、一九九五年)の書名で復刊された。和田利男は漱石の漢詩研究の先駆者でもあり、近年の『漱石の漢詩』(文春学芸ライブラリー、二〇一六年)は再録や再編集されたもの。
(24) たとえば、「賭け蛙」は「ジム・スマイリーの跳び蛙」、「象泥棒」は「盗まれた白い象」、「農業新聞記者」は「私の農業新聞作り」の題名で、『ジム・スマイリーの跳び蛙――マーク・トウェイン傑作選』(柴田元幸訳、新潮文庫、二〇一四年)に収録されている。
(25) 石原剛「佐々木邦」、亀井俊介監修『マーク・トウェイン文学／文化事典』彩流社、二〇一〇年、三五五頁。
(26) 尾崎秀樹「解説」、『佐々木邦全集』第一巻、講談社、一九七四年、三八七頁。
(27) 山本喜久男『日本映画における外国映画の影響』早稲田大学出版部、一九八三年、二四頁参照。
(28) 『千葉亀雄著作集』第二巻、評論Ⅱ、ゆまに書房、一九九二年、一七〇頁。

(29)『戸坂潤全集』第四巻、「三　ユーモア文学とユーモア」(初出一九三三年五月)、勁草書房、一九六六年、七七頁。
(30)ハワード・ヒベット、日本文学と笑い研究会編『笑いと創造』全六集、勉誠出版、一九九八―二〇一〇年。
(31)佐々木邦『明るい人生』「はしがき」より。『現代ユウモア文学全集』第六巻、小学館・集英社、一九二八年。
(32)岡保生「解説」、『佐々木邦全集』第二巻、講談社、一九七四年、四〇四頁。
(33)漫画も含む竹内浩三の遺稿は『日本が見えない――竹内浩三全作品集』(藤原書店、二〇〇一年)に収録。
(34)尾崎秀樹「解説」、『佐々木邦全集』第四巻、講談社、一九七五年、四一六―四一七頁。
(35)岩本憲児「トーキー初期の表現」、『サイレントからトーキーへ――日本映画形成期の人と文化』前掲書。
(36)柴田元幸訳『ジム・スマイリーの跳び蛙――マーク・トウェイン傑作選』(新潮文庫、二〇一四年)の「訳者あとがき」二四二頁。
(37)「直木賞のすべて　余聞と余分」、ウェブサイト http://naokiaward.cocolog-nifty.com/blog/2011/05/post-47ec.html
(38)紙屋牧子「「明朗」時代劇のポリティックス――『鴛鴦歌合戦』(一九三九年、マキノ正博)を中心に」、『演劇映像学　演劇博物館グローバルCOE紀要』早稲田大学、二〇一一年。同「『ハナコサン』(一九四三年、マキノ正博)の両義性――「明朗」な戦争プロパガンダ映画」、『美学』第六三巻第一号(第二四〇号)二〇一二年六月。
(39)岩本憲児「明日は青空――佐々木邦・源氏鶏太のユーモア文学と映画」、十重田裕一編『横断する映画と文学』森話社、二〇一一年。
(40)川柳の引用は楜沢《くるみさわ》健編『プロレタリア文学3　戦争』森話社、二〇一五年、九―一〇頁。幅広く川柳を収めて解説を付した書に、高崎隆治『川柳にみる戦時下の世相』梨の木舎、一九九一年。
(41)渡部昇一『随筆家列伝』文芸春秋、一九八九年、二二一―二三頁。
(42)小坂井澄『評伝　佐々木邦――ユーモア作家の元祖ここにあり』テーミス、二〇〇一年、一九二頁。
(43)田添一幸「女と男のゼロ年――『自由学校』という戦後」、岩本憲児編『占領下の映画――解放と検閲』森話社、二〇〇九年。
(44) 高峰秀子『わたしの渡世日記』下、朝日新聞社、一九七六年、一一頁。
(45) 獅子文六「怪談余語」は随筆集『あちら話こちら話』(講談社、一九五五年)に収録されているが、『獅子文六全集』第一四巻にも再録されており、筆者の引用は後者による(朝日新聞社、一九六九年、三一三—三一四頁)。
(46) 獅子文六の原作小説は現在でも文庫化されて人気があるが、『可否道』の文庫版は『コーヒーと恋愛』の書名で流通しており、参照も同書(ちくま文庫、二〇一三年)。
(47)『現代の文学三〇 源氏鶏太集』(河出書房新社、一九六四年)の年譜参照。
(48) 源氏鶏太は何度も選集や全集を出しているが、そのなかで最も大きな全集は全四三巻の『源氏鶏太全集』(講談社、一九六五—六七年)。
(49)「浮気の旅」は源氏鶏太の短編集『初恋物語』(春陽堂書店、一九五二年)から引用した。同書一八四頁。
(50)「艶福物語」は源氏鶏太の前掲短編集『初恋物語』から引用した。同書四七—四八頁。
(51) 源氏鶏太『わが文壇的自叙伝』集英社、一九七〇年、一〇八頁。
(52)『新・三等重役』の第二作以降は、『新・三等重役 旅と女と酒の巻』(筧正典監督、一九六〇年)、『新・三等重役 当たるも八卦の巻』(杉江敏男監督、同年)、『新・三等重役 亭主教育の巻』(同)。
(53) 源氏鶏太、前掲『わが文壇的自叙伝』一四七頁。
(54)「山椒魚」の初出は一九二三年八月の同人誌『世紀』とされるが、二九年二月の『文芸都市』への再録を機に、広く文壇に知られるに至った。
(55) これらの詩は井伏鱒二『厄除け詩集』(改訂版、筑摩書房、一九七七年)に収められている。創作だけでなく、漢詩からの訳詩も親しみやすく、愛読者も多い。
(56) 貞安那津美作、切り紙アニメーション『山椒魚』多摩美グラフィック卒展アニメーション、二〇一一年三月一八日投稿、二〇一九年二月二一日閲覧。
(57) 木田元「諷刺小説について」、同編『太宰治 滑稽小説集』解説、みすず書房、二〇〇三年。

(58)佐藤嗣男「一九三〇年代の笑い・喜劇及びユーモア――井伏鱒二・太宰治の「ユーモア小説」を考える」、『文学と教育』第二〇〇号、二〇〇四年、〈文教研〉機関誌、六六―六七頁。
(59)「井伏鱒二著作年表」、磯貝英夫編『井伏鱒二研究』渓水社、一九八四年。
(60)「四つの湯槽」は単行本『おこまさん』に収録されている。初出は『週刊朝日』一九三八年一月に分載、のち「かんざし」と改題。
(61)井伏鱒二『厄除け詩集』筑摩書房、一九七七年、四五頁。
(62)この移動劇団の悲劇は新藤兼人監督が映画化している(『さくら隊散る』一九八八年)。原作は江津萩江『桜隊全滅』未来社、一九八〇年。
(63)櫻本富雄『文化人たちの大東亜戦争――PK部隊が行く』青木書店、一九九三年、一三一―一四頁。
(64)田中眞澄編『小津安二郎全発言 一九三三―一九四五』泰流社、一九八七年、一〇一―一六頁、二六〇頁。
(65)田中眞澄「兵士 小津安二郎」、『小津安二郎のほうへ』みすず書房、二〇〇二年。同『小津安二郎と戦争』みすず書房、二〇〇五年。與那覇潤『帝国の残影――兵士・小津安二郎の昭和史』NTT出版、二〇一一年。
(66)山本喜久男『日本映画におけるテクスト連関』森話社、二〇一六年。とくにⅣ―第二章「木下恵介とフランク・キャプラ」参照。
(67)山本喜久男の前掲書、Ⅳ―第一章「『わが恋せし乙女』のテクスト連関」に詳しい。
(68)『プーサン』(一九五三年、東宝)の原作は横山泰三、脚本は和田夏十、脚本協力に市川崑・永来重明。『億万長者』(一九五四年、青年俳優クラブ・大映)は市川崑のオリジナル脚本、脚本協力に安部公房・横山泰三・長谷部慶次・和田夏十。『満員電車』(一九五七年、大映)は和田夏十・市川崑のオリジナル脚本。
(69)漫画の『プーサン』は『毎日新聞』夕刊に連載(一九五〇年―五三年)、『ミス・ガンコ』は『サンデー毎日』に連載(一九五一年九月―一九五四年一二月)。
(70)市川崑・森遊机『市川崑の映画たち』ワイズ出版、一九九四年、一一〇頁。
(71)『喜劇 駅前大学』は一九六五年公開の東宝映画。佐伯幸三監督、長瀬喜伴脚本、出演は森繁久彌、フランキー堺、伴淳三郎ほか。
(72) 市川崑・和田夏十『成城町271番地』白樺書房、一九六一年、二四〇―二四五頁(初出の明記なし)。
(73) 谷川俊太郎編『和田夏十の本』晶文社、二〇〇〇年、一四二―一四三頁。
(74) 『日本一の裏切り男』は須川栄三監督、早坂暁・佐々木守脚本、東宝、一九六八年。
(75) 『クレージー黄金作戦』(坪島孝監督、田波靖男・笠原良三脚本、東宝、一九六七年)では博打好きの僧侶(植木等)がラスベガスへ、『クレージーメキシコ大作戦』(坪島孝監督、田波靖男脚本、東宝、一九六八年)では大酒飲みの男(植木等)がメキシコへ行く。
(76) 林語堂『生活の発見』正編、阪本勝訳、一一―一四頁。
(77) 河竹繁俊「喜劇」、『演劇百科大事典』第二巻、平凡社、一九六〇年。
(78) 池田浩士『大衆小説の世界と反世界』現代書館、一九八三年、一六六頁。
(79) 池田浩士、前掲書、一六八頁。
(80) 表現方法をめぐる映画から漫画への影響については、大塚英志『映画式まんが入門』アスキー新書、二〇一〇年。
(81) 南伸坊編・絵『笑う漱石』七つ森書館、二〇一五年。

参考文献（主として単行本を掲げ、各作家の著作は本書に関わる主要なものだけを記載し、文庫の情報は基本的に省略した）

本書全般

阿刀田高編『笑いの双面神』『笑いの侵入者』（「日本ユーモア傑作選」Ⅰ・Ⅱ）白水ブックス、一九九〇年

雨宮俊彦『笑いとユーモアの心理学――何が可笑しいの？』ミネルヴァ書房、二〇一六年

安藤宏『日本近代小説史』中公選書、二〇一五年

石原剛『マーク・トウェイン　人生の羅針盤――弱さを引き受ける勇気』NHKカルチャーラジオ、二〇一六年

井上宏『笑い学のすすめ』世界思想社、二〇〇四年

梅田寛編『名作物語　諧謔文学』全四巻、文教書院、一九二七年

江藤茂博『映画・テレビ・ドラマ　原作文芸データブック』勉誠出版、二〇〇五年

大岡昇平ほか編『黒いユーモア』学芸書林、一九七六年

大島希巳江『日本の笑いと世界のユーモア』世界思想社、二〇〇六年

興津要『転換期の文学――江戸から明治へ』早稲田大学出版部、一九六〇年

織田正吉『日本人の笑い』NHK市民大学、日本放送出版協会、一九八九年

亀井俊介監修『マーク・トウェイン文学／文化事典』彩流社、二〇一〇年

キネマ旬報社編『日本映画監督全集』一九六七、『日本映画俳優全集　男優編』一九七九、『日本映画俳優全集　女優編』一九八〇年

『近代漫画』全六巻、筑摩書房、一九八五年

『坂口安吾選集』第九巻〈滑稽小説集〉、銀座出版社、一九四八年

新保昇一『諷刺・アイロニー・ヒューモア――英米文学論考ノート』近代文芸社、一九九六年。とくに「ジョナサ

ン・スウィフト　その風刺の本質」の章
大日本雄弁会講談社編『人生漫画帖』大日本雄弁会講談社、一九三二年
田川水泡『滑稽の研究』講談社学術文庫、二〇一六、初出は一九八七年
太宰治『太宰治　滑稽小説集』木田元編（解説「諷刺小説について」）、みすず書房、二〇〇三年
千葉亀雄「ユウモア文学論」（初出『新潮』一九三三年三月号）、『千葉亀雄著作集』第三巻に収録、ゆまに書房、一九九二年
辻惟雄『あそぶ神仏——江戸の宗教美術とアニミズム』ちくま学芸文庫、二〇一五年
富山太佳夫『笑う大英帝国——文化としてのユーモア』岩波新書、二〇〇六年
中垣恒太郎『マーク・トウェインと近代国家アメリカ』音羽書房鶴見書店、二〇一二年
マーク・トウェイン『マーク・トウェイン傑作短編集』有馬容子・木内徹訳、彩流社、二〇一五年
吉行淳之介・丸谷才一・開高健編『現代日本のユーモア文学』全六巻、立風書房、一九八〇—八一年
林語堂『生活の発見』阪本勝訳、創元社、一九五二年、続編は一九五三年（復刊『人生をいかに生きるか』上下、講談社学術文庫、一九七九年）
『歴博』第一九三号、特集「浮世絵の戯画と風刺画」国立歴史民俗博物館、二〇一五年一一月参照。とくに大久保純一の巻頭文および同「風刺画の流行」。

Ⅰ　夏目漱石

夏目漱石『漱石全集』第一巻『吾輩は猫である』岩波書店、一九六五年。同、第二巻『短編小説集』（『坊っちゃん』『草枕』ほか）一九六六年。第四巻『三四郎』ほか、以下同年。第五巻『彼岸過迄』『行人』、第六巻『道草』、第七巻『明暗』、第八巻　随筆『硝子戸の中』、第一〇巻『文学評論』、第一一巻『評論　雑編』、第一三巻『日記及断片』、第一四巻『書簡集』。第一七巻『索引』一九七六年。『漱石全集　月報』昭和三年版・昭和一〇年版、岩波書店、一九七六年

飯沢耕太郎『「芸術写真」とその時代』筑摩書房、一九八六年
伊馬鵜平「漱石のトーキー見物」、『日本映画』一九三六年九月号
岡本一平（画）「坊ちゃん絵物語」、『漱石名作漫画』所収、名著復刻全集刊行記念、近代文学館（刊行年記載なし）
興津要「夏目漱石と落語」、『日本文学と落語』所収、桜風社、一九七〇年
鎌倉幸光「巷間の漱石」（一九三六年四月）、『漱石全集　月報』二五〇頁
川九洸・大野康成編『坊っちゃん絵物語・遺跡めぐり』MIC（松山）、二〇〇五年
小宮豊隆「「腕白時代の夏目君」（一九三五年一二月）、『漱石全集　月報』一八九頁
清水孝純『笑いのユートピア――「吾輩は猫である」の世界』翰林書房、二〇〇二年
張建明『漱石のユーモア――明暗の構造』講談社選書メチエ、二〇〇一年
中島国彦「漱石的ユーモアの源流――落語の発想と『坊つちゃん』の表現」、『國文学』一九七九年五月号
中村明『吾輩はユーモアである――漱石の談笑パレード』岩波書店、二〇一三年
長山靖生『「吾輩は猫である」の謎』文春新書、一九九八年
夏目鏡子述・松岡譲筆録『漱石の思い出』文春文庫、一九九四年
夏目伸六『父・夏目漱石』文春文庫、一九九一年
半藤一利『漱石先生ぞな、もし』正続、文芸春秋、一九九二―九三年
――『漱石先生　大いに笑う』筑摩文庫、二〇〇〇年
平岡敏夫『「坊つちゃん」の世界』塙書房、一九九二年
マーク・トウェイン（佐々木邦はマーク・トウエーンと表記）、『ユーモア十篇』丁未出版、一九一六年
――『人間とは何か』中野好夫訳、岩波文庫、一九七三年。これは匿名版（私家本）を原典にしている（注10）。
『人間とは何か』は一九一七年公刊。ほかに『人間とは何か?』吉岡栄一・古山みゆき訳、彩流社、一九九五年、
『人間とは何か』大久保博訳、角川文庫、二〇一七年

水川隆夫『漱石と落語』彩流社、一九八六年。増補版、平凡社ライブラリー、二〇〇〇年
南伸坊編・絵『笑う漱石』七つ森書館、二〇一五年
山本嘉次郎「『坊っちゃん』と『吾輩は猫である』の映画化に就て」（一九三六年四月）、『漱石全集　月報』二五八頁
芳川泰久『坊っちゃんのそれから』『吾輩のそれから』『先生の夢十夜』河出書房新社、二〇一六―一七年
和田利男『漱石のユーモア』人文書院、一九四七年（復刊『漱石文学のユーモア』めるくまーる、一九九四年）

『新潮日本文学アルバム　夏目漱石』新潮社、一九八三年
『別冊　太陽　夏目漱石の世界』平凡社、二〇一五年
Ernest A. Baker, *A descriptive guide to the best fiction, British and American, including translations from foreign languages; containing about 4500 references; with copious indexes and a historical appendix*, London& New York, 1903

Ⅱ 佐々木邦

（戦前）

佐々木邦による初期の翻訳版は『法螺男爵旅土産』『ドン・キホーテ物語』『いたづら小僧日記』（別名『悪戯小僧日記』、正続）『おてんば娘日記』など、一九〇九年前後に刊行されている
佐々木邦訳述『いたづら小僧日記』（別名「悪戯小僧日記」、ルビは「いたづらこぞうにつき」）内外出版協会、一九一〇年
佐々木邦著・訳書『笑の王国』京文社、一九二六年。『明るい人生』（『現代ユウモア全集』第六巻、長編「夫婦者と独身者」、短編「重役候補の話」ほか六編を収録）現代ユウモア全集刊行会、一九二八年。『笑の天地』（『現代ユウモア全集』第一六巻、「或る良人の惨敗」ほか）一九二九年。『佐々木邦全集』全一〇巻、大日本雄弁会講談社、一九三〇年一〇月―、第一巻に『次男坊』ほかを収録。佐々木邦訳『世界ユーモア全集』第一巻〈英米

編〉改造社、一九三二年。マーク・トウェインの短編四本およびほかの作家の短編四本を収録。佐々木邦『地に爪跡を残すもの』大日本雄弁会講談社、一九三四年。『人生初年兵』大日本雄弁会講談社、一九三五年。佐々木邦編集『ユーモアクラブ』創刊号ほか、各誌。春陽堂書店、のちに『明朗』へ改題。佐々木邦『豊分居雑筆』春陽堂書店、一九四一年

〈戦後〉

著・訳書『明朗人生』コバルト叢書、コバルト社、一九四六年。『豊分居閑談』開明社、一九七四年。佐々木邦訳『マーク・トウェーン名作選　貴族病患者』東西出版社、一九四六年。佐々木邦『心の歴史』講談社、一九四九年。訳『わんぱく少年』講談社、一九五七年。原著は *The Story of a Bad Boy*（一八七〇）で、大久保康雄が先に訳している（『悪童物語』一九四九年）。『佐々木邦全集』全一五巻、講談社、一九七四―七五年。『村の少年団』少年倶楽部文庫一五、一九六七年。初出は一九三〇年。『苦心の学友』少年倶楽部文庫三、一九七五年。初出は一九二七年。『現代ユーモア小説全集』全一八巻、アトリエ社、一九三五〜三六年。佐々木邦は第一巻「世路第一歩　求婚時代」、第一三巻「求婚三銃士」の二冊。『現代ユーモア文学全集』全二二巻、駿河台書房、一九五三―五四年。うち、佐々木邦は第一巻と第二巻の二冊。『大衆文学大系二二　佐々木邦・獅子文六』講談社、一九七三年

石原剛「佐々木邦」、亀井俊介監修『マーク・トウェイン文学／文化事典』彩流社、二〇一〇年
乾信一郎「回想」、『佐々木邦全集』補巻三、月報一三号、一九七五年
岩本憲児「トーキー初期の表現」、『サイレントからトーキーへ――日本映画形成期の人と文化』森話社、二〇〇七年
――「明日は青空――佐々木邦・源氏鶏太のユーモア文学と映画」、十重田裕一編『横断する映画と文学』森話社、二〇一一年

岡保生『近代文学の異端者──日本近代文学外史』角川選書、一九七六年
紙屋牧子「明朗」時代劇のポリティックス──『鴛鴦歌合戦』（一九三九年、マキノ正博）を中心に」、『演劇映像学　演劇博物館グローバルCOE紀要』早稲田大学、二〇一一年
──「『ハナコサン』（一九四三年、マキノ正博）の両義性──「明朗」な戦争プロパガンダ映画」、『美学』六三巻一号（二四〇号）二〇一二年六月
木村毅『新版大衆文学案内』八紘社、一九三九年
栩沢健編『プロレタリア文学3　戦争』森話社、二〇一五年
小坂井澄『評伝　佐々木邦──ユーモア作家の元祖ここにあり』テーミス、二〇一一年
柴田元幸訳「訳者あとがき」、『ジム・スマイリーの跳び蛙──マーク・トウェイン傑作選』新潮文庫、二〇一四年
高崎隆治『川柳にみる戦時下の世相』梨の木舎、一九九一年
戸坂潤『戸坂潤全集』第四巻、勁草書房、一九六六年
松井和男『朗らかに笑え──ユーモア小説のパイオニア佐々木邦とその時代』講談社、二〇一四年
山本喜久男『日本映画における外国映画の影響』早稲田大学出版部、一九八三年
『ユーモア屑箱』私家版、一九二八年七月─一九三〇年一月、一二号までか
渡部昇一『随筆家列伝』冒頭に「佐々木邦」、文芸春秋、一九八九年

Ⅲ　獅子文六

（戦前）

獅子文六『金色青春譜』アトリエ社、一九三六年。『楽天公子』白水社、同年。『悦ちゃん』講談社、一九三七年。『胡椒息子』新潮社、一九三八年。『信子』主婦之友社、一九四〇年。『牡丹亭雑記──随筆・話・理屈』白水社一九四〇年。『南の風』新潮社、一九四二年。岩田豊雄『海軍』朝日新聞社、一九四三年。『おばあさん』新潮社、一九四四年

（戦後）

『二階の女』扶桑社、一九四七年。『南国滑稽譚』新潮社、一九四八年。『おぢいさん』『てんやわんや』『随筆てんやわんや』主婦之友社、一九四九年。〈長編小説名作全集一三〉『南の風・信子・金色青春譜』大日本雄弁会講談社、一九五〇年。『自由学校』朝日新聞社、一九五一年。『やっさもっさ』新潮社、一九五二年。『青春怪談』新潮社、一九五四年。同、東方社、一九六五年。『娘と私』上下、新潮社、一九五六―五七年。岩田豊雄「芝居との因縁」、『新劇と私』新潮社、一九五六年。『大番』三部作、新潮社、一九五六―五七年

『獅子文六作品集』全一二巻、角川書店、一九五八―五九年

『七時間半』（映画『特急にっぽん』原作）、新潮社、一九六〇年。『箱根山』新潮社、一九六二年。『可否道』新潮社、一九六三年（ちくま文庫では『コーヒーと恋愛』）

『愚者の楽園』（随想集）角川書店、一九六六年

『父の乳』（獅子文六の自伝）新潮社、一九六八年

『獅子文六全集』全一七巻、朝日新聞社、一九六八―六九年。第一四巻に「随筆てんやわんや」「怪談余語」ほかを収録。『現代日本文学大系五三　大佛次郎・岸田國士・岩田豊雄集』筑摩書房、一九七一年。岩田豊雄作品は二編の戯曲「東は東」「朝日屋絹物店」、および回想「新劇と私」が収録されている。『大衆文学大系一二　佐々木邦・獅子文六』講談社、一九七三年

小山祐士『戯曲　自由学校』河出書房、一九五一年

週刊朝日編『飯沢匡対談集　遠近問答』朝日新聞社、一九七一年（対談相手は獅子文六ほか計二一名）

牧村健一郎『獅子文六の二つの昭和』朝日選書、二〇〇九年

Ⅳ　源氏鶏太

源氏鶏太『三等重役』毎日新聞社、一九五一年。『続三等重役』『続々三等重役』同、一九五二年。『初恋物語』短編

集（「艶福物語」ほかを収録）春陽堂書店、一九五二年
『源氏鶏太集』駿河台書房〈現代ユーモア文学全集〉一九五三年。「ホープさん」「ラッキーさん」「たばこ娘」「浮気の旅」ほか短編多数を収録。『幸福さん』毎日新聞社、一九五三年。『重役の椅子』講談社、一九五七年
『青空娘』講談社ロマン・ブックス、一九五八年。春陽文庫、一九六六年。『源氏鶏太作品集』全一二巻、新潮社、一九五八年。第八巻に「ホープさん」ほか。『英語屋さん』東方社、一九五九年。表題を含む短編集。『あすも青空』春陽文庫、一九六〇年。『青年の椅子』講談社、一九六一年。『最高殊勲夫人』講談社ロマン・ブックス、一九六二年。『現代の文学三〇　源氏鶏太集』河出書房新社、一九六四年。『源氏鶏太全集』全四三巻、講談社、一九六五―六七年。『わが文壇的自叙伝』集英社、一九七〇年。『源氏鶏太自選作品集』全二〇巻、講談社、一九七三―七四年（第一巻に『三等重役』『向日葵娘』、第九巻に『意気に感ず』、第一二巻に『堂堂たる人生』を収録）
尾崎秀樹『大衆文学の歴史』下〈戦後篇〉講談社、一九八九年
中村武志『小説サラリーマン目白三平』光文社カッパ・ブックス、一九五四年
――『目白三平ものがたり』新潮社、一九五五年

V　井伏鱒二

（戦前）井伏鱒二「場面の効果」、『創作月刊』一九二九年五月。『なつかしき現実』新鋭文学叢書、改造社、一九三〇年（「場面の効果」ほかを収録）。「エロティシズム　マンハッタン・カクテルを見る」、『文芸都市』一九二九年二月。「山椒魚」「鯉」「サワンの恋」「丹下氏邸」「多甚古村」、戦後も諸種の刊行本に収録。「先生の広告隊」（初出は『中央公論』一九三〇年九月号）は『仕事部屋』（春陽堂、一九三一年）に収録。「四つの湯槽」は単行本『おこまさん』（輝文館、一九四一年）に収録、のち「かんざし」と改題。「掛け持ち」は短編集『鶏鵡』（河出書房、一九四〇年）に収録、のち戦後の『川釣り』にも再録

〈戦後〉『貸間あり』鎌倉文庫、一九四八年。『川釣り』岩波新書、一九五二年。『井伏鱒二集』現代日本文学大系四一、筑摩書房、一九五三年。同書には「集金旅行」「多甚古村」「遥拝隊長」「本日休診」ほか多数の短編を収録。『駅前旅館』新潮社、一九五七年。『珍品堂主人』中央公論社、一九五九年。『厄除け詩集』改訂版、筑摩書房、一九七七年。『井伏鱒二』〈作家の自伝九四〉、編解説・紅野敏郎、日本図書センター、一九九九年。「鶏助集」「半生記――私の履歴書」ほかを収録。単行本、著作集、個人選集、個人全集、自選全集など多数あるが、筑摩書房版（全二八巻別巻二、一九九六―二〇〇〇年）が本格的全集。手軽に参照するには講談社学芸文庫の井伏鱒二著作が詳細で便利。主要参考文献も付されている。たとえば『仕事部屋』『夜ふけと梅の花／山椒魚』『鶏助集／半生記』などの巻末

赤井恵子「井伏文学における旅――昭和三十年代前半の作品を中心に」、磯貝英夫編『井伏鱒二研究』渓水社、一九八四年（「井伏鱒二著作年表」ほか重要論文多数収録）
磯田勉編『川島雄三　乱調の美学』ワイズ出版、二〇〇一年
今村昌平編『サヨナラだけが人生だ――映画監督川島雄三の一生』ノーベル書房、一九六九年
河上徹太郎「解説」、『井伏鱒二集』現代日本文学全集四一、筑摩書房、一九五三年
――「香気あるユーモアとペーソス」、『文学の旅一四　山陽・瀬戸内海』千趣会、一九七三年
木村東市『悲劇の喜劇映画監督　川島雄三』ジーワン・ブックス、一九八八年
小林秀雄「現実と小説と映画」、『文芸春秋』一九五九年八月号。小説と映画の『貸間あり』について
清水宏・岸松雄『集金旅行』（シナリオ）、『シナリオ』一九五四年二月号（冒頭は原作に近く、映画版のシナリオ〔椎名利夫〕とは異なるが、集金の旅に子供を同道することが映画版と同じ。旅の最終地は長崎、映画版では徳島、原作では福山加茂村）
『新潮日本文学アルバム　井伏鱒二』新潮社、一九九四年
東郷克美『井伏鱒二という姿勢』ゆまに書房、二〇一二年

ふくやま文学館編『井伏鱒二没後十年記念　井伏文学の笑い』展覧会図録、二〇〇三年一〇月
正宗白鳥「異色あるユーモアと諷刺」、『読売新聞』一九五〇年五月二七日朝刊
安岡章太郎「おかしみに就いて」、『文芸』一九七四年一一月号
横山信幸「井伏鱒二と常民――「朽助のゐる谷間」「川」を中心に」、磯貝英夫編『井伏鱒二研究』所収、前掲書

Ⅵ　日本映画のユーモアと諷刺・終章

麻生磯次『笑いの文学――日本人の笑いの精神史』講談社現代新書、一九六九年
アンリ・ベルクソン、ジークムント・フロイト『笑い／不気味なもの』原章二訳、平凡社ライブラリー、二〇一六年
飯沢匡『武器としての笑い』岩波新書、一九七七年
――『飯沢匡喜劇全集』（『ヤシと女』は第一巻、『もう一人のヒト』は第三巻に収録）未来社、一九九二年
池田浩士『大衆小説の世界と反世界』現代書館、一九八三年
市川崑・森遊机『市川崑の映画たち』ワイズ出版、一九九四年
市川崑・和田夏十『成城町271番地』白樺書房、一九六一年
大塚英志『映画式まんが入門』アスキー新書、二〇一〇年
キネ旬ムック『シネアスト　市川崑』キネマ旬報社、二〇〇八年
董顕光『日本のユーモア』日本語版、奥付なし（私家版、一九五六年の発行か）
谷川俊太郎編『和田夏十の本』晶文社、二〇〇〇年、一四二―一四三頁
暉峻康隆『日本人の笑い』みすず書房、二〇〇二年（初版は光文社、一九六一年）
C・ネット、G・ワグナー『日本のユーモア』高山洋吉訳、雄山閣芸術全書、一九五八年
ハワード・ヒベット、日本文学と笑い研究会編『笑いと創造』勉誠出版、一九九八―二〇一〇年
樋口和憲『笑いの日本文化――「烏滸の者」はどこへ消えたのか』東海大学出版会、二〇一三年

『柳田國男集』現代日本文学大系二〇、筑摩書房、一九六九年（「笑の本願」「烏滸の文学」ほかを収録）
山本喜久男『日本映画におけるテクスト連関』森話社、二〇一六年
横山泰三『プーサン』『ミス・ガンコ』八興、一九五六年。『プーサン』は『毎日新聞』に連載（一九五〇―五三年）、その後『サンデー毎日』に復活（一九五五年）。『ミス・ガンコ』は『サンデー毎日』に連載（一九五一―五四年）

映画化作品（文中で言及した作品には＊印を付した。続篇やシリーズ作は、前作と同じところは省略している）

Ⅰ　夏目漱石

（戦前）

『坊っちゃん』（＊）監督・山本嘉次郎、脚本・小林勝、出演・宇留木浩、P．C．L．、一九三五・三

『虞美人草』（＊）監督・溝口健二、潤色・伊藤大輔、脚本・高柳春雄、出演・夏川大二郎、大倉千代子、第一映画、一九三五・一〇

『吾輩ハ猫デアル』（＊）監督・山本嘉次郎、脚本・小林勝、出演・丸山定夫、P．C．L．、一九三六・四

『虞美人草』（＊）監督・中川信夫、脚本・桜田半三、出演・高田稔、霧立のぼる、東宝、一九四一・六

（戦後）

『坊っちゃん』（＊）監督・丸山誠治、脚本・八田尚之、出演・池部良、東京映画・東宝、一九五三・八

『夏目漱石の三四郎』（＊）監督・中川信夫、脚本・八田尚之、出演・山田真二、八千草薫、新東宝、一九五五・八

『こころ』（＊）監督・市川崑、脚本・猪俣勝人、長谷部慶次、出演・森雅之、新珠三千代、三橋達也、日活、一九五五・八

『坊っちゃん』（＊）監督・番匠義彰、脚本・椎名利夫、山内久、出演・南原伸二、松竹、一九五八・六

『坊っちゃん』（＊）監督・市村泰一、脚本・柳井隆雄、出演・坂本九、松竹・マナセプロ、一九六六・八

『心』監督・脚本・新藤兼人、出演・松橋登、辻萬長、杏梨、近代映画協会・ATG、一九七三・一〇

『吾輩は猫である』（＊）監督・市川崑、出演・仲代達矢、東宝・芸苑社、一九七五・五

『坊っちゃん』（＊）監督・前田陽一、脚本・前田陽一、南部英夫、出演・中村雅俊、松竹・文学座、一九七七・八

『それから』（＊）監督・森田芳光、脚本・筒井ともみ、出演・松田優作、藤谷美和子、東映、一九八五・一一

『ユメ十夜』実相寺昭雄など一一名の監督による全一〇話のオムニバス作品。「ユメ十夜」製作委員会、日活、二〇〇七

（テレビ化作品も数多くあるが、近年の作品二つだけを挙げておく）
『夏目漱石の妻』（＊）演出・柴田岳志、榎戸崇泰、脚本・池端俊策、岩本真耶、出演・尾野真千子、長谷川博己、NHK（土曜ドラマ全四回）、二〇一六・九―一〇
『坊っちゃん』演出・鈴木雅之、脚本・橋部敦子、出演・二宮和也、フジテレビ、二〇一六・一

Ⅱ　佐々木邦

（戦前）
『次男坊』（＊）監督・脚本・曽根純三、出演・杉狂児、帝キネ、一九三〇・一
『新家庭双六』（＊）監督・曽根純三、脚本・山内英三、出演・杉狂児、帝キネ、一九三〇・五
『脱線息子』（＊）監督・曽根純三、脚本・山内英三、出演・杉狂児、帝キネ一九三〇・九
『少年軍』（＊／原作『村の少年団』）監督・長倉祐孝、脚本・小林勝、出演・中村英雄、日活、一九三一・五
『愚弟賢兄』（＊）監督・五所平之助、脚本・柳井隆雄、出演・結城一朗、松竹、一九三一・一〇
『ガラマサどん』監督・木村恵吾、脚本・山内英三、出演・国城大輔、杉狂児、新興キネマ、一九三一・一一
『いたずら小僧』（＊）監督・脚本・山本嘉次郎、出演・伊藤薫、P.C.L.、一九三二・九
『人生初年兵』（＊）監督・矢倉茂雄、脚本・伊馬鵜平、永見隆二、出演・宇留本浩、P.C.L.、一九三五・一二
『求婚三銃士』監督・矢倉茂雄、脚本・伊馬鵜平、阪田美一、出演・橋本佳子、宇留本浩、P.C.L.、一九三六・二
『大番頭小番頭』（＊）監督・豊田四郎、脚本・福富金蔵、出演・藤井貢、東京発声、一九三六・七
『美人自叙伝』監督・青山三郎、脚本・陶山密、出演・毛利峯子、新興キネマ、一九三六・九

『ロッパのガラマサどん』（＊）監督・岡田敬、脚本・山本嘉次郎、阪田英一、出演・古川緑波、東宝、一九三八・三

（戦後）

『素晴らしき求婚』監督・小田基義、脚本・松浦健郎、出演・月丘夢路、東宝、一九五〇・五

『サラリーマン喧嘩三代記』（＊）監督・井上梅次、脚本・井上梅次、井手雅人、出演・藤田進、新東宝、一九五二・一二

『次男坊』監督・野村芳太郎、脚本・椎名利夫、出演・高橋貞二、松竹、一九五三・三

『愚弟賢兄』（＊）監督・野村芳太郎、脚本・椎名利夫、出演・三橋達也、高橋貞二、松竹、一九五三・六

『青春三羽烏』監督・野村芳太郎、脚本・光畑碩郎、野村芳太郎、出演・高橋貞二、松竹、一九五三・一二

『大番頭小番頭』（＊）監督・鈴木英夫、脚本・井手俊郎、館林一郎、出演・池部良、東宝、一九五五・四

『金語楼の雷社長』監督・毛利正樹、脚本・川内康範、出演・柳家金語楼、新東宝、一九五六・九

『大番頭小番頭』（＊）監督・土居通芳、脚本・桜井義久、森崎東、出演・竹脇無我、藤山寛美、松竹、一九六七・七

Ⅲ　獅子文六

（戦前）

『悦ちゃん』（＊）監督・脚本・倉田文人、出演・江川宇礼雄、悦ちゃん、中野かほる、音羽久米子、日活、一九三七・二

『楽天公子』（＊）監督・脚本・水ヶ江龍一、出演・杉狂児、日暮里子、日活、一九三八・八

『青空二人組』（＊／原作「青空部隊」、戦後改題『青空の仲間』）監督・脚本・岡田敬、出演・藤原釜足、柳谷寛、東宝、一九三八・一〇

『胡椒息子』（＊）監督・藤田潤一、脚本・岸松雄、出演・林文夫、東宝、一九三八・一二

『沙羅乙女』（＊）前後篇、監督・佐藤武、脚本・山崎謙太、出演・千葉早智子、東宝、一九三九・三

『信子』（＊）監督・清水宏、脚本・長瀬喜伴、出演・高峰三枝子、松竹、一九四〇・四

『初春娘』監督・沼波功雄、脚本・一木章、出演・平井岐代子、逢初夢子、新興キネマ、一九四〇・一二
『鮒と将軍』監督・沼波功雄、脚本・小出英男、出演・上山草人、新興キネマ、一九四一・四
『太陽先生』監督・深田修造、脚本・小出英男、出演・真山くみ子、宇佐美淳、新興キネマ、一九四一・一一
『南の風　瑞枝の巻』監督・吉村公三郎、脚本・池田忠雄、津路嘉郎、出演・佐分利信、笠智衆、高峰三枝子、松竹、一九四二・九
『続南の風』一九四二・一〇
『兵六夢物語』監督・青柳信雄、脚本・如月敏、志村敏夫、出演・榎本健一、東宝、一九四三・四
『海軍』（＊）企画製作・大本営海軍報道部、原作・岩田豊雄、監督・田坂具隆、脚本・沢村勉、田坂具隆、出演・山内明、松竹、一九四三・一二
『おばあさん』（＊）監督・原研吉、脚本・野田高梧、武井韶平、出演・飯田蝶子、佐分利信、松竹、一九四四・一
（戦後）
『てんやわんや』（＊）監督・渋谷実、脚本・斎藤良輔、荒田正男、出演・佐野周二、淡島千景、松竹、一九五〇・七
『自由学校』（＊）監督・渋谷実、脚本・斎藤良輔、出演・佐分利信、高峰三枝子、松竹、一九五一・五
『自由学校』（＊）監督・吉村公三郎、脚本・新藤兼人、出演・小野文春、木暮実千代、大映、一九五一・五
『やっさもっさ』（＊）監督・渋谷実、脚本・斎藤良輔、出演・淡島千景、小沢栄、松竹、一九五三・二
『胡椒息子』監督・島耕二、脚本・島耕二、田辺朝二、出演・石黒達也、中村正紀、大映、一九五三・六
『お嬢さん先生』監督・鈴木重吉、脚本・島耕二、出演・南田洋子、大映、一九五五・二
『青春怪談』（＊）監督・市川崑、脚本・和田夏十、出演・三橋達也、轟夕起子、北原三枝、山村聰、日活、一九五五・四
『青春怪談』（＊）監督・阿部豊、脚本・舘岡謙之助、出演・宇津井健、高峰三枝子、安西郷子、上原謙、新東宝、一九五五・四
『大番』（＊）監督・千葉泰樹、脚本・笠原良三、出演・加東大介、淡島千景、東宝、一九五七・三

『続　大番』一九五七・七
『続々　大番』一九五七・一二
『大番　完結篇』一九五八・七
『夫婦百景』（＊）監督・井上梅次、脚本・斎藤良輔、出演・月丘夢路、大坂志郎、日活、一九五八・三
『続　夫婦百景』一九五八・一一
『広い天』（＊）監督・野崎正郎、脚本・柳井隆雄、出演・真藤孝行、井川邦子、松竹、一九五九・四
『かくれた人気者』（＊）監督・酒井欣也、脚本・依田義賢、出演・清川虹子、石黒達也、松竹、一九五九・一二
『予科練物語　紺碧の空遠く』（＊）監督・井上和男、脚本・松山善三、出演・山本豊三、三上真一郎、松竹、一九六〇・四
『バナナ』（＊）監督・渋谷実、脚本・斎藤良輔、出演・二代目尾上松緑、杉村春子、津川雅彦、松竹、一九六〇・四
『特急にっぽん』（＊）監督・川島雄三、脚本・笠原良三、出演・フランキー堺、団令子、白川由美、東宝、一九六一・四
『娘と私』（＊）監督・堀川弘通、脚本・広沢栄、出演・山村聰、小橋玲子、星由里子、原節子、東京映画・東宝、一九六二・四
『箱根山』（＊）監督・川島雄三、脚本・井手俊郎、川島雄三、出演・加山雄三、東宝、一九六二・九
『「可否道」より　なんじゃもんじゃ』（＊／原作「可否道」）監督・井上和男、脚本・白坂依志夫、出演・森光子、川津祐介、加賀まりこ、加東大介、松竹、一九六三・一〇

Ⅳ　源氏鶏太

『ホープさん』（＊）監督・山本嘉次郎、脚本・山本嘉次郎、井手俊郎、出演・小林桂樹、東宝、一九五一・一〇
『ラッキーさん』（＊／原作「ホープさん」ほか）監督・市川崑、脚本・猪俣勝人、出演・小林桂樹、東宝、一九五二・二

『三等重役』（＊）監督・春原政久、脚本・山本嘉次郎、出演・河村黎吉、森繁久彌、沢村貞子、東宝、一九五二・五
『続三等重役』（＊）監督・鈴木英夫、脚本・松浦健郎、出演・河村黎吉、森繁久彌、小林桂樹、一九五二・九
『新・三等重役』（＊）監督・筧正典、脚本・沢村勉、出演・森繁久彌、小林桂樹、一九五九・八
『新・三等重役　旅と女と酒の巻』（＊）脚本・井手俊郎、一九六〇・一
『新・三等重役　当るも八卦の巻』（＊）監督・杉江敏男、一九六〇・四
『新・三等重役　亭主教育の巻』（＊）一九六〇・七
『明日は日曜日』監督・佐伯幸三、脚本・須崎勝弥、出演・菅原謙次、若尾文子、大映、一九五二・一一
『一等社員』監督・佐伯幸三、脚本・松浦健郎、出演・森繁久彌、小林桂樹、東宝、一九五三・一
『ひまわり娘』監督・千葉泰樹、脚本・長谷川公之、出演・有馬稲子、東宝、一九五三・三
『母と娘』監督・丸山誠治、脚本・井手俊郎、出演・水谷八重子（初代）、藤原釜足、東宝、一九五三・五
『幸福さん』監督・千葉泰樹、脚本・井手俊郎、出演・三津田健、東宝、一九五三・九
『浮気天国』監督・滝沢英輔、構成・山本嘉次郎、脚本・松浦健郎、出演・宇佐美淳也、堀雄二、花井蘭子、新東宝、
一九五三・一一
『純情社員』監督・斎藤達雄、脚本・長谷川公之、並木透、出演・小林桂樹、杉葉子、新東宝、一九五三・一二
『めでたい風景より　新婚天気図』監督・穂積利昌、脚本・津路嘉郎、出演・大坂志郎、松竹、一九五四・一
『求婚三人娘』（原作「丸ビル乙女」）監督・萩山輝男、脚本・池田忠雄、出演・水原真知子、淡路恵子、北原三枝、
松竹、一九五四・二
『坊っちゃん社員』（＊）監督・山本嘉次郎、脚本・池田一朗、山本嘉次郎、出演・小林桂樹、東宝、一九五四・三
『続・坊っちゃん社員』一九五四・四
『坊っちゃん社員　青春は俺のものだ！』監督・松森健、出演・夏木陽介、高島忠夫、一九六七・四
『坊っちゃん社員　青春でつっ走れ！』脚本・池田一朗、山本嘉次郎、須崎勝弥、一九六七・五
『よい婿どの』監督・田尻繁、脚本・井原千鶴子、出演・青山京子、東宝、一九五四・四

『鶴亀先生』監督・青柳信雄、脚本・木村英一、出演・上原謙、東宝、一九五四・七
『天下泰平』監督・杉江敏男、脚本・八田尚之、出演・三船敏郎、久慈あさみ、東宝、一九五五・一
『続天下泰平』脚本・西島大、龍野敏、一九五五・二
『幸福を配達する娘』（原作『緑に匂う花』）監督・木村恵吾、脚本・井手俊郎、出演・若尾文子、大映、一九五五・二
『奥様多忙』監督・穂積利昌、脚本・棚田吾郎、出演・大坂志郎、松竹、一九五五・五
『七人の兄いもうと』監督・佐伯幸三、脚本・八住利雄、出演・根上淳、若尾文子、大映、一九五五・一一
『青い果実』監督・青柳信雄、脚本・笠原良三、出演・岡田茉莉子、東宝、一九五五・一一
『見事な娘』監督・瑞穂春海、脚本・井手俊郎、出演・司葉子、笠智衆、東宝、一九五六・三
『青春をわれらに』監督・春原政久、脚本・笠原良三、出演・伊藤雄之助、日活、一九五六・三
『鬼の居ぬ間』監督・瑞穂春海、脚本・井手俊郎、長瀬喜伴、出演・森繁久彌、東宝、一九五六・四
『浮気旅行』（＊／原作「浮気の旅」）監督・杉江敏男、脚本・長瀬喜伴、出演・河津清三郎、南悠子、東宝、一九五六・一〇
『天上大風』監督・瑞穂春海、脚本・長瀬喜伴、出演・池部良、東宝、一九五六・一二
『大安吉日』監督・筧正典、脚本・猪俣勝人、出演・小林桂樹、東宝、一九五七・一
『初恋物語』監督・丸山誠治、脚本・井手俊郎、浅川清道、出演・山村聡、東宝、一九五七・九
『青空娘』（＊）監督・増村保造、脚本・白坂依志夫、出演・若尾文子、大映、一九五七・一〇
『家内安全』監督・丸林久信、脚本・井手俊郎、出演・佐野周二、飯田蝶子、東宝、一九五八・三
『重役の椅子』（＊／原作『総務部長死す』）監督・筧正典、脚本・猪俣勝人、出演・池部良、東宝、一九五八・四
『南氏大いに惑う』監督・枝川弘、脚本・長瀬喜伴、出演・船越英二、大映、一九五八・五
『娘の中の娘』監督・佐伯清、脚本・須崎勝弥、出演・美空ひばり、東映、一九五八・一二
『最高殊勲夫人』（＊）監督・増村保造、脚本・白坂依志夫、出演・若尾文子、大映、一九五九・二

『夫婦合唱』監督・田畠恒男、脚本・若尾徳平、出演・佐田啓二、高千穂ひづる、松竹、一九五九・二
『社員無頼　怒号篇』監督・鈴木英夫、脚本・岡田達門、井手俊郎、出演・佐原健二、東宝、一九五九・五
『社員無頼　反撃篇』一九五九・六
『実は熟したり』監督・田中重雄、脚本・白坂依志夫、出演・若尾文子、大映、一九五九・九
『サラリーマン十戒』（原作「サラリーマン読本」）監督・岩城英二、脚本・若尾徳平、出演・佐原健二、東宝、一九五九・九
『大願成就』監督・生駒千里、脚本・長谷部慶次、富田義朗、菅野昭彦、出演・高橋貞二、桑野みゆき、松竹、一九五九・一一
『正々堂々』監督・堀内真直、脚本・川辺一外、出演・千田是也、松竹、一九五九・一二
『天下の快男児　万年太郎』監督・小林恒夫、脚本・舟橋和郎、出演・高倉健、東映、一九六〇・一
『嫌い嫌い嫌い』（原作「花のサラリーマン」）監督・枝川弘、脚本・須崎勝弥、出演・三田村元、大映、一九六〇・二
『天下を取る』監督・牛原陽一、脚本・松浦健郎、出演・石原裕次郎、日活、一九六〇・七
『喧嘩太郎』監督・舛田利雄、脚本・松浦健郎、出演・石原裕次郎、芦川いづみ、日活、一九六〇・八
『億万長者』監督・小林恒夫、脚本・山村英司、出演・南廣、中原ひとみ、東映、一九六〇・一二
『大出世物語』監督・阿部豊、脚本・三木克巳、出演・小沢昭一、日活、一九六一・一
『一石二鳥』監督・井田探、脚本・熊井啓、出演・長門裕之、日活、一九六一・二
『若い仲間』監督・島耕二、脚本・長谷川公之、島耕二、出演・本郷功次郎、叶順子、大映、一九六一・三
『堂堂たる人生』（＊）監督・牛原陽一、脚本・池田一朗、出演・石原裕次郎、芦川いづみ、日活、一九六一・一〇
『B・G物語　二十才の設計』監督・丸山誠治、脚本・井手俊郎、田波靖男、出演・星由里子、船戸順、東宝、一九六一・一〇
『湖畔の人』監督・佐伯清、脚本・秋元隆太、出演・鶴田浩二、佐久間良子、ニュー東映、一九六一・一一
『ガンパー課長』監督・青柳信雄、脚本・関沢新一、矢田良、出演・藤木悠、東宝、一九六一・一二

『家庭の事情』監督・吉村公三郎、脚本・新藤兼人、出演・山村聰、大映、一九六二・一
『春の山脈』監督・脚本・野村芳太郎、出演・鰐淵晴子、松竹、一九六二・二
『青年の椅子』（＊）監督・西河克己、脚本・松浦健郎、出演・石原裕次郎、芦川いづみ、日活、一九六二・四
『女性自身』監督・福田純、脚本・堀江史朗、樫村三平、福田純、出演・藤山陽子、原知佐子、東宝、一九六二・五
『東京丸の内』（＊）監督・小西道雄、脚本・大川久男、池田雄一、出演・高倉健、佐久間良子、東映、一九六二・八
『男と女の世の中』監督・島耕二、脚本・斎藤良輔、出演・船越英二、万里昌代、大映、一九六二・九
『御身』監督・島耕二、脚本・舟橋和郎、石松愛弘、出演・叶順子、六本木真、大映、一九六二・一〇
『停年退職』監督・島耕二、脚本・斎藤良輔、出演・船越英二、大映、一九六三・三
『結婚の條件』監督・斎藤武市、脚本・才賀明、斎藤武市、出演・浅丘ルリ子、日活、一九六三・五
『若い東京の屋根の下』（原作「緑に匂う花」）監督・斎藤武市、脚本・才賀明、出演・吉永小百合、浜田光夫、日活、一九六三・七
『裸の重役』（原作「東京一淋しい男」）監督・千葉泰樹、脚本・井手俊郎、出演・森繁久彌、東宝、一九六四・七
『万事お金』監督・松林宗恵、脚本・井手俊郎、出演・坂本九、星由里子、東宝、一九六四・一〇
『意気に感ず』（＊）監督・斎藤武市、脚本・小川英、出演・小林旭、浅丘ルリ子、日活、一九六五・五
『四つの恋の物語』（原作「家庭の事情」）監督・西河克己、脚本・三木克巳、出演・芦川いづみ、十朱幸代、日活、一九六五・一二
『私は負けない』（原作「青空娘」）監督・井上昭、脚本・白坂依志夫、出演・大楠道代、青山良彦、大映、一九六六・七

Ⅳ　井伏鱒二

（戦前）
『多甚古村』（＊）監督・今井正、脚本・八田尚之、出演・清川荘司、東宝、一九四〇・一

『南風交響楽』（＊）監督・脚本・高木孝一、出演・河津清三郎、南旺映画、一九四〇・七
『簪』（＊／原作「四つの湯槽」）監督・清水宏、脚本・長瀬喜伴、出演・笠智衆、田中絹代、松竹、一九四一・八
『秀子の車掌さん』（＊／原作「おこまさん」）監督・脚本・成瀬巳喜男、出演・高峰秀子、藤原鶏太、南旺映画、一九四一・九

（戦後）
『本日休診』（＊）監督・渋谷実、脚本・斎藤良輔、出演・柳永二郎、松竹、一九五二・二
『東京の空の下には』（＊／原作『吉凶うらなひ』）監督・蛭川伊勢夫、脚本・岸松雄、蛭川伊勢夫、出演・宇野重吉、日活、一九五五・一
『白い山脈』（記録映画）監督・今村貞雄、解説文・井伏鱒二、大映、一九五七・二
『集金旅行』（＊）監督・中村登、脚本・椎名利夫、出演・佐田啓二、岡田茉莉子、松竹、一九五七・一〇
『駅前旅館』（＊）監督・豊田四郎、脚本・八住利雄、出演・森繁久彌、フランキー堺、東宝、一九五八・七
『貸間あり』（＊）監督・川島雄三、脚本・川島雄三、藤本義一、出演・フランキー堺、東宝、一九五九・六
『珍品堂主人』（＊）監督・豊田四郎、脚本・八住利雄、出演・森繁久彌、東宝、一九六〇・三
『風流温泉　番頭日記』（＊／原作「掛け持ち」）監督・青柳信雄、脚本・長瀬喜伴、出演・小林桂樹、宝塚・東宝、一九六二・一二
『黒い雨』（＊）監督・今村昌平、脚本・石堂淑朗、今村昌平、出演・田中好子、北村和夫、今村プロダクション・林原グループ・東宝、一九八九・五

あとがき

私は元号にこだわるわけではないが、本書は「令和元年」に刊行されることになった。本書で取り上げた五名の作家のうち、平成まで生きたのは井伏鱒二だけであり、平成五年（一九九三）に他界している。五名の活躍期は昭和時代までが中心だったといってよいだろう。平成時代以降にもユーモア文学と映画の関係があるとすれば、それは本書の外に置かれたことになる。

昭和時代は長く、戦前と戦後では大きな価値転換があった。『現代日本のユーモア文学』（全六巻）の刊行は一九八〇年（昭和五五）だから、同書の編者たちはまさに昭和時代のユーモアを対象にしており、戦前と戦後の境界にユーモア概念の変化を感じ取っていた。その三人の編者、吉行淳之介・丸谷才一・開高健は第二次大戦後にユーモア概念が変質したこと、野坂昭如の「ブラック・ユーモアすれすれ」のユーモアが出てきて、旧世代には理解が難しくなっただろうと語っている（付録の連載鼎談「ユーモア・文学・人間」第四回）。

野坂昭如（一九三〇―二〇一五）には実に多様な側面があり、彼の存在自体が「表現体」であった。映画にも何度か出演しており、『現代日本のユーモア文学』第六巻には「アメリカひじき」（初出は一九六七年・昭和四二）が収められている。戦後の価値の転換、その混乱ぶりを饒舌に戯作風に語っていく「アメリカひじき」は、たしかに大笑いさせる「ブラック・ユーモアすれすれ」の小説だ。しかし、彼は戦時下に幼少年期、戦後に青少年期を送っており、価値転換の両面、その狭間を漂った人でもある。

「ブラック・ユーモア」で野坂昭如の小説が原作となって直接結びつく映画は、今村昌平監督（一九二六―二〇〇六）の『エロ事師たちより　人類学入門』（一九六六年）である。今村の初監督作品『盗まれた欲情』（今東光原作、一九五八年）を別にすると、続く『西銀座駅前』（今村昌平脚本、同年）、『果しなき欲望』（藤原審爾原作、同年）、『豚と軍艦』（鈴木敏郎〔本名・山内久〕脚本、一九六一年）などには、登場人物たちの戦中の妄想や欲望、戦後の米軍駐留に巣くうやくざたちなどがあくの強い諷刺とともに描き出され、「重喜劇」と称された。原作があったにもかかわらず、今村と山内の共作『果しなき欲望』のシナリオが『黒いユーモア』（大岡昇平ほか編、一九七九年）に収録されたのは、その独自性が編者たちに評価されたからだろう。もっとも、解説担当の花田清輝は収録作品についてひと言もふれていない。戦前・戦後の影が色濃いのは野坂昭如だけでなく、今村昌平も同様であり、彼らは昭和から平成にまたがって生きたのである。その「アメリカひじき」を一篇に加えながら、阿刀田高編『笑いの双面神』と『笑いの侵入者』はいずれも一九九〇年（平成二）に刊行されている。これこそ昭和最後のユーモア小説集かもしれない。

本書校了の直前、『笑い学のすすめ』（井上宏著）なる本に出合った。著者はユーモア精神の持ち主を「ゆとり」を持って事態を見つめ、己を見つめる人、すなわち人間としての成熟度を示す人ととらえている。もう一つ『日本の笑いと世界のユーモア』(大島希巳江著)では、世界ユーモア学会におけるユーモア定義の難しさが紹介されている。笑いとユーモアは近い関係にあるが、相思相愛でもなさそうだ。本書『ユーモア文学と日本映画』で論じた作家たちは、小説の領域か映画の領域かで対象への姿勢が異なるにしても、ユーモア精神を持っていた人々だったに違いない。だが、はたして「笑う人々」だっただろうか……。

＊　＊　＊

最後に、本書完成までにひとかたならぬお世話になった森話社の大石良則氏へ、厚く感謝申し上げる。また、本書にふさわしい楽しいイラストと装幀をしていただいた水口デザイン事務所の水口美香氏へも、厚くお礼申し上げる。

岩本憲児

二〇一九年五月

岩本憲児（いわもと けんじ）
1943年、熊本県八代市生まれ
早稲田大学名誉教授　映画史・映像論専攻
著書に『幻燈の世紀――映画前夜の視覚文化史』（森話社、2002）、『サイレントからトーキーへ――日本映画形成期の人と文化』（同、2007）、『「時代映画」の誕生――講談・小説・剣劇から時代劇へ』（吉川弘文館、2016）ほか
編著に『村山知義――劇的尖端』（森話社、2012）、『日本映画の海外進出――文化戦略の歴史』（同、2015）ほか
共編に『映画理論集成』全3巻（フィルムアート社、1982、1988-99）、『日本戦前映画論集』（ゆまに書房、2018）ほか

ユーモア文学と日本映画――近代の愉快と諷刺

発行日……………………………2019年6月12日・初版第1刷発行

著者………………………………岩本憲児
発行者……………………………大石良則
発行所……………………………株式会社森話社
〒101-0064 東京都千代田区神田猿楽町1-2-3
Tel 03-3292-2636
Fax 03-3292-2638
振替 00130-2-149068
印刷………………………………株式会社厚徳社
製本………………………………榎本製本株式会社

ISBN 978-4-86405-138-5 C0074